KiWi **21** Irmgard Keun
Wenn wir alle gut wären

Irmgard Keun
Wenn wir alle gut wären

Herausgegeben
und mit einem Nachwort
von Wilhelm Unger

Kiepenheuer & Witsch

© 1983 by Verlag Kiepenheuer & Witsch, Köln
Umschlag Hannes Jähn, Köln
Autorenfoto Isolde Ohlbaum, München
Gesamtherstellung Clausen & Bosse, Leck
ISBN 3 462 01548 6

Inhalt

Satiren

Wenn wir alle gut wären	11
Die geheimnisvollen Punkte	15
Zu viel Geld	19
Klick	24
Das Schönste von München	26
Bernsteinaugen und Rosenwangen	31
Der ideale Mann	35
Wovon wird man eigentlich betrunken?	40
Man darf es nur singen	43
Dienen lerne beizeiten das Weib ...	47
Unzählbare Feinde	52
Die Brüllzelle	57
Unterhaltung mit einem Schriftsteller	60
Geheimnisvolle Nachbarschaft	66
Etwas über die Gleichberechtigung des Mannes	70
Der rationierte Mann	74
Schwarze Mamba, Fakire und Bambushaare	79
Nur noch Frauen ...	83
System des Männerfangs	93
Sie wollte schön werden	99
Die Läuterung	106
Ich spiele nicht mit Männern	112
Das schönste Kind der Welt	115
Ach, die Sterne	120
Porträt einer Frau mit schlechten Eigenschaften	124

Autobiographisches

Bilder aus der Emigration 129
Gedichte aus der Emigration 158
Briefe aus der inneren Emigration 168

Szenen und Betrachtungen
aus der Nachkriegszeit

Eine historische Betrachtung 195
Wolfgang und Agathe: Erna hat einen Engländer . . . 208
Wolfgang und Agathe: Eine komische Krankheit . . . 216
Wolfgang und Agathe:
Deutsche, sprecht deutsches Deutsch 225
Wolfgang und Agathe: Ein Name fürs Kind 232
Magnus Kniller und die eigene Meinung 238
Nachwort 245

Satiren

Wenn wir alle gut wären

Zuerst habe ich gedacht, es müßte wundervoll sein, wenn wir alle gut wären. Ich malte mir eine Welt voll guter Menschen aus und war sehr gerührt und sogar entschlossen, mich selbst zu bessern.

Wenn man schon mal ideale Vorstellungen hat, soll man den Fehler vermeiden, scharf darüber nachzudenken und sich mit seiner Phantasie im Detail zu verlieren. Bereits nach halbscharfem Nachdenken wurde mir bewußt, daß ein schlagartiges Gut- und Tugendhaftwerden der Menschen für den größeren Teil der Menschheit die nackte Katastrophe bedeuten würde, und zwar vor allem gerade für die von Staats und Berufs wegen guten Menschen. Die Schlechten könnten ohne die Guten zur Not noch leben, aber die Guten wären ohne die Schlechten glatt aufgeschmissen.

Angenommen, kein Mensch würde mehr ein Verbrechen begehen. Auf Morde und verwandte Scheußlichkeiten könnte man natürlich jederzeit verzichten, aber die tausend anderen Delikte sind einfach notwendig, wenn der riesenhafte Polizei- und Justizapparat der gesamten Welt mit allem, was so drum und dran hängt, nicht zusammenbrechen soll. Von mir aus kann er zusammenbrechen, ich hab andere Sorgen, aber auf die Dauer könnte es mich – als guten Menschen – wohl doch nicht unberührt lassen, wenn ganze Heerscharen brotlos gewordener Gerichtsvollzieher, Rechtsanwälte, Steuerinspektoren, Zollbeamten, Rauschgiftdezernenten, Kriminalisten, Detektive mitsamt Untergebenen und bedürftigen Familienmitgliedern versuchen sollten, sich von heut auf morgen vom Tau des Himmels zu ernähren. Die Leute müßten auch seelisch zusammenbrechen, weil es doch nicht nur ihr materieller, sondern auch ihr ideeller Beruf war, das Böse zu bekämpfen; und nun gibt's auf einmal nichts Böses mehr. Die Quelle, aus der sie ihr Selbstbewußtsein bezogen, ist versiegt. Eigentlich ist es nicht zu begreifen, daß Staatsanwälte und Richter den Delinquenten gegenüber so oft einen frechen und pampigen Ton anschlagen. Sie vergessen ganz, daß diese Leute die Grundlage ihrer Existenz bilden und sozusagen ihre Kundschaft sind. Man ist doch höflich zu seiner Kundschaft. Wenn nun die guten Menschen auch noch gesund wären, würden Ärzte, Irrenhäuser, Versicherungsgesellschaften, Krankenkassen, Pflegepersonal, Apotheken, Wunderdoktoren, pharmazeutische Betriebe und ganze Fakultäten und Industrien überflüssig. Es macht mich ganz verwirrt, wenn ich mir vorstelle, wie viele Menschen davon leben, daß es anderen schlechtgeht, und daß andere schlecht sind.

Luxus-Industrien, Möbel- und Modefirmen würden schwere Rückschläge erleiden, da die guten Menschen zwar noch nett aussehen und ihr Dasein angenehm gestalten wollten, doch in ihrem Lebensstandard nicht mehr einander auf Kosten anderer zu übertrumpfen suchten.

Wahrscheinlich würden die guten und gesunden Menschen auch keinen Alkohol mehr trinken. Die Winzer könnten sich an ihren Weinstöcken aufhängen, die Weinköniginnen ihre Kronen in die Pfandleihe tragen, und wie sämtliche Brauereien und Brennereien es anfangen wollten, ihre Betriebe von heut auf morgen auf Milchkonsum umzustellen, ist mir schleierhaft. Die Einnahmen der Hoteliers und vor allem vieler Kellner werden sehr zurückgehen, weil gute Menschen,

die nur ungegorene Getränke zu sich nehmen, selten in jenen
Überschwang geraten, der zu einer großzügigen Behandlung
der Trinkgeldfrage verleitet. Trübe und ungeklärt dürfte auch
das Schicksal von Barbesitzern, Bardamen und Spielbank-
inhabern verlaufen. Und was würden die armen, lieben Re-
gierungen ohne die Getränkesteuer anfangen?
Gute Menschen leben auch nicht über ihre Verhältnisse. Wie
sich das wirtschaftspolitisch, soziologisch und außenpoli-
tisch auswirken würde, ist gar nicht auszudenken.
Viele Tageszeitungen und Zeitschriften würden eingehen wie
Fliegen in einer Flitwolke. Es gäbe nichts mehr zu schreiben
über Eheprobleme, Skandale aller Arten und Schattierungen,
Jugendkriminalität, Hochstapler, Heiratsschwindler, Mäd-
chenhandel, Trunkenheit am Steuer, Giftmorde und was die
Leute sonst noch alles gern lesen. Drucker, Journalisten, Re-
daktionsmitglieder, Zeitungsfrauen, Kiosk-Inhaber usw.
würden in entscheidende Mitleidenschaft gezogen. Überhaupt würde das gesamte Literaturgewerbe inklusive Verlage,
Schriftsteller, Leihbüchereien, Buchhandlungen usw. zusam-
menschrumpfen wie ein Kinderluftballon, in den man mit einer Stecknadel gepiekt hat. Und was würde aus den Radio-
Gesellschaften? Was aus der Filmbranche ohne Vamps und
Bösewichter? Wie soll denn das Gute in unseren schönen,
edlen Filmen noch siegen, wenn nichts und niemand mehr
zum Besiegen da ist?
Den guten Menschen bliebe auch gar nichts anderes übrig, als
gut über einander zu sprechen – ein so abseitiges Thema, daß
kaum einer weiß, wie erstaunlich wenig es hergibt. Eine anre-
gende Geselligkeit dürfte es kaum fördern und fand bisher in
der Hauptsache nur auf Begräbnissen und Jubiläen Verwendung.
Je mehr ich nachdenke, um so mehr muß ich feststellen, daß
es geradezu schlecht von uns wäre, wenn wir alle gut würden.
Oder vielleicht sind wir nur darum noch nicht alle gut und

gesund, weil zu viele Interessen und Interessenten dagegen sind? Wie dem auch sei – ich glaube nicht, daß die Gefahr eines allgemeinen Gutwerdens bereits alarmierend ist. Vorläufig können wir ruhig und unbesorgt weiter versuchen, uns zu bessern.

Die geheimnisvollen Punkte

Mein Herz lachte, als ich sie neulich wieder in einer Zeitung sah – die braven Pünktchen. Ich las: »Z . . T . . . . .! stieß der Gauner grimmig hervor, als er die Tür verschlossen fand.« Während meiner Kindheit haben mich diese Pünktchen einmal fieberhaft interessiert, und ich habe keine Mühe gescheut, ihr Geheimnis zu lüften. Statt der Kinderseite »Für unsere kleinen Rangen« las ich in der Familienzeitung eine für gereifte Persönlichkeiten bestimmte Geschichte. Ein nicht unedler, aber rauher Mann war auf der Flucht: »Er fühlte, wie sein Fuß im Schlamm steckenblieb und murmelte: Verd . . . . . Sch . . . .«

»Mutter«, fragte ich, »was bedeuten diese Punkte?« Meine Mutter las und wich aus: »Die Geschichte ist überhaupt nichts für Kinder.« »Ja, aber was bedeuten die Punkte?« »Stör mich jetzt nicht, geh zum Vater.« Ich ging. »Vater, was bedeuten diese Punkte?« »Zeig mal her, das werden wir gleich haben.« Mein Vater schätzte an Kindern eine solide Wißbegier. Nachdem er die Punkte gesehen hatte, erlosch seine Lehrbereitschaft. »Kümmre dich nicht um solche Punkte, das gehört sich nicht.« »Ja, aber was bedeuten sie?« »Kinder müssen nicht alles wissen wollen, geh zur Mutter.« »Mutter hat mich zu dir geschickt – was bedeuten die Punkte?« Mein Vater schwankte zwischen Ratlosigkeit, Ungeduld und Ärger.

Ein plötzlicher Einfall schien ihn zu erleichtern. »Frag Tante Hella und laß mich in Ruhe, hast du deine Aufgaben schon gemacht?« Nichts war geeigneter, meinen Abgang zu beschleunigen als Fragen nach meinen Aufgaben.

Ich ging zu Tante Hella. Sie war anerkannte Aufklärerin der Familie. Sobald ein Kind in der Verwandtschaft begann, Zweifel am Klapperstorch zu äußern, wurde es zu Tante Hella geschickt. Zweifel kann der zarte Beginn eines Wissens sein. Ein von Tante Hella aufgeklärtes Kind wußte überhaupt nichts mehr. Sie ging mit dem Kind durch den Stadtwald und erzählte sehr viel Sinniges von Blümchen, Bäumchen und Käferchen. Etwa so: »Wie das zarte Reislein dort dem Sträuchlein entspringt, so bist auch du, kleine Menschenknospe, einem Menschen entsprossen.« Wir Kinder verstanden Tante Hella zwar nicht, aber wir hatten sie gern, zumal die Aufklärungswanderungen stets in einer Konditorei endeten, wo wir Torte mit Schlagsahne essen durften. Mein Vetter Hugo hat sich der Torte wegen siebenmal von der Tante aufklären lassen – mit der völlig ehrlichen Begründung, er habe das Ganze immer noch nicht verstanden. Heute wiegt Hugo zwei Zentner und handelt mit Schrott. Aufgeklärt wird er wohl auch sein.

»Tante Hella, was bedeuten die Punkte?« Die gute Tante wünschte ihren Ruf als bewährte Aufklärerin auch in heikelsten Fragen nicht zu gefährden und wanderte am Nachmittag mit mir durch den Stadtwald. »Siehst du das modernde Laub, Kind? Es düngt den Waldesboden, und zarte Schneeglöckchen sprießen aus ihm hervor. Alles Irdische ist wandelbar, nichts geht in Gottes wunderbarer Natur verloren, und auch der Abfall von Mensch und Tier trägt zur Fruchtbarkeit bei. Hast du's verstanden?« Ich aß das dritte Stück Torte und hatte das Gefühl, als Entgelt der Tante eine Freude machen zu müssen und zu tun, als habe ich verstanden.

Am Abend war das Ehepaar Biebel bei uns zu Gast. Sehr feine

Leute. Mit sauberen Händen und frischer Haarschleife sollte ich einen Knicks machen und wieder verschwinden. Allmählich hatte ich gewittert, daß mit den Punkten was nicht stimmte und Erwachsene damit in Verlegenheit zu bringen waren. Aus einer Mischung von Geltungsbedürfnis und purer Tücke reichte ich Herrn Biebel die Zeitung: »Ach, bitte, können Sie mir sagen, was die Punkte bedeuten?« »Das wollen wir gleich haben, kleines Fräulein«, sagte Herr Biebel mit dem sahnigen Simili-Lächeln, das man den Kindern seiner Gastgeber entgegenzubringen pflegt, während meine Eltern mich mit jenem mühsam gebändigten Zorn betrachteten, der dem zivilisierten Charaktermenschen so gut zu Gesicht steht. »Kind, das weiß ich nun auch nicht«, meinte Herr Biebel etwas verlegen, und meine Mutter sagte: »Komm mal mit raus.«

Draußen im Wohnzimmer saß meine Großmutter, und ich stürzte auf sie zu: »Oma, was bedeuten die Punkte?« »Das Kind macht mich noch wahnsinnig«, rief meine Mutter, während Oma nach ihrer Brille suchte. Ich war furchtbar aufgeregt. Zuerst hatte ich gedacht, es handle sich bei den Punkten um ein interessantes, aber harmloses Rätsel. Dann hatte ich vermutet, es sei vielleicht eines der läppischen Durchschnitts-Geheimnisse, die Erwachsene vor Kindern haben. Jetzt aber glaubte ich, die Punkte würden etwas Ungeheures bedeuten. »Was für Punkte?« fragte die Oma. »Die da.« Ich liebte meine Oma, sie wußte alles. »Du wirst es doch nicht etwa aussprechen!« rief meine Mutter. »Warum denn nicht?« sagte Oma, und dann sprach sie es aus. Meine Mutter rang die Hände: »Wie kannst du dem Kind nur solche Worte beibringen!« Oma legte ihre Brille zusammen. »Stell dich man nicht so an«, meinte sie ruhig, »dein Großvater hat sich bis zum Fuhrunternehmer emporgearbeitet und ein kräftiges Deutsch gesprochen, das hast du selbst noch gehört, und es hat dir nicht weh getan.« Meine Mutter seufzte: »Ja, aber das Kind – das

Kind kennt so was doch nicht.« Ich hatte ein komisches Gefühl der Leere. »Ach Gott«, sagte ich, »das Wort kenne ich doch längst, das kennen doch alle Kinder, die auf der Straße spielen. Aber ist es denn wirklich wahr, Oma, bedeuten die Punkte auch ganz bestimmt nichts anderes?« »Nein.« »Ja, aber warum schreiben sie denn die Worte nicht?« »Ach«, sagte Oma, »in meiner Jugend war man noch vernünftig und nicht so zimperlich wie die heutige Jugend.« »Oma, aber warum machen sie denn Punkte?« »Wahrscheinlich, weil sie zu fein sind, Kind, zu sch . . . fein.« Und sie sprach das Wort ohne Punkte.

Zu viel Geld

Ich war neun Jahre alt, als mich zum ersten und zum letzten Male in meinem Leben der Besitz einer Geldsumme zur Verzweiflung brachte, weil ich nicht damit fertig werden konnte. Mit meiner Schwester Elfriede war ich vorübergehend bei drei Großtanten untergebracht. Ich fürchtete die drei Tanten, weil ich von ihnen erzogen wurde und trotz aller Mühe immer alles falsch machte. An Elfriede war nichts zu erziehen, sie war rundherum musterhaft und unentwegt ehrenamtlich tätig. In der Schule durfte sie die Landkarten aufhängen, ausgestopfte Tiere in den Zeichensaal bringen und der Klassenlehrerin die Hefte nach Hause tragen.

Elfriede und ich hatten unsere Sparschweine von daheim mitgenommen. Unter kleinen und kleinsten Münzen beherbergte mein Sparschwein einen zusammengefalteten Zwanzigmarkschein. Ein großzügiger Onkel hatte ihn mir geschenkt, als ich mir zu Weihnachten ein Flugzeug gewünscht hatte. Als die Sparschweine voll waren, wurden sie zu meiner Empörung und Enttäuschung von den Tanten beschlagnahmt, um uns für den Inhalt später einmal etwas Nützliches anzuschaffen.

Ich sah mich vor die unerhörte Aufgabe gestellt, mein eigenes Geld stehlen zu müssen. Heimlich angelte ich mit einer Haarnadel den Zwanzigmarkschein aus dem Schwein.

Nachmittags verführte ich Elfriede dazu, mit mir zu kommen, um das Geld zu verprassen. Zwar war ich von Elfriedes Vertrauenswürdigkeit nicht überzeugt, aber das gemeinsame Exil hatte sie meinem Empfinden näher gebracht und mich ihr gegenüber leichtfertig werden lassen. Eine dumpfe Ahnung warnte mich, Elfriede den Diebstahl an mir selber einzugestehen, und ich erzählte ihr eine sehr schöne Geschichte von einem Schulrat, der mit einer gläsernen Kutsche in den Schulhof gefahren war und mir das Geld gegeben hatte, ich solle es mit meiner Schwester verbrauchen. Es war natürlich dumm von mir, gerade Elfriede an meinem Abenteuer teilnehmen zu lassen. Vielleicht fühlte ich mich gesichert, wenn ich sie mitschuldig machte. Vielleicht reizte mich die erhöhte Gefahr, die mir durch sie entstehen mußte. Vielleicht trieb mich ein Dämon, die ewig Artige in das Gewirr dunkler Sünden zu verstricken und das Erhabene in den Staub zu ziehen. Vielleicht wählte ich Elfriede auch nur, weil ich zufällig kein anderes Kind zur Verfügung hatte.

Elfriede war ein Jahr älter als ich, aber der Besitz der zwanzig Mark gab mir vorübergehende Überlegenheit.

Zuerst führte ich Elfriede an eine Limonadenbude, wo es Flaschen mit roten, gelben, grünen Getränken gab. Wir tranken sämtliche Farben. Elfriedes moralische Widerstandskraft war gebrochen, meine Unternehmungsgier riß sie mit. Der Verschluß der Selterwasserflasche bestand aus einer kleinen gläsernen Kugel. Schon oft hatte ich vergebens versucht, diese Kugel aus der Flasche zu entfernen. Ich wünschte mir sehnlichst gerade diese Glaskugel. In meinem Limonadenrausch kaufte ich eine Flasche, um sie mitzunehmen. Unter Herzklopfen und mit den Gefühlen eines Mörders, der heimlich eine Leiche beiseite schafft, zerschmetterte ich die Flasche an einer Bordschwelle. Ich hatte die Kugel. Welche Wunder ich mir von ihr erhoffte, wußte ich nicht. Wahrscheinlich gar keine. Die Kugel war Wunder an sich. Aus ihrem gläsernen

Gefängnis hatte ich sie befreit, einen gläsernen Körper ihretwegen gewaltsam ermordet. Es hatte mich Überwindung gekostet, denn alles irdisch Vorhandene lebte für mich. Einem Blatt Papier glaubte ich weh zu tun, wenn ich es zerriß.

Dem Zauber der Kugel gesellte sich der Zauber des Geldes. Ich hatte gefürchtet, der Zwanzigmarkschein hätte für die Orgie an der Limonadenbude nicht gereicht. Noch nie hatte ich eine Flasche Limonade allein trinken dürfen und sie immer für etwas sehr Teures und Kostbares gehalten. Furchtsam hatte ich den Schein dem Verkäufer hingehalten, und der hatte mir einen überwältigenden Haufen von Scheinen und Münzen zurückgegeben.

Ich ging mit Elfriede zu einem Eiswagen. Wir lebten aus dem vollen und legten uns keinerlei Einschränkung auf. Wie oft hatte ich davon geträumt, einmal so viel Eis essen zu dürfen, wie ich wollte und konnte. Elfriede übertraf noch meine beachtliche Leistungsfähigkeit. Sie fraß verbissen und schien seelisch weder abgelenkt noch erregt. Wieder zahlte ich mit einem Schein, und wieder bekam ich Geld zurück. Abermals hatte das Geld sich vermehrt.

Ich kaufte Salmiakstangen, Himbeerbonbons, saure Drops, zwanzig Hauchbildchen und mehrere Rollen Pfefferminzpastillen. Das Geld wurde nicht weniger. Im Gegenteil. Das Taschentuch, in das ich es gesammelt hatte, platzte fast vor lauter Münzen. Elfriede wurde schlapp und weinerlich, und mich beschlich das Gefühl, unter einem Fluch zu leben.

Auf dem Rummelplatz fuhr ich mit Elfriede Schiffschaukel und Karussell. Nach dem fünften Male mußte sich Elfriede übergeben. Sie wollte nach Hause. Das ging nicht. Erst mußte das Geld alle sein. Ich sah keine Möglichkeit, so viel Geld zu Hause zu verbergen. Unauffällig versuchte ich, einige Münzen zu verlieren. Elfriede merkte es und sammelte sie trotz ihres hinfälligen Zustandes wieder auf. »Geld wirft man nicht fort«, tadelte sie nicht zu Unrecht, »wir wollen es

den Tanten geben.« Damit war ich nicht einverstanden.
Hätte ich das Geld offiziell verbrauchen dürfen, würde ich
Goldfische, Rollschuhe oder einen Wellensittich erstanden
haben. So aber konnte ich das nicht. Krampfhaft überlegte
ich, auf welche Weise sich das Geld noch verjubeln ließe.
Mir fiel nichts ein. Ich muß eine spärliche Phantasie gehabt
haben. Soweit sie überhaupt vorhanden war, wurde sie auch
noch durch Elfriede gelähmt. Ich kam auf den vernünftigen
Gedanken, das Geld einem Bettler zu schenken. Dagegen
konnte Elfriede nichts haben. Noch zu jeder Zeit bisher
hatte es Bettler gegeben in Hülle und Fülle. Jetzt, wo ich
dringend einen brauchte, fand ich keinen. Vergeblich
schleifte ich Elfriede eine halbe Stunde lang durch die Stadt.
Ich erwog den Plan, in eine Konditorei zu gehen, traute
mich aber nicht, aus Angst, dort vielleicht verhaftet zu werden. Aus einem Automaten zog ich zehn Päckchen ge-
brannte Mandeln. Die zehn Groschen machten mich nicht
merklich ärmer. Außerdem war ich jetzt auch noch ver-
pflichtet, den Haufen gebrannter Mandeln runterzuwürgen.
Elfriedes Beistand war nichts wert. Übrigens hätten wir
längst zu Hause sein müssen. Unsere Verspätung würde eine
verschärfte Kontrolle bedeuten. Vorübergehend spielte ich
mit dem Gedanken, das Geld unter einem Baum zu vergra-
ben, aber ich hatte keinen Spaten oder ähnliches und wußte
auch keinen passenden Baum in der Nähe. Das Geld in einen
einsamen Hausflur oder in einen Briefkasten zu werfen, dul-
dete Elfriede nicht. Der einzige Vorschlag, den sie beisteu-
erte, war, das Geld mit Hilfe der Tanten in neue Sparschweine zu stopfen. Am liebsten hätte ich sie verprügelt,
aber ich hoffte immer noch, sie zu dauerndem Schweigen
überreden zu können.
Zuletzt entschloß ich mich, das Geld bei der Obstfrau in unserer Straße abzuladen. Ich hatte keineswegs das Gefühl, der
Frau damit einen Gefallen zu tun. Ich hoffte nur, sie würde

mir vielleicht ein Opfer bringen und das Geld nehmen, denn sie war immer nett zu mir gewesen.

Ich entleerte mein Taschentuch auf dem Ladentisch der Obstfrau und verschwand schuldbewußt, eilig und ohne Erklärung. Vor der Tür würgte Elfriede an einer gebrannten Mandel, die sie aus Versehen unzerkaut verschluckt hatte.

Eine halbe Stunde später hatte Elfriede den Tanten eine lückenlose Darstellung meiner Delikte gegeben, soweit sie ihr bekannt waren, und vergoß Tränen der Reue über ihr eigenes strafbares Verhalten. Da ich selbst im Augenblick nicht mehr genau wußte, was wahr und was gelogen war, schwieg ich. Die Geschichte von dem segenspendenden Schulrat in der gläsernen Kutsche wollten die Tanten nicht glauben. Schließlich erschien auch noch die Obstfrau, um zu erfahren, was sie für das Geld liefern sollte, das ich ohne weitere Anweisung gebracht hatte. Sie war der Meinung, ich wäre im Auftrag der Tanten zu ihr gekommen.

Zu spät fiel mir ein, daß ich von dem Geld eine Fahrkarte hätte kaufen können, um nach Haus zu meiner Mutter zu fahren.

Das Geld hat mir mein beleidigendes Verhalten bis zum heutigen Tage nicht verziehen. Ich habe nie mehr zuviel gehabt, aber sehr oft zuwenig. Und das ist auch nicht schön.

Klick ...

Als ich zum erstenmal nach Amerika fuhr, glaubte ich perfekt Englisch zu können. Dieser Glaube hielt während der ganzen Überfahrt vor. Kaum war ich in Hoboken an Land gegangen, wurde er erschüttert. Noch ehe ich im Hotel war, wurde mir klar, daß ich, soweit es die sprachliche Verständigung betraf, genausogut nach China hätte fahren können. Chinesisch hatte ich auch noch nie gekonnt.

In mein Hotelzimmer kam ein Amerikaner mit einem Fotoapparat, um mich für irgendeine Zeitschrift zu fotografieren und zu interviewen. Alles an ihm leuchtete und strahlte – seine Zähne, sein Strohhut, sein Lächeln, seine Augen, seine Schuhe. Ein reizender Mensch. Aufmerksam lauschte ich den gurgelnden Lauten, die er hinter geschlossenen Zahnreihen produzierte. Zuerst hatte ich Lust, die Zähne mit einem Büchsenöffner etwas auseinanderzuklemmen, doch dann beschränkte ich mich darauf, mich zu freuen, daß der Mann so schöne Zähne hatte.

Das Fotografieren ging verhältnismäßig mühelos. Das Interview bestand darin, daß wir einander abwechselnd hilfeflehend und ermutigend anlächelten. Wir sprachen auch, aber das hatte keinen Sinn. Mein Englisch war so perfekt, daß es nur ein einziger Mensch auf dieser Welt verstehen konnte, nämlich ich selbst.

Aus einem tieferen seelischen Einvernehmen heraus, als es die menschliche Sprache zu verleihen vermag, gingen wir schließlich hinunter in die Hotelbar, setzten uns einander gegenüber und bestellten Whisky.

Nach und nach fanden wir ein System für unsere Unterhaltung. Wir stießen unsere Gläser aneinander, es machte »Klick«, wir tranken, und dann fing er an zu sprechen und sprach ungefähr drei Minuten lang. Ich sah ihn freundlich an. Dann stießen wir wieder unsere Gläser aneinander, es machte »Klick«, wir tranken, und dann sprach ich. Ungefähr drei Minuten lang, und er sah mich freundlich an. So setzten wir das fort und redeten immer lebhafter und verstanden immer nur »Klick«, und das mit den drei Minuten hatten wir bald im Gefühl, denn irgendeine Ordnung mußte ja schließlich sein. Selten schien mir eine Unterhaltung angenehmer und harmonischer verlaufen zu sein. Jeder konnte sagen, was er wollte. Es gab keine Bekenntnisse, die man später als peinlich und überflüssig bereuen mußte. Es gab keine Worte, die eifernden Widerspruch herausforderten. Es gab keine versteckt lauernde zweite und dritte Bedeutung hinter den Sätzen. Es gab kein kompliziertes Erklären und keine Meinungsverschiedenheiten – politische Meinungsverschiedenheiten schon gar nicht. Ich hätte seelenruhig die Überzeugungen einer chinesischen Partisanengruppe und mein Partner das Ideengut eines österreichischen Legitimisten vertreten können. Wir hätten »Klick« gemacht und wären weiter miteinander einverstanden gewesen. Ach, wenn ich jetzt so daran zurückdenke, dann möchte ich mich am liebsten nur noch mit Menschen unterhalten, die ich nicht verstehe und die mich nicht verstehen. So eine Unterhaltung gibt Raum für alles Angenehme, das die eigene Phantasie zu schenken vermag, und dazu bietet sie eine gemütliche Eintracht, ein freundliches Lächeln und alle drei Minuten »Klick« …

Das Schönste von München

Als ich vor einiger Zeit aus fern gelegenen Regionen der Bundesrepublik nach München reisen wollte, rieten mir nähere und fernere Landsgenossen davon ab. Die Bayern brächten Fremdlingen gegenüber die von mir so geschätzte freundliche Umgänglichkeit nicht auf, es gäre in ihnen ein dämonischer Haß gegen Völkerstämme jenseits ihrer Grenzen.

Die Warnungen brachten mein Wikingerblut in Wallung. Ich wappnete mich mit der edlen Kühnheit eines Urwaldforschers und stürzte mich in den Schlafwagen.

Seit Vorkriegszeiten hatte ich Münchner Boden nicht mehr betreten. Damals hatte ich diese Stadt ungern und ohne Schaden an Leib und Seele genommen zu haben wieder verlassen. Ihre schlummernde Gefährlichkeit mußte meinem blauen Kinderblick entgangen sein. Was würde mein mittlerweile gereiftes Forscherauge diesmal erspähen?

Der erste Bayer, der mir begegnete und mit dem ich sofort ein Glas Bier trank, um mich einzuschmeicheln, war der Schlafwagenkellner. Ein reizender Mensch. Aber, wie sich später herausstellte, leider aus der Nähe von Osnabrück stammend. Sobald ich in München angekommen war, begegneten mir auf Schritt und Tritt entzückende Bayern, die aber alle nicht aus Bayern waren. Höchstens fünf Tage hatte ich in Bayern bleiben wollen. Jetzt sind fünf Wochen vergangen, und ich bin immer noch hier.

Auf den Hauptgrund meines in die Länge gezerrten Münchner Aufenthalts werde ich später noch zu sprechen kommen. Der erste Nebengrund für mein Bleiben war der wilde Ehrgeiz, einen echten eingeborenen Münchner zu erleben. Von mir aus konnte es auch eine Münchnerin sein.

Mein Zimmermädchen ist eine sanfte Perle. Ich war bereit, ihretwegen zur Münchner Lokalpatriotin zu werden. Doch ich erfuhr, daß sie aus der Steiermark stammt, und ich weiß nicht, ob das noch zu München zu rechnen ist.

Ein netter junger Taxenchauffeur steuerte mich freundlich und etwas weitläufig durch Münchens nachmittäglichen Großstadtdschungel. Ich entlockte seiner milden Hilfsbereitschaft das Geständnis, er sei aus Halle. Statt meiner Enttäuschung Ausdruck zu geben, stellte ich fest, daß selbst bescheidene Geographiekenntnisse zur Belastung werden können. Unwissenheit schafft Illusionen, die Zeit und Geld ersparen. Als Wissende muß ich weitersuchen.

Auf meiner Suche erlebte ich: Kellner aus Berlin, Blumenfrauen aus Breslau und Hannover, Kollegen aus Düsseldorf, Hamburg, Leipzig und London. Ich habe zauberhafte Ungarn, Jugoslawen, Bulgaren, Rumänen, einen Viertelamerikaner, eine halbe Inderin und fünf Italiener aus dem südlichen Teil der Sächsischen Schweiz kennengelernt. Einer von ihnen war aus Rom.

Wo sind die Münchner? Ich glaube, jetzt einem echten Exemplar auf der Spur zu sein. Meine Kontakte zu einem Nachttaxenchauffeur vom Format eines viertürigen Kleiderschranks führten zu dem Resultat, daß er sich als Münchner bezeichnete und mir sogar seinen Spitznamen nannte. In allen Städten leben nämlich altgediente Taxenfahrer meistens nicht unter ihrem Eigen-, sondern unter ihrem Spitznamen. Mein Taxen-Münchner gestand mir mit männlichem Stolz und schämigem Charme: »I bin die Betonbrust.« Natürlich war ich begeistert, beherrschte mich aber und ließ mich zu keinen unüberlegten Handlungen hinreißen. Ich werde schon noch rausfinden, ob's stimmt, daß er ein echter Münchner ist. An dem Namen Betonbrust zweifle ich nicht.

Im übrigen lasse ich mich nicht täuschen. Mißtrauen ist die ehrenvolle Waffe des gläubigen Skeptikers. Ich erlebte indirekt und direkt Bayern mit Geburtsadel. Sie bestanden aus adligen Balten, Mecklenburgern, Schlesiern, Hugenotten und Ostpreußen. Zwar war ich demokratisch entzückt von ihnen, doch als echte Münchner vermochte ich sie nicht hinzunehmen. Wahrscheinlich werde ich auf die Betonbrust zurückgreifen müssen.

Die Jagd nach dem echten Münchner ist der erste Nebengrund für mein Immernochhiersein. Ein weiterer Nebengrund ist, daß ich nur ganz kurz bleiben wollte und deswegen lediglich mit einer Schachtel Zigaretten, einer kleinen Flasche Lavendel, einem Nachthemd, einer Zahnbürste, einer roten Geranie im Ausschnitt und der Rückfahrkarte in der Hand nach hier reiste. So was rächt sich. Ich gehöre zu den Menschen, die rettungslos verloren sind, wenn sie am frühen Abend eine Wirtschaft oder Bar betreten, nur um den munteren Freunden mitzuteilen: »Meinen Mantel ziehe ich gar nicht erst aus, ich wollt euch nur sagen, daß ich sofort nach Hause muß und arbeiten.« Solange ich den Mantel anhabe, fühle ich mich moralisch gesichert und jederzeit aufbruchsbereit – bis zum Morgengrauen. Hätte ich mich sofort entschlossen, den Mantel abzulegen und eine Stunde zu bleiben, wäre ich allenfalls drei Stunden geblieben – statt sieben oder acht Stunden. Hätte ich mich klar und vernünftig auf acht Tage München eingerichtet, wäre mir eine seriöse Heimfahrt nach, sagen wir mal, vierzehn Tagen sicher gewesen. So aber verließ ich mich auf Grund meines mangelhaften Trousseaus auf meine minutiös festgelegte Rückkehr.

Man soll sich auf nichts und niemand verlassen, am wenigsten auf sich selbst.

Mögen andere Menschen standhafter sein – ich freue mich meiner Unstandhaftigkeit, seit ich in München bin. Es gibt nette Menschen hier, schönes Wetter, schöne Umgebung, die rauschende Isar, die berühmte Schwarzhändler-Möhlstraße, eindrucksvolle Festspiele und gutes Bier. Es gibt noch viel Schönes in München, aber das Schönste ist der Föhn, und er ist der Hauptgrund dafür, daß ich am liebsten überhaupt nicht mehr fort möchte.

Ich will nicht behaupten, daß ich zeitweilig faul wäre wie die Sünde, denn ich halte gerade die Sünde für fleißig. Ich bin manchmal faul wie ein im Gras vermodernder Fallapfel. In anderen Städten darf ich das nicht sein, ohne mit moralischem Abscheu oder mitleidig-verächtlicher Nachsicht betrachtet zu werden. Hier in München erstickt man mir wohltuend jedes aufkeimende Schuldgefühl mit den Worten: »Das ist der Föhn.« Natürlich ist es der Föhn. Wie klar, wie einfach und leicht ist doch das Dasein, wenn's einen Föhn gibt! Wenn ich mich bei Freunden etwas revoltierend aufführe, brauche ich bei kritischen Einwänden nur mal schnell zu säuseln oder zu brüllen: »Föhn!« »Ach so«, sagen dann alle und behandeln mich sofort mit der pflaumenweichen Güte eines Idealpsychiaters. »Entschuldigen Sie bitte«, sage ich, »Föhn!«, wenn ich mal Verabredungen mit Freunden oder wichtigen Geschäftsleuten durcheinandergebracht habe. »Ach so«, meinen die Leute dann verständnisvoll und sind furchtbar nett und entgegenkommend, weil sie fühlen, daß der Föhn im Begriff ist, mich unberechenbar zu machen. Anderswo wären die Leute für Wochen verschmollt und beleidigt.

Wenn meine Begleitung mich darauf aufmerksam macht, daß ich mit einem Loch im Strumpf zu irgendeiner Galavorstellung gehe, erwidre ich nur kalt lächelnd »Föhn«, und niemand wagt dann, von Schlamperei auch nur zu flüstern.

Wenn ich zuviel rauche, ist es der Föhn, wenn ich müde bin, ist es der Föhn, und wenn ich vor lauter Wachsein abends nicht nach Haus finden kann, ist es auch der Föhn. Anderswo würde man roh und verständnislos von Bummeln sprechen.

Eine der herrlichsten Eigenschaften des Föhns besteht darin, daß er immer da ist, auch wenn er gerade mal nicht da ist. Als sensible Natur fühlt man dann eben sein Kommen im voraus. Und wenn er gerade fort ist, leidet man natürlich besonders unter den Nachwehen.

Alle Menschen hier wissen, daß ich schrecklich unter dem Föhn leide. Dabei ist das Interessanteste am Föhn für mich, daß ich ihn bis heute überhaupt noch nicht gespürt habe. Bis zum heutigen Tage habe ich nicht die leiseste Ahnung, was und wann nun eigentlich Föhn ist. Natürlich werde ich mich hüten, diese Unkenntnis zu verraten.

Auf jeden Fall tun mir die Menschen in Städten ohne Föhn von nun an sehr, sehr leid, und mir wird es furchtbar schwerfallen, wieder irgendwo zu leben, wo's keinen Föhn gibt.

Bernsteinaugen und Rosenwangen

Vergleiche hinken. Das finde ich nicht schlimm. Hinken ist und bleibt immerhin eine Art des Gehens und kann sogar sehr nett aussehen. Ich kenne Leute, die ausgesprochen charmant hinken. Und ich kenne auch Vergleiche, an denen gerade das Hinken das Reizvollste ist. Nun traf ich neulich meinen Freund Otto, und der zeigte sich furchtbar streng in bezug auf Vergleiche, besonders hatte er's mit den Farben.

»Wieso semmelblonde Haare?« fragte er, »was verstehst du darunter? Meinst du das Innere einer Semmel oder das Äußere? Eine kroß gebackene Semmel ist dunkler als eine weniger kroß gebackene. Nimm irgendeine Semmel in die Hand und halte sie hundert blonden Leuten an den Kopf. Wenn die Haarfarbe auch nur eines einzigen Menschen mit der Semmel übereinstimmt, zahl ich dir deinen Semmelbedarf bis ans Lebensende.«

Allmählich weiß ich gar nicht mehr, wie man eine Farbe näher bezeichnen soll. Ich habe schon oft von veilchenblauen Augen gehört und gelesen, aber ich habe noch nie einen Menschen mit violetten Augen gesehen. Und was heißt tabakfarben? Welche Tabaksorte ist gemeint? Was versteht man unter kaffeebraun? Kaffeebohnen oder gekochten Kaffee? Ich habe einen kaffeebraunen Rock, aber ich kenne weder dunkle noch helle Kaffeebohnen, denen er in der Farbe gleicht. Wahrscheinlich sind Kaffeebohnen nicht kaffeebraun, sondern nur Stoffe. Dafür sind Kaffeebohnen dann vielleicht nußbraun und Nüsse lehmfarbig. Und wie ist es mit bananengelb, rosenholzfarben, honigfarben, malvenfarben, olivgrün und erdbeerrot? Eine sehr nette Tante schenkte mir mal ein Kleid mit dem ausdrücklichen Hinweis, es sei gänsegrün. Ich habe das Kleid sehr geliebt und fand gänsegrün wunderschön. Aber was ist eigentlich gänsegrün? Was sind rosenfarbene Wangen? Rosen gibt's vom zartesten Weiß-Rosa bis zum dunkelsten Rot-Violett.

Schneewittchens Haare waren schwarz wie Ebenholz. Das hat mir immer großen Eindruck gemacht. Jetzt erst fällt mir ein, daß ich kein Ebenholz kenne. Wahrscheinlich ist es gar nicht schwarz und hat überhaupt eine Farbe, die Menschenhaare niemals haben.

Als Kind las ich mal von einem kleinen Mädchen, das vor einem König ein Gedicht aufsagen sollte und blutübergossen vor ihm stand. Damals habe ich wirklich geglaubt, man habe über das unglückliche Geschöpf einen Kübel mit Blut geschüttet und fand die Vorstellung von der Blutübergossenen beklemmend und die Methode, an die Leutseligkeit eines Herrschers zu appellieren, etwas eigenartig.

Mäuse sind derart verschieden, daß mäusegrau eine höchst ungenaue Farbbezeichnung ist. Und genauso ist's mit weinrot, resedagrün, taubenblau, kirschrot, schwefelgelb und haselnußbraun. Dichter, die von bernsteinfarbenen Augen schreiben, wollen damit sagen, daß diese Augen schön sind. Gewiß, es gibt dunklen Bernstein, aber es gibt auch hellgelben. Hellgelbe Augen würden sicher scheußlich aussehen, und Gott sei Dank hat sie auch niemand.

Jede Frau kennt sandfarbene Strümpfe, aber keine dürfte eine Sandart kennen, die wie sandfarbene Strümpfe aussieht. Ich habe einen Puder, der die Farbbezeichnung »Pfirsich« trägt. Und wenn ich bis ans Ende meiner Tage danach suchte, ich würde keinen Pfirsich finden, der auch nur eine schattenhafte Ähnlichkeit mit dem Pfirsich-Puder hätte, weder von innen noch von außen.

Gegen blutroten Wein läßt sich wohl nicht allzuviel einwenden. Er spielt eine große Rolle in düsteren Balladen. Auch wo er sonst in der Literatur auftaucht, weiß man sofort, daß schicksalhafte Katastrophen bevorstehen. Im krassen Gegensatz dazu steht der goldene Wein, der immer mit schäumender Lebensfreude kombiniert ist. Es gibt aber gar keinen goldenen Wein. Den Ehering möchte ich sehen, dessen Farbe mit irgendeiner Weißweinsorte übereinstimmt.

Farbnuancen lassen sich sprachlich wohl nur schwer festlegen. Ich weiß auch nicht, ob die Erfinder von Farbbezeichnungen zuviel Phantasie haben oder zuwenig. Lachsfarbene Damenunterwäsche ist derart populär, daß ich manchmal das Gefühl habe, man wird mir eine Scheibe Hüfthalter oder Nachthemd servieren, wenn ich im Restaurant Lachs bestelle. Umgekehrt kann mich das Bedürfnis überkommen, einen Löffel Mayonnaise draufzuklatschen, wenn mir eine Wäscheverkäuferin eine lachsfarbene Garnitur vorlegt. Dabei hat die Lachswäsche eine ganz andere Farbe als der Lachs, den ich esse. Warum gibt es zur Abwechslung nicht mal Abendrotwäsche oder Sonnenaufgangsunterröcke? Neumondfarbene Strümpfe? Kognakfarbene Haut? Auspuffgasgraue Haarsträhnen? Hormonblaue Augen, vitaminfarbene Handtaschen?

In Romanen um die Jahrhundertwende spielten flohfarbene Herrenanzüge eine beachtliche Rolle. Das waren noch behagliche Zeiten, als der elegante Herr sich an Hand seines Lieblingsflohs beim Schneider den Stoff aussuchte. Kaum ein Mensch weiß heute noch, wie ein Floh aussieht. Aber es könnten ekzemfarbene Komplets verkauft werden und totogrüne oder boxerviolette Lippenstifte.

Jemand, der mir schmeicheln wollte, hat mir mal gesagt, ich

hätte aschblonde Haare. Das fiel mir zufällig heute morgen ein, als ich die Asche aus meinem Ofen ausleerte. Tiefsinnig starrte ich in die Mülltonne. Also lieber eine Glatze als so eine Haarfarbe. Warum werden Haare noch nicht auf astrologischer Basis gefärbt? In Steinbockblond, Jungfraurot oder positivem Wassermannblau? A propos Wasser: Farbbezeichnungen, die mit irgendwas Wäßrigem zu tun haben, stimmen auch nie. Nilgrün kann ich nicht nachprüfen, weil ich den Nil nicht gesehen habe. Die Donau hab ich gesehen, aber blau war sie nicht. Und der Rhein ist so wenig grün wie die Donau blau ist, obwohl Lieder gerade sein Grün preisen.

Ich kenne auch einen ganzen Haufen Seen, aber keiner hatte die Farbe seegrüner Seide. Und ob wohl das Rote Meer aus der Bibel wirklich rot ist?

Ich will's mit den Farben nicht so genau nehmen. Lieber trinke ich jetzt ein Glas goldenen Wein, ob er nun golden ist oder nicht.

Der ideale Mann

Von einem, der eine Statistik darüber anlegen will, wurde ich gefragt: »Welcher Mann wird geliebt?« Ich mache mir nicht viel aus solchen Testen, aber ich finde es immer noch lohnender und interessanter, über männliche Vorzüge nachzudenken als über Umfragen wie zum Beispiel: »Welcher Unterschied besteht Ihrer Meinung nach zwischen Marlene Dietrich und dem Bundeskanzler?«, »Halten Sie Libido für einen Seestrand in Italien oder für ein nordafrikanisches Gesellschaftsspiel?«, »Ziehen Sie eine Alkoholvergiftung einer Vorladung zum Finanzamt vor?«
Ich weiß nicht, ob es einen idealen Mann gibt. Wenn ich in einen Mann verliebt bin, finde ich ihn so einmalig und wundervoll, daß ein Attribut wie »ideal« viel zu blaß und kümmerlich für ihn ist. Später, wenn das Hoch sozusagen dem Eindringen kühlerer Meeresluft weichen mußte, kommt mir die Bezeichnung »ideal« erst recht nicht in den Sinn. Die Vorstellung, alle Männer, die ich mal reizend fand, zu einem Haufen versammelt zu sehen, hat etwas Beklemmendes für mich. Vergangene Begeisterung und künftige Kriege soll man sich nicht vorstellen.
Ich weiß auch nicht, welche Art Mann mir nun besonders gut gefällt. Mit sechzehn Jahren hatte ich mal gehört, wie meine mir durch Reife und Welterfahrung überlegene achtzehnjäh-

rige Kusine, die sogar eine imitierte Sealkaninjacke und eine mondäne Stofforchidee besaß, von einem Mann sagte: »Der könnte mein Typ sein.« Daraufhin wollte ich auch einen Typ haben und mixte mir eine Art dämonischen Menschenverächter, elegant tanzenden Globetrotter, leidenschaftlichen Violinspieler und gütig-souveränen Nervenarzt zusammen. Nachdem ich mich zum drittenmal in drei verschiedene Männer, die weder mit meinem Typ noch miteinander die leiseste Ähnlichkeit aufwiesen, verliebt hatte, gab ich die Sache mit dem Typ auf. Das einzig Gemeinsame, das ich bei den Männern, die mir im Laufe der Jahre gefallen haben, feststellen kann, besteht darin, daß sie keine Frauen waren.

Um auf die Frage »Welcher Mann wird geliebt?« zurückzukommen, überlege ich, welche Eigenschaften ich an Männern schätze und welche ich nicht ausstehen kann.

Zu den Männern, aus denen ich mir nichts mache, gehören unter anderem:

1. Gewisse Witzbolde, die sich innerhalb einer Stunde zwanzigmal der gleichen, gerade populären, witzigen Redensart bedienen und jedesmal selbst ihre helle Freude daran haben.

2. Männer, die mit wildem Eifer und grimmiger Entschiedenheit zum fünfzigstenmal todsichere politische Prognosen stellen, nachdem dreiundfünfzigmal das genaue Gegenteil des von ihnen Prophezeiten eingetroffen ist. Ich meine, es hat keinen Sinn, ihnen andächtig zu lauschen, obwohl sie sich meistens aufspielen, als wären sie als einzige Lebewesen in sämtliche vergangenen und künftigen Geheimnisse der Weltgeschichte eingeweiht. Mein Bedarf an politischen Informationen ist durch Zeitungsartikel und Rundfunkkommentare so reichlich gedeckt, daß ein zusätzlicher politischer Amateurpfau mich nur noch bis zu Tränen langweilen kann.

3. Don Juans und Casanovas. Sie haben im Laufe der Jahrhunderte eine etwas schimmlige und antiquierte Routine er-

worben und sind meistens in ihre eigene Unwiderstehlichkeit verliebt. Ich fand es aber immer netter, wenn ein Mann in mich statt in sich selbst verliebt war. Auch kommt es mir komisch vor, wenn Männer nach einem bestimmten Eroberungsgesetz arbeiten und zum Beispiel nach dem Motto »Das Weib will im Sturme genommen werden«, plötzlich auf eine Frau losstürzen und sie wild schütteln wie eine Medizinflasche.

4. Männer à la »Fliegender Holländer«, auf denen ein Fluch lastet. Ich weiß nichts mit ihnen anzufangen, obwohl es ja viele Frauen geben soll, die gern die erlösende Sentarolle spielen und gern leiden. Ich leide nicht gern und mag auch keine Männer, die verbittert und enttäuscht sind und erwarten, daß ich ihnen helfe, den Glauben ans Leben und an die Frau wiederzufinden. Ich weiß, daß es ein häßlicher Charaktermangel von mir ist, aber ich eigne mich nun mal nicht zum Psycho-Therapeuten-Ersatz und hab auch weder Talent noch Lust, einen Mann vor dem moralischen Untergang zu retten und aus dem Sumpf zu ziehen. Wie gut, daß es andere Frauen gibt, die geradezu passionierte »Aus-dem-Sumpf-Zieherinnen« sind.

Es hat auch keine anziehende Wirkung auf mich, wenn ein Mann damit kokettiert, daß ihm seine Frau mit sämtlichen Möbeln fortgelaufen ist. Allenfalls kann ich eine kollegiale Bewunderung für die Möbel transportierende Frau aufbringen. Zu den chronisch Verbitterten gehören auch Männer, die sagen: »Tiere sind besser als Menschen.« Tiere dürften auf Grund weitreichender Erfahrungen anderer Meinung sein, und wenn sie mitteilen könnten, wie kalt sie derartige menschliche Wertschätzungen lassen, würden die Verbitterten, gekränkter Eitelkeit voll, sich durch die gesamte Zoologie beleidigt fühlen. Ich jedenfalls habe keine Lust, einem Mann zu beweisen, daß ich besser bin als Tiere, oder mich ihm zuliebe in einen treuergebenen Hund, ein niedlich-bescheidenes Kanarienvögelchen oder ein zahmes Kaninchen zu verwandeln.

Ich will mich aber nicht weiter in mir zuwidere männliche Eigenschaften verbohren, sondern lieber an die netten Männer denken.

Mir gefällt's, wenn ein Mann wirklich ein Mann ist, der es nicht nötig hat, seine Männlichkeit besonders zu betonen und besonders stolz darauf zu sein. Er kann sich ruhig etwas unbesonnen, unbeholfen und schüchtern zeigen. Lieber soll er eine leichte Neigung zur Faulheit haben als sich in wildem Ehrgeiz verzehren. Zuviel Ehrgeiz macht einen Mann nur ungemütlich und geht auf Kosten seiner Heiterkeit. Auch frißt er ihm die Zeit auf, die eine Frau gern für sich haben möchte.

Im übrigen habe ich nie das Bedürfnis gehabt, einen Mann zu ändern oder gar zu erziehen. Man kommt viel besser mit einem Mann aus, wenn man ihm sagt, daß man ihn bewundere und reizend finde. Darum verstehe ich auch gar nicht, warum heute noch so viele Frauenzeitschriften Erziehungsrezepte für Männer herausgeben, ganz abgesehen davon, daß die Männer sie von selbst gar nicht lesen und höchstens muffig werden, wenn man sie ihnen als Ausschnitte auf die Wirtschaftszeitung, auf den letzten Zahlungsbefehl oder in den Kriminalroman klebt. Warum wird eigentlich dauernd verlangt, daß ein Mann seiner Frau immerzu Blumensträußchen mitbringt? Ich finde, ein Mann kann überzeugendere und originellere Liebesbeweise geben, und gerade die neckische Sträußchenschenkerei liegt nicht jedem, nachdem sie als feststehende Dauergalanterie ewig und überall gefordert wird. Ich will ja den Blumenläden nicht das Geschäft verderben, aber ich weigere mich, angesichts einiger räudiger Tulpen vor Rührung zu zerfließen und an einen Mann Ansprüche zu stellen, wenn sie seiner Phantasie und Individualität nun mal nicht entsprechen. Kein vernünftiger Mann wird jemals begreifen, warum seine Frau sich in Gottes Namen nicht selber ein Veilchenbukett kauft, wenn Lebensglück und Seelenfrieden für sie davon abhängen.

Ich weiß auch nicht, warum ein Mann zu Haus nicht gelegentlich in Hemdsärmeln und Pantoffeln rumlaufen soll. Ein Mann soll sich zu Hause nicht gehenlassen? Wo soll er sich denn gehenlassen, wenn nicht zu Haus? Hauptsache, er fühlt sich wohl und läßt sich seine gute Laune anmerken. Und um zu wissen, daß ich ihm gefalle, brauche ich weder Sträußchen noch Smoking. Mir ist viel lieber, ein Mann steigert seinen Charme dadurch, daß er im Haushalt hilft und nett und aufmunternd ist, wenn man sich krank fühlt. Gerade männliche Männer wirken bezaubernd, wenn sie ein bißchen ungeschickt und eifrig Arbeiten verrichten, die ihnen eigentlich nicht liegen. Es gefällt mir auch, wenn ein Mann über genügend Muskelkraft und Elan verfügt, um gelegentlich mal jemand zu verprügeln, der's verdient hat. (Natürlich nicht mich!)

Ich will jetzt aufhören, weitere reizvolle Männereigenschaften aufzuzählen. Es gibt noch sehr viele. Aber wie bereits gesagt – wenn ich verliebt bin, gibt es überhaupt keine Eigenschaften mehr, weder nette noch unnette – dann gibt es nur noch einen rundherum vollendeten und bezaubernden Mann.

Wovon wird man eigentlich betrunken?

Am Abend war eine Gesellschaft. Zuerst war's etwas feierlich. Dann wurde es etwas feucht, dann feuchtfröhlich, dann sehr feucht, und später wurde es Nacht.

Mit einigen Teilnehmern der Gesellschaft war ich für den nächsten Nachmittag in ein Lokal zu einer beruflich-kollegialen Aussprache verabredet. Zuerst wollte ich nicht gehen. Aber dann ging ich doch, weil ich wissen wollte, ob den andern auch so schlecht war und ob mein Gesang Ärgernis erregt hatte. Ich kann nämlich nicht singen.

Die meisten kamen zu der Verabredung, taten etwas krampfhaft forsch und wirkten, Gott sei Dank, ebenfalls lädiert und zerdrückt. Der Getränkekonsum erstreckte sich auf Mineralwasser, Schorle, Coca-Cola und helles Bier. Es wäre auch Milch getrunken worden, aber die gab's in dem Lokal nicht. Wir waren alle körperlich und seelisch ramponiert, aber es wirkte lindernd auf unsere Depressionen, als wir nach und nach feststellten, daß jeder einen Kater von der Größe und Bösartigkeit eines schwarzen Panthers mit sich führte. Es ist gräßlich, der einzige Gesellschaftsteilnehmer gewesen zu sein, der sich in jenem Zustand befunden hat, der sich nicht mehr als hauchzarter kleiner Schwips bezeichnen läßt. Gemeinsam wühlten wir in unseren Wunden, indem wir uns der vermutlich nüchtern gebliebenen Zeugen entsannen, und gemeinsam richteten wir uns moralisch auf an Friedrich, einem sehr schüchternen, sehr wohlerzogenen jungen Mann, der am vergangenen Abend der seriösen, reifen Dame des Hauses ein Sahnetörtchen in die Haare geklebt hatte. Natürlich hatte Friedrich zuerst so tun wollen, als könne er sich auf nichts mehr besinnen, aber das hatten wir nicht zugelassen.

Nach und nach gingen wir dann zu jenem klassischen Gespräch über, das mit leichten Abwandlungen fast alle Leute führen, die aus einem handfesten Rausch zu einer peinigenden Wirklichkeit erwacht sind. Zuerst stellten wir natürlich fest, daß wir alle so gut wie gar nichts getrunken hatten. Dann forschten wir intensiv nach den Gründen für unseren bacchantischen Ausnahmezustand. Unter anderem fanden wir folgende Möglichkeiten:

»Es muß am Heringssalat gelegen haben«,

»Das Stück Aal ist mir nicht bekommen«,

»Ich hätte keine Sahne in den Kaffee tun dürfen«,

»Viele können abends überhaupt keinen Kaffee vertragen«,

»Die Mayonnaise muß einen Stich gehabt haben«,

»Wir hatten zu wenig Fettunterlage«,

»Bei mir kam alles nur durch das viele Rauchen«,

»Man hätte nicht so lange stillsitzen dürfen«,

»Daß wir nachher getanzt haben, war der größte Fehler«,

»Als die Balkontür plötzlich aufgemacht wurde, hat mich die frische Luft hingehauen«,

»Frische Luft haut immer hin«,

»Mich hat das halbe Gläschen Pfefferminzlikör nach dem Wein umgeschmissen«,

»Man ist ja total überarbeitet«,

»Man lebt in ständiger Angst vor politischen und wirtschaftlichen Katastrophen und kann nichts mehr vertragen«,

»Man hat eben zu viel mitgemacht und ist mit den Nerven runter«,

»Die niedrige Decke hat uns den Rest gegeben«,

»Das Gefährlichste war das Kerzenlicht«,
»Ich wollte meiner Frau gleich sagen, sie soll die Finger von der Cremetorte lassen«,
»Rosen sind ja schön und gut, aber ohne den penetranten Geruch von fünf Rosensträußen wären wir garantiert nüchtern geblieben.«

Wir fanden noch einen Haufen Schuldgründe, und jeder konnte sich aussuchen, was ihm am besten gefiel. Auch der Kellner beteiligte sich fachmännisch an der Unterhaltung und steuerte wertvolles Material bei. Die meisten Punkte erzielten Mayonnaise mit vermutlichem Stich, niedrige Decke und wirtschaftspolitisch ruinierte Nerven.

Wir fanden heraus, daß man betrunken wird von Essen bzw. Nichtessen, vom Rauchen, von Bewegung bzw. Nichtbewegung, von Sahne, Kaffee, Tee, von guten und schlechten Gerüchen usw. Es gibt wirklich nicht viel, wovon man nicht betrunken wird, man kann gar nicht vorsichtig genug sein. Die nahezu einzige Materie, die keine Trunkenheit erzeugt, ist anscheinend der Alkohol. Mir hat jedenfalls noch kein Mensch erzählt, daß er durch Alkoholgenuß betrunken geworden wäre, allenfalls dadurch, daß er zu wenig getrunken hätte: »So gut wie gar nichts.«

Man darf es nur singen

Ich wurde gebeten, eine Liebesgeschichte zu schreiben. Nichts leichter als das, dachte ich und begab mich frohen Mutes an die Arbeit.

Ich setze voraus, daß ein Mann und ein Mädchen einander lieben, und beginne mit einem realistischen Dialog:

»Liebst du mich, Liebling?«

»Ja, ich liebe dich, Liebling.«

»Liebst du mich sehr, Liebling?«

»Ja, ich lieb dich sehr, Liebling – du mich auch, Liebling?«

»Das weißt du doch, Liebling.«

»Hast du manchmal Sehnsucht nach mir, Liebling?«

»Wär ich sonst hier, Liebling?«

»Bist du mein Liebling?«

»Ja, ich bin dein Liebling, Liebling.«

Ich habe immer wieder gehört, daß ein Schriftsteller sich unablässig mühen soll, wahr zu sein. So ein Liebesgespräch ist die lautere Wahrheit, aber es kommt mir – vom literarischen Standpunkt aus gesehen – etwas dürftig vor. Ich glaube, je verliebter Leute sind, um so schlichter und einfacher reden sie. Liebe läßt den üppigsten Wortschatz dahinschmelzen wie glühende Lava den Schnee. Wer entsinnt sich nicht, gelegentlich das zusammenhanglose Gestammel eines Schwachsinnigen produziert zu haben? Ich möchte dem keinen dokumen-

43

tarischen Wert beimessen und es nicht für ewige Zeiten im Druck festhalten. Ich weiß auch nicht, ob es erlaubt wäre.

Es scheint mir gar nicht mehr so einfach, eine Liebesgeschichte zu schreiben. Der Lektüre artiger Zeitschriften entnehme ich, daß strenge Gesetze herrschen, und ich glaube, es droht sogar ein Schmutz- und Schundgesetz. Vielleicht ist dieses Gesetz schon da, bevor meine Geschichte fertig ist, dann wird mir nachher alle Erotik rausgestrichen, und nichts bleibt mehr übrig.

Unter einer Liebesgeschichte ohne Erotik kann ich mir beim besten Willen nichts vorstellen. In einem Wachsfigurenkabinett kann man die Leute jahrzehntelang Hand in Hand sitzen lassen, aber in einer Erzählung müssen die Leute sich bewegen, und wenn es verliebte Leute sind, sitzen sie nicht jahrzehntelang Hand in Hand. Sie tun's nun mal nicht.

Ich könnte ja eine Ehegeschichte schreiben. Aber eine Ehegeschichte ist keine Liebesgeschichte. Und wenn sie eine ist, interessiert sie die Leser nicht. Leute, die einander konfliktlos lieben dürfen und verheiratet sind, haben keine Sensationen zu bieten. Außenstehende finden eine Ehe erst dann wieder bemerkenswert, wenn ein gequältes Paar ihnen Strindberg-Dramen oder Ehebruchs-Schwänke vorspielt. Von guten Ehen spricht man nicht und schreibt man nicht, weil sie langweilig sind. Für andere.

Ich soll auch gar keine Ehegeschichte schreiben, ich soll eine Liebesgeschichte schreiben.

Soweit ich jetzt durch Zeitungslektüre orientiert bin, glaube ich, daß man außereheliche Liebesereignisse nur unter ganz bestimmten Voraussetzungen stattfinden lassen darf. In Verbindung mit Naturereignissen sind erotische Ausschreitungen nahezu geduldet. Zum Beispiel: Die herbblonde Erdmute und der seelisch leidende Horst Dieter reiten zufällig gemeinsam durch Wald und Feld. Ein Gewitter überrascht sie. Es hagelt, blitzt, schneit, donnert. Man muß schreiben: »Die

Elemente waren entfesselt.« Erdmute und Horst Dieter flüchten in eine Scheune, die – wiederum zufällig – sich in unmittelbarer Nähe befindet. In der Scheune ist Heu. Dunkel ist es auch. Horst Dieter reißt die sonst so stolze, jetzt aber schutzbedürftige Erdmute an sich. Alles versinkt um sie. Leser und Kritiker verzeihen ihnen, weil Gewitter, Scheune und Heu mildernde Umstände bedeuten.

Ich kenne Scheunen. Sie sind unromantisch und gar nicht anregend. Rostige Gießkannen und Spitzhacken fallen einem auf den Kopf, und das Heu ist stachlig und staubt, daß man niesen muß. Für einen normal veranlagten Menschen ist eine Liebesszene in einer Scheune kein Vergnügen. Wahrscheinlich ist das einer der Gründe, warum die Gewitter-Scheunen-Liebe gestattet ist. Was keinen Spaß macht, ist weniger sündig. Zudem läßt starke Naturverbundenheit manche Entgleisung in verzeihlicherem Licht erscheinen. Manche sind bereit, ein Auge halb zuzudrücken, wenn ein gequältes Paar zum Opfer eines würzig duftenden Waldesbodens wird. Auch ein Waldesboden ist kein reines Vergnügen. Ameisen kriechen einem in die Ohren, Tannennadeln pieken, Mücken stechen. Ein Vogel singt in den Zweigen und läßt was fallen. Jeden Augenblick kann man mit dem Auftauchen von Förstern, Wilddieben, Vagabunden, lyrischen Dichtern und beerensuchenden Kindern rechnen. Im Wald kann man sich nicht einschließen. Wenn irgendwo Zweige knacken, erschrickt man. Vielleicht ist es nur ein Reh. Doch schamhafte Paare möchten auch von einem Reh nicht belauscht werden, wenn sie einander Herzensgeheimnisse anvertrauen. Zu allem übrigen dürfte das Kleid der fehltretenden Dame unter der Waldesvegetation leiden.

Man sollte meinen, daß für die breite Öffentlichkeit Fehltritt Fehltritt ist, gleichgültig, wo er nun stattfindet. Ich jedenfalls gönne jedem liebenden Paar ein nettes Zimmer mit Couch und Sesseln und Weingläsern auf dem Tisch, aber ich glaube,

das darf man nicht schreiben, ohne dem Paar sämtliche Sympathien zu nehmen. Liebende müssen leiden. Vorm Küssen müssen sie leiden, nach dem Küssen müssen sie doppelt leiden, und während des Küssens müssen sie auch leiden. Gleichgültig, ob man sie zum Schluß todunglücklich werden, sterben oder heiraten läßt – sie müssen auf jeden Fall derart leiden, daß auch der Moralischste und Strengste Mitleid mit ihnen bekommt. Ich weiß nicht, ob die Redakteure so unbarmherzig sind oder die Leser oder die Kultusministerien.
Übrigens kann man in Gedichten etwas großzügiger sein. Ein Lyriker darf sich tausendmal mehr erlauben als ein armer Prosaist. Ich bin aber leider kein Lyriker.
Am allergroßzügigsten aber – geradezu erstaunlich großzügig – darf man in Versen sein, die gesungen werden.
Ich verfüge über einige Tanten mit gußeiserner Moral. Sie bekamen verträumte Augen und summten leise die Melodie mit, wenn im Radio ein samtener Tenor sang: »Nur eine Nacht sollst du mir gehören . . . « oder: »Ich weiß auf der Wieden ein kleines Hotel . . . « oder: »Ich brauch Zigaretten, ich brauch rotes Licht . . . « Sie summen auch heute noch hingerissen und verklärt den Karnevalsschlager: »Du sollst mich lieben für drei tolle Tage . . . «
Singen darf man das alles, sprechen darf man's nicht und unter gar keinen Umständen in Prosa aufgelöst schreiben. Warum eigentlich nicht? Gelegentlich werde ich mal darüber nachdenken. Jedenfalls traue ich mich nicht, eine Liebesgeschichte zu Papier zu bringen, und ich habe auch keine Lust, ein Liebespaar, das mir nichts Böses getan hat, vorschriftsmäßig so viel leiden lassen zu müssen. Vielleicht meinen die Sterne es eines Tages gut mit mir und lassen mir einen Schlagertext einfallen. Bis dahin schreibe ich nicht von Liebe.

Dienen lerne beizeiten das Weib ...

Ich habe nichts gegen Männer. Im Gegenteil. Eine männerlose Erde stelle ich mir sehr reizlos vor. Außerdem braucht man die Männer ja auch wegen der niedlichen Babys.

Ich habe noch nicht mal die Absicht, als Frau in jeder Hinsicht gleichberechtigt zu sein. Zum Beispiel lege ich wenig Wert darauf, an der Herstellung von Atomwaffen und anderen militärischen Ekelhaftigkeiten beteiligt zu sein. Auch das Tragen von kriegerischen Orden kann von mir aus ausschließlich Männern überlassen bleiben, wenn ihnen das nun mal so viel Spaß macht. Besser gefällt mir allerdings, wenn ein Mann sich friedlichen und heiteren Gemüts eine puschlige Papierchrysantheme ins Knopfloch steckt.

Nach meiner Überzeugung ist der Durchschnittsmann von Natur aus nett und gutartig und würde vermutlich noch viel netter und noch viel gutartiger sein, wenn sich die Frauen seit Generationen nicht alle erdenkliche Mühe geben würden, ihn systematisch zu verderben und zu verhunzen. Mit der Mutter fängt's an und mit der Zimmervermieterin hört's auf, und die arme Ehefrau kann später sehen, wie sie mit dem verhätschelten Anderthalbzentner-Baby fertig wird. Wahrscheinlich wird's brüllen, wenn sie ihm die Flasche fortnimmt und es mal fünf Minuten lang nicht bewundert. Das Männer-Baby ist daran gewöhnt, den seiner Männlich-

keit zukommenden Tribut möglichst pausenlos dargebracht
zu bekommen.

Der Unterschied zwischen einem männlichen und weiblichen
Baby ist erschütternd geringfügig, die Lebensäußerungen
sind bei beiden verblüffend gleichartig. Ich jedenfalls habe
noch keinen männlich überlegenen Säugling gesehen. Trotzdem wird er oft als etwas hervorragend Wertvolles begrüßt.
Hurra, ein Junge! Ein Stammhalter! Was für einen Stamm soll
so ein armes Wurm schon halten? Schließlich stammen wir ja
nicht alle aus Fürstenhäusern oder von erlauchten Schieber-
dynastien ab. Und wenn's schon unbedingt ums Stämmehal-
ten gehen muß, so sind gerade dabei kleine Mädchen auf die
Dauer nicht zu entbehren. Jeder Stammhaltermutter dürfte
das eigentlich klar sein.

Leider klaubt sich oft das weibliche Baby Schulze heulend im
Laufställchen die ersten Minderwertigkeitsgefühle zusammen, während der Stammhalter Schulze auf dem Wickeltisch
liegt und nähere und entferntere weibliche Verwandte das
Wechseln seiner Windeln zu einer spanischen Hofzeremonie
ausarten lassen. Dabei kann das weibliche Baby Schulze seine
Windeln bestimmt genauso schön naßmachen.

Die Bevorzugung geht weiter. Schwesterchen und Brüderchen gehen zur Schule, beide müssen lernen, beide müssen
Schularbeiten machen. Mutter Schulze aber erwartet, daß
Schwesterchen nebenbei Strümpfe stopft, Knöpfe annäht und
im Haushalt hilft. Brüderchen braucht nicht. »Er ist doch ein
Junge«, sagt die Mutter, »von einem Jungen kann man das
nicht verlangen.« Der Junge müßte ein Vollidiot sein, wenn
ihm diese Auffassung nicht lieblich schmeckte wie Schokola-
denpudding, und er wird auch nichts dagegen haben, wenn
Schwesterchen dazu angehalten wird, ihn hin und wieder ein
bißchen zu umsorgen und zu bedienen.

Vorausgesetzt, daß Schwesterchen Schulze kein strahlender
Vamp oder eine bahnbrechende Kampfnatur ist, wird es den

48

Ernst des Frauenlebens auch weiterhin hier und da zu spüren bekommen, unter anderem, wenn es als Berufstätige ein möbliertes Zimmer mieten muß. Aus dunklen, vielleicht psychoanalytisch zu klärenden Gründen bevorzugen die meisten Zimmervermieterinnen männliche Mieter – auch dann, wenn Dame Schulze mehr zahlt als Herr Schulze, weniger Gäste hat, weniger schlampig ist und ein weitaus bescheideneres Liebesleben führt. Und um nochmals auf das allmählich symbolisch gewordene Knöpfeannähen und Strümpfestopfen zu kommen, so wird zwar manche Vermieterin einem armen abgehetzten Herrn Schulze, doch kaum einer noch abgehetzteren Dame Schulze kleine Liebesdienste erweisen. Auch sie mag bereits von ihrer Mutter gelernt haben, dem Manne zu dienen.

»Dienen lerne beizeiten das Weib nach ihrer Bestimmung, denn durch Dienen allein gelangt sie endlich zum Herrschen, zu der verdienten Gewalt . . . « Das sagt Goethe, oder er läßt es vielmehr sagen. Man soll nicht immer die Aussprüche seiner Figuren für die unumstößliche Meinung des Autors halten. Wie dem auch sei, ich halte Dienen nicht für meine Bestimmung, zumal ich erst recht nicht durch mühsame diplomatische Schleichwege zum Herrschen gelangen will. Ich will überhaupt nicht herrschen. Erfahrungsgemäß verdirbt Herrschen nämlich meist den Charakter und führt zur Verdummung. Mir fällt keine Perle aus der kalten Welle, wenn ich meinem Mann mal die Schuhe putze, aber ich sehe nicht ein, warum er nicht bei Gelegenheit die Betten frisch beziehen soll. Vorausgesetzt, daß wir beide Geld verdienen gehen. Es liegt mir fern, die Gleichberechtigung des Mannes antasten zu wollen. Von mir aus dürfen sich die Männer auch in tausend Jahren noch munteren Rasenspielen widmen und zum Universitätsstudium zugelassen werden. Nur macht es mir manchmal Freude, von einer Zeit zu träumen, wo es statt Zimmervermieterinnen nur noch männliche Zimmervermieter gibt, die den Obdachsuchenden sagen: »Tut mir leid, aber ich vermiete nicht an alleinstehende Herren, die wollen sich doch nur immer was auswaschen«, um sodann ihrer lieben Untermieterin mild bevaternd den Morgenrock aufzubügeln. Ich stelle mir vor, mit welch sanfter, verständnisvoller Ruhe ich vor einem Schalterfenster warten würde, wenn dahinter die Beamten emsig an molligen Pullovern und Schals für ihre werktätigen weiblichen Angehörigen strickten, statt mit verbeulten Thermosflaschen zu spielen und unfruchtbare Dauergespräche mit Kollegen zu führen. Es ist ein Jammer, daß die heutigen Männer ihre überlegene manuelle Geschicklichkeit aus irgendwelchen verstaubten Prestigegründen vielfach noch brachliegen lassen.

Gern würde ich auch noch erleben, daß nicht mehr so viele Frauen sagen: »Ich muß zu einem Mann aufsehen können.« Zuerst machen diese Aufseherinnen einen völlig harmlosen Mann größenwahnsinnig, um ihm später übelzunehmen, daß er ein ganz normales menschliches Wesen ist, zu dem man weder hinab- noch hinaufsehen kann. Schließlich wundern die Frauen sich noch, wenn der Entthronte gelegentlich das Bedürfnis nach einer neuen Hinaufseherin fühlt.

Nett wär's auch, wenn die mehr oder weniger glückliche Besitzerin eines Ehemannes zwischen vierzig und sechzig nicht jedes junge Mädchen für eine vom Teufel persönlich geschulte Verführerin hielte, gegen die Messalina ein knospendes Gänseblümchen war. Ich könnte mir vorstellen, daß eine Ehefrau ihren bebauchten Liebling nicht immer und unter allen Umständen für einen blütenweißen Unschuldsengel hält. Wenn sie seinem großzügig angelegten Flirt mit einer Jungen auf die Spur kommt, sollte sie die Junge lieber freundlich aufklären, daß seit alters her mancher Ehemann der begehrenswerten Neuerscheinung gern erzählt, daß er seit Jahren kein zärtliches Wort mehr mit seiner Frau wechsle, daß die Frau krankhaft eifersüchtig sei und ihm überhaupt in jeder Hinsicht das

50

Leben zur Hölle mache. Welches junge Mädchen wäre nicht bereit, so einen stillen Dulder und Helden zu bewundern, seine Wunden zu lindern und ein wenig Sonnenschein in sein grauschwarzes Dasein zu bringen? Leider erlebt es nicht, wenn der Märtyrer sich zu Hause mit Behagen eine respektable Portion Klöße oder eine Kalbshachse einverleibt, die seine geistesgestörte oder sonstwie unheilbar kranke oder bösartige Frau zum drittenmal aufgewärmt hat, nachdem sie mit dem Tempo eines Düsenjägers in der Wohnung umhergesaust ist. Woher soll das arme Flirtmädchen das alles wissen?

Nochmals: Der Durchschnittsmann ist von Natur nett und gutartig. Er muß sogar überwältigend gutartig sein, denn es ist dem vereinten Bemühen vieler Frauen bis zum heutigen Tage nicht gelungen, einen ganz und gar ekelhaft schmeckenden Zuckerkringel auf zwei Beinen aus ihm zu machen. Männer lassen sich anscheinend schwer erziehen, noch nicht mal zum Schlechten.

Unzählbare Feinde

In der Schule habe ich gelernt, daß Kriege entstehen, wenn Völker sich so lange übereinander ärgern, bis sie vor Wut explodieren. In der Schule habe ich manchen groben Unfug gelernt, und ich glaube allmählich, daß die Gründe für einen Krieg komplizierter sind und nicht simpel genug, um von mir jemals durchschaut und begriffen zu werden. Ich lasse mich gern von klugen Leuten belehren, aber wenn ich von zehn klugen Leuten zehn verschiedene Belehrungen erhalte, bleibt mir nur übrig, an den Mottenlöchern meines knopflosen Pullovers abzuzählen, welche Belehrung richtig ist, oder mich damit abzufinden, so dumm zu sein wie zuvor. Immerhin meine ich, daß es anständiger ist, sich einen neuen Pullover zu kaufen, als ihn jemand anderem mit einer Brechstange zu entreißen.

Wenn Abneigung und Haß zum Krieg führen sollten, wundert es mich, daß nicht bereits die Bevölkerung eines einzelnen Landstrichs längst dazu übergegangen ist, nur noch vermittels scharf geladener Waffen und hochexplosiver Gegenstände miteinander zu korrespondieren. Dabei scheinen die Menschen alle durch und durch friedlich. Ich begegne jedenfalls immer nur Menschen, die sich für wandelnde Ölzweige halten. Trotzdem häufen die Konfliktstoffe sich nahezu täglich. Ich denke jetzt nicht an politische, soziale und weltanschauliche Gegensätze, die zum klassischen Bestand der Menschheit gehören, sondern an die tausend und aber tausend Gegensätze des täglichen Lebens, von denen ich nur einen winzigen Bruchteil als Beispiel anführen will.

1. Fußgänger contra Autofahrer. Das Auto ist im wahrsten Sinne der Todfeind des Fußgängers. Es bedroht sein Leben. Es hindert ihn, fruchtbar meditierend und beschaulich seines Weges zu wandeln. Es belästigt seine Nase und seine Ohren und reduziert seine äußere Erscheinung vermittels Staub oder Pfützendreck. Hinzu kommt das Überlegenheitsgefühl des Autofahrers und daß er in Fußgängern weniger Menschen als eine Art Insektenplage sieht. Tröstlicherweise für Fußgänger wirken viele Autofahrer außerhalb ihres Wagens so jammervoll entblößt, wie ich mir Schildkröten ohne Panzer vorstelle, und sie leiden sichtlich darunter, daß sie mit ihrem Auto nicht auch Treppen rauf und runter, in Wohnungen umher und ins Bett fahren können. Der Haß des Fußgängers gegen den Autofahrer endet zu seinen Lebzeiten erst dann, wenn er selbst einer geworden ist. Trotz des gemeinsamen Todfeindes gibt es kein organisiertes Fußgängertum. Dafür gibt es zahlreiche Fußgänger, die andere Fußgänger verachten, weil die ebenfalls zu Fuß gehen.

2. Autofahrer und Fußgänger contra Radfahrer und Motorradfahrer. Radfahrer vermögen die übrige Menschheit zu belästigen wie Stechmückenschwärme, und Motorradfahrer sind dem unausrottbaren Irrtum verfallen, zu glauben, daß sie sich mit hochqualifizierter Lärmentfaltung bei ihrer Umwelt einschmeicheln können.

3. Straßenbahnfahrer contra Straßenbahnfahrer. Während stehende Fahrgäste nur eine gewisse mürrische Gleichgültigkeit empfinden, ist ihre Abneigung gegen sitzende Fahrgäste mehr oder weniger fressend. Ich kenne auch Straßenbahnfahrer, die durch elegant angeekelte Miene und hoheitsvoll zerstreutes Gebaren auszudrücken versuchen, daß sie sich nur

ausnahmsweise eines so wenig exklusiven Verkehrsmittels bedienen, weil sich ihre Cadillacs zufällig in Reparatur befinden oder die Chauffeure Ziegenpeter haben. Diese Leute sind meistens Gewohnheitsstraßenbahnfahrer, die es den Mitfahrern übelnehmen, daß sie Zeugen ihres mangelnden sozialen Aufstiegs sind. Manche elegant gekleidete Damen wirken in der Straßenbahn ausgesprochen beleidigt.

4. Jemand, der eilig auf eine Toilette muß contra denjenigen, der gerade drin ist und die Tür verschlossen hält. Wie bei den Straßenverkehrsteilnehmern handelt es sich auch hier um eine Art hassender Zivilisationsopfer, einen Haß gegen Unbekannt. Die Antipathie des in fieberhafter Ungeduld vor einer Toilettentür Harrenden wächst mit jeder Sekunde. Ich habe mal vor der WC-Tür eines D-Zuges eine zur Lynchjustiz bereite Schlange gesehen.

5. Leute mit Geld contra Leute, die Geld von ihnen haben wollen, und umgekehrt.

6. Normalbürger contra Beamte. Wieweit diese Abneigung gegenseitig ist, vermag ich nicht zu beurteilen, da das Innenleben eines Beamten sich meinen Einfühlungsmöglichkeiten entzieht.

7. Freiwillige und unfreiwillige Frühaufsteher contra Langschläfer. Obwohl er weiß, daß er vom Frühaufsteher als hassenswert und aufreizend lasterhaft empfunden wird, bleibt der Langschläfer meistens friedlich und duldsam und erträgt es ohne Klagen und Bitternis, wenn andere Leute durchaus um fünf Uhr morgens arbeiten oder die Natur genießen wollen.

8. Leute, die Natur genießen, contra Leute, die sie nicht genießen. Die Naturliebhaber begnügen sich meistens nicht mit ihrer Freude an der Natur. Auf Grund ihrer Naturliebe betrachten sie sich als moralisch hochwertig und sind geneigt, Menschen zu verabscheuen und zu verachten, die nicht bereits bei Worten wie »Waldesboden«, »Tauperlen« und »Ge-

birgspfad« Tränen der Rührung vergießen und sich »eine herrliche gemeinsame Wanderung« nicht unter allen Umständen erquickend vorstellen. In Heiratsannoncen spielt Naturliebe eine große Rolle, besonders bei Frauen. Erst wird Hand in Hand durchs bunte Herbstlaub geraschelt und in blühender Heide der Sonne entgegengewandelt, und später ist dann Krach wegen der Fliege an der Wand, obwohl die ja schließlich auch zur Natur gehört.

9. Leute, die es schrecklich finden, daß die Deutschen beim letzten Olympia keine goldene Medaille gewonnen haben, contra Leute, denen das völlig gleichgültig ist.

Es gibt noch Tausende von Abneigungen: Einheimische gegen Nichteinheimische, Bauern gegen Städter, Astrologiegläubige gegen Skeptiker, Konservative gegen moderne Künstler usw. Jeder Fortschritt, jede Erfindung, jeder neue Tag tragen den Keim zu weiteren Gegnerschaften in sich. Bereits jetzt sind die Gründe für Abneigungen derart vielfältig, daß auf dem Erdball kaum noch zwei Menschen rumlaufen dürften, die sich restlos einig sind, zumal zu den kollektiven Gegensätzen noch die ganze Fülle privater und individueller Konfliktstoffe kommt. Was nützt es schon, wenn zwischen zwei löwegeborenen, kinderlosen, antialkoholischen, nagellack- und finanzamtgegnerischen Autofahrern eine zarte Sympathie zu keimen beginnt? Das zarte Keimlein ist gefährdet, wenn sich herausstellt, daß der eine Allopath und der andere Homöopath ist und eine Flut weiterer Gegensätze sichtbar wird.

Der moderne Mensch ist in erster Linie Gegner. Es gibt unter anderem: Impfgegner, Fernsehgegner, Lärmgegner, Frackgegner, Sambagegner, Gleichberechtigungsgegner, Hundegegner, Penicillingegner, Akademikergegner, Alkoholgegner, Notopfergegner, Zugluftgegner, Maschinengegner, Gegner von fliegenden Untertassen – ich glaube, diese Liste ließe sich so lange fortsetzen, daß das mit ihr bedruckte Papier dreimal die Erde mitsamt dem Mars umspannen würde. Und alle Gegner haben wieder Gegner und sind Gegner von Gegnern. Es ist wirklich kein Wunder, wenn so viele Menschen unter Neurosen, Kreislaufstörungen und Lebensangst leiden. Ich jedenfalls empfinde es als scheußlich, mir vorzustellen, daß der Erdball von Lebewesen wimmelt, die mich aus irgendeinem Grund nicht ausstehen können.

Doch dann stimmt es mich wieder optimistisch, daß alle die millionenfachen Gegner einander leben lassen und oft sogar nett und freundlich zueinander sind. Trotz aller Gegensätze und Antipathien mögen sie einander sogar häufig gut leiden. Die Mehrzahl der Menschen muß im tiefsten Innern doch gutartig und friedfertig sein. Am Zustandekommen von Kriegen sind diese Menschen sicher nicht schuld – ja, aber wer nun eigentlich?

Die Brüllzelle

Das Ehepaar Moll lud mich ein: Sie hätten sich ein Häuschen gebaut.

Das Häuschen war wirklich ein Häuschen. In dem einzigen Gemeinschaftsraum wimmelte es von Menschen jeglicher Altersstufen. »Alles eigene Kinder und Verwandte«, sagte Moll, »sind alle hier untergebracht.«

Das Auffallendste in dem Zimmer war eine massive Telefonzelle, schalldicht abgeschlossen, so wie man sie sonst nur in Restaurants findet.

Die Familie schien eine Leidenschaft fürs Telefonieren zu haben. Alle Augenblicke unterbrach jemand Gespräch, Arbeit oder Lektüre und begab sich in die Zelle, manche stürzten sogar im Laufschritt hinein. Besonders verblüffte es mich, als ein kleines Kind sagte: »Bitte, ich muß mal« und sich die schwere Tür öffnen ließ. Sollte Molls muntere Phantasie so weit gegangen sein, eine Telefonzelle mit einer Toilette zu kombinieren?

»Ich ruf bald mal an«, sagte ich zum Abschied. »Leider haben wir noch kein Telefon, es kommt zu teuer«, meinte Frau Moll. Ich begriff nicht. »Laß es dir von Moll erklären, er begleitet dich«, rief sie mir nach.

Moll erklärte. »Wir schwärmen alle für eine große Familie. Es ist immer Trubel, Saus und Gebraus, und niemand kommt

57

dazu, an Lebensangst und längeren Depressionen zu leiden. Trotzdem ist das Zusammenleben ein Problem. Wir fielen einander zeitweilig auf die Nerven, daß es krachte und die Nachbarschaft dachte, wir führten Wildwestfilme auf.

Wir sahen ein, daß wir uns zusammennehmen mußten, aber das ging auf Kosten unserer Gesundheit. Du glaubst gar nicht, wie wichtig es für einen Menschen ist, brüllen zu können. Der Säugling mit seinem unverbildeten Instinkt weiß genau, was er tut. Wenn ihm was nicht paßt, brüllt er, statt sich schweigend mit Wut und Ärger zu vergiften. Später wird ihm das Brüllen abgewöhnt. Das Bedürfnis danach aber bleibt. Kein Lebensalter ohne Lust an Gebrüll. Aber wo kann heutzutage ein Mensch noch frisch und fröhlich drauflos brüllen? Ein Teil der Menschen verfällt auf raffinierte Auswege, um sein Brüllbedürfnis zu befriedigen. Sportveranstaltungen zum Beispiel bieten gute Möglichkeiten. Die Betätigung in Gesangvereinen bleibt ein Surrogat, schafft aber vielleicht doch hier und da eine gewisse Erleichterung. Einen sonst braven und harmlosen Kollegen habe ich im Verdacht, daß er eine Familie nur gegründet hat, um gelegentlich brüllen zu können. Viele nehmen den Alkohol zu Hilfe, um Mut zum Krachmachen in irgendeiner Form zu finden. Ein Prosit der Gemütlichkeit! Andere wieder bedienen sich technischer Hilfsmittel in Form von Motorradgeknatter, Autohupen, Knallpistolen, Radio usw. Politische Parteien nützen das Brüllbedürfnis aus, indem sie die Leute animieren, ›Hurra‹ oder ›Pfui‹ zu schreien. Je nachdem. Günstige Chancen bot von jeher das Militär. Jeder knapp Avancierte kann geradezu Brüllorgien feiern, wenn ihm danach zumute ist. Im Zivilleben genießen die Chefs weitgehende Brüllprivilegien. Bei einigen habe ich das Gefühl, daß nur ihre Brüllsehnsucht ihnen die Energie zum sozialen Aufstieg verlieh. In manchen Landstrichen wird gejodelt. Andere schaffen sich Hunde an, um wenigstens hier und da mal ungeniert und mit voller Lautstärke ›Senta‹, ›Bella‹ oder ›verdammtes Mistvieh‹ in die Gegend brüllen zu dürfen.

Kurz und gut, ich habe das Brüllbedürfnis bis in alle Einzelheiten studiert, und dann habe ich eine Telefonzelle ohne Telefon bauen lassen. Für seine Gesundheit und seinen Frieden soll einem nichts zu teuer sein. Sobald jetzt einer seinen guten oder schlechten Gefühlen tönenden Ausdruck verleihen will, hat er in der Zelle zu verschwinden. Sie ist sozusagen der Ort für seelische Verdauung. Man kann je nach Laune unartikulierte Laute ausstoßen, ohne für irrenhausreif gehalten zu werden, oder einen imaginären Partner beschimpfen, ohne daß es dem weh tut und die Auseinandersetzung ins Chronische ausartet. Zuerst war's etwas schwierig, die Leute zum Verzicht auf den unsichtbaren Gegner zu bringen. Besonders bei Frauen ist das natürliche Brüllbedürfnis oft so degeneriert, daß sie den Hauptwert auf spitzfindige Meinungsverschiedenheiten legen. Gescheites kommt auch dabei nicht heraus.«

Soweit Moll. Seine Erfindung gefällt mir, sie ließe sich noch entwickeln. Könnte nicht jemand so eine Art schalldichten Kaffeewärmer konstruieren, den man immer bei sich tragen und jederzeit überstülpen kann? Kampf dem Lärm und Freiheit dem Lärm in einer Parole. Welch ein Fortschritt! Anschaffung und ständiger Gebrauch so einer Brüllkappe müßten natürlich Zwang sein. Aber ob dann das Brüllen überhaupt noch Spaß machen würde?

Unterhaltung mit einem Schriftsteller

Natürlich gibt es auch Schriftsteller, die anders sind als Kurti. Mit Schriftstellern wie Kurt kann man sich mühelos und stundenlang über ihre gesammelten Werke unterhalten, ohne eine Silbe davon zu kennen. Man muß nur ein bißchen von den Spielregeln wissen. Frauen, die eine Ehe oder Seelenfreundschaft mit einem Schriftsteller eingehen, sollten sich mit diesen Spielregeln vertraut machen.

Kurti ist ein fleißiger Schriftsteller, der ungeheuer viel von sich hält, aber wahrscheinlich erst nach seinem Tode berühmt wird. Vor Jahren hat mich mal eine etwas zermürbende Freundschaft mit Kurti verbunden. Zehn Jahre hatte ich ihn nicht mehr gesehen, als ich ihn neulich zufällig während einer Reise traf. Er war sehr dick und pompös geworden, bestand aber darauf, wie früher, Kurti genannt zu werden. Wir gingen in ein Restaurant, um zusammen eine Flasche Wein zu trinken.

Ich versuchte zuerst Konversation zu machen, indem ich von meinen vergangenen Lebensjahren erzählte, bis ich merkte, daß sich Kurti furchtbar langweilte. Ich hatte lange keinen Umgang mehr mit Schriftstellern wie Kurti gehabt und war etwas aus der Übung gekommen.

»Dein letztes Buch ist übrigens wundervoll«, sagte ich. Kurti belebte sich sofort. »So? Hast du's gelesen?«

»Ich sage dir ja, daß ich's wundervoll fand. Es ist mit keinem heutigen Werk zu vergleichen. In hundert Jahren wird man seinen Wert erst richtig erfassen. Wenn unsere kümmerliche Mitwelt zu wenig Notiz davon nimmt, so ist sie eben noch nicht genügend reif dafür.« Ich wollte Kurti trösten, denn ich war auf Grund meiner Erfahrungen mit ihm und seinem Werk überzeugt, daß kein Mensch das Buch las. Ich selbst hatte es auch nicht gelesen, ich hatte nicht die leiseste Ahnung von seiner Existenz, ich war nur gewiß, daß Kurti im Laufe der letzten Jahre mindestens eins geschrieben hatte. Kurtis Produktion hatte mich von jeher schrecklich gelangweilt, was aber nichts besagen will, da es sogar ein paar anerkannte Meisterwerke der Weltliteratur gibt, die mir langweilig sind.

»Du irrst dich, das Buch erweckt allgemein ein geradezu überwältigend begeistertes Echo«, sagte Kurti, der zwar den Erfolg in hundert und tausend Jahren hinnahm, aber sich deswegen nicht den sensationellen Applaus des Heute absprechen lassen wollte. Er sah etwas verdüstert und beleidigt aus. Ich lenkte ein. »Natürlich muß jeder verrückt sein auf das Buch, wenn er nur eine winzige Spur von Kunstgefühl hat. Ich begegne auf Schritt und Tritt Leuten, die von dem Buch schwärmen. Es hat eine ungeheure innere Spannung und vereint auf faszinierende Art Glut und Weisheit. Ich weiß nicht, wie du das fertig bringst.«

»Gott, es ist mir eben gegeben«, meinte Kurti bescheiden, während seine Miene sich wieder aufhellte. »Du übersiehst aber wahrscheinlich, welche unerbittliche Logik und welch enormes Wissen in dieser Arbeit stecken, meine Liebe. Nun, dir als Frau kann ich das nicht übelnehmen.«

»Natürlich kann ich das Buch als Frau nicht voll und ganz erfassen«, gab ich zu, »aber es hat mich trotzdem zutiefst ergriffen und nicht mehr losgelassen.«

»Ich halte viel vom Instinkt einer Frau, und ich war immer der Meinung, daß du manchmal nicht ausgesprochen dumm bist«, sagte Kurti freundlich. Sein Lob ließ mich nicht gerade rot werden, aber es spornte mich an.

»Viele finden dein Buch besser als den gesamten Hemingway.« Kurti verfinsterte sich wieder. »Hemingway ist eine Mode, die bereits abflaut.«

Ich stimmte sofort zu, um Kurti nicht aufzuregen. »Natürlich wollte ich dich nicht mit Hemingway vergleichen. Es ist ein Genuß, zu erleben, wie einmalig dein Buch ist und welch wunderbar feinen Humor es bei aller Tragik enthält.«

»Früher konntest du diesen Humor nicht bei mir entdecken«, sagte Kurti mit einem Anflug posthumen Gekränktseins.

»Ich arbeite nun mal nicht mit billigen, groben Mitteln wie gewisse Kollegen, meine Liebe. Übrigens ist das Buch durch und durch humorvoll.«

Ich nickte eifrig. »Genau das hatte ich sagen wollen, ich kann mich nur nicht immer so richtig ausdrücken.«

Kurti tätschelte mir leutselig die Hand und bestellte noch eine Flasche Wein. »Sprich nur, wie dir der Schnabel gewachsen ist, Kind – ich kann Kritik vertragen. Du weißt, ich bin nicht eitel und übelnehmerisch, und dir habe ich von jeher viel nachgesehen. Wie gefiel dir übrigens die Szene in den Wolken?«

»Wolken? Großartig. Wohl das Tollste, was ich jemals gelesen habe.«

»Das sagen manche. Ich persönlich halte die Auseinandersetzung der schwarzen Marinka mit dem Minister für stärker. Ich bin eben nie mit mir zufrieden. Wie fandest du die kleine Berta, die nur ganz kurz auftaucht und wieder verschwindet?«

»Gott ja, die kleine Berta! Ich habe fast geweint, weil sie so schnell wieder verschwindet. Übrigens sind alle Randfiguren wie aus Fleisch und Blut und strotzen vor Leben. Gerade deine Randfiguren waren von jeher Meisterwerke und Kabinettstücke.«

Kurti schmollte ein bißchen, blieb aber großmütig. »Liebes Kind, ich nehme dir nicht übel, wenn dir die Hauptfiguren nicht liegen.«

»Sie liegen mir, sie liegen mir. Es ist eine Gemeinheit von dir, mir nachsagen zu wollen, daß ich sie nicht ungeheuerlich finde. Alles lasse ich mir nun auch nicht von dir gefallen.«

»Laß gut sein, ich will mich heute abend nicht streiten. Was die Randfiguren anlangt, hast du noch nicht mal ganz unrecht. Frauen haben vielleicht weniger Blick fürs Ganze als Sinn fürs Detail. Was sagst du zu dem alten Bauern Petrowitsch?«

»Der alte Petrowitsch! Ich danke dir für ihn. Ich sehe ihn hier vor mir sitzen. Er erinnerte mich manchmal an Tolstoi.«

Kurti runzelte ein wenig die Stirn. »Tolstoi! Gewiß, ich gebe zu – er war kein unbedeutender Schriftsteller – vielleicht hier und da überschätzt. Aber mein alter Petrowitsch ist nun doch wohl eine Sache für sich. Wenn ich allein an die Stelle mit der Ziege denke, muß ich selbst noch lachen – hahaha...«

»Hahaha«, lachte auch ich und konnte mich gar nicht beruhigen. »Erinnere mich lieber nicht an den alten Petrowitsch und die Ziege, Kurti, sonst lache ich mich noch tot.«

»Du vergißt über der Komik wahrscheinlich die tieftragischen Momente«, meinte Kurti vorwurfsvoll und wieder ernst werdend.

»Jeder Mensch muß das Tieftragische am alten Petrowitsch empfinden«, rief ich, »gerade über den alten Petrowitsch habe ich ununterbrochen Tränen vergießen müssen.«

»Niemand braucht sich seiner Tränen zu schämen, wenn er einen würdigen Anlaß hat«, sagte Kurti gnädig. »Es freut mich, daß du mit den Jahren etwas mehr Kunstgefühl und Verstand bekommen hast. Wir wollen aber endlich mal von etwas anderem sprechen als von meinem Buch. Mein Verleger macht zu wenig Propaganda dafür.«

»Verleger sind geizige Schurken, Kurti. Mit etwas Propaganda müßte dein Buch schon längst ein Bestseller sein und über die ganze Erde verbreitet.«

»Meine Liebe, du vergißt wohl, daß dieses Buch erst vor fünf Wochen erschienen ist, und daß ich bereits jetzt täglich Leserbriefe bekomme – sogar aus London und Argentinien.«

»Wie sollte ich das vergessen, Kurti! Argentinien scheint eine sehr aufgeschlossene Bevölkerung zu haben. Aber es gibt wohl kein Land, dessen Bevölkerung sich dem Buch verschließen könnte. Es hat die Kraft eines Sturmwindes. Wenn man die letzte Seite gelesen hat, möchte man sofort wieder von vorn anfangen.«

»Nun, es ist auch nicht meine Absicht, wie gewisse Tagesliteraten, Bücher zu schreiben, die man liest und fortwirft. Ich wäre gar nicht fähig dazu. Wie hat dir übrigens der Schluß gefallen?«

»Der Schluß? Ach, der hat mich eigentlich schrecklich traurig gemacht. Ich wollte einfach nicht, daß schon Schluß sein sollte.«

»Kleines Dummchen«, sagte Kurti nachsichtig, »wenn es dich beruhigt, will ich dir verraten, daß ich einen weiteren Band in Arbeit habe. Da du in deinem Eigensinn nun mal darauf bestehen wirst, will ich dir davon erzählen.«

Als Kurti und ich uns trennten, war ich zu Tode erschöpft. Kurti war noch sehr frisch und sagte, es hätte ihn natürlich weitaus mehr interessiert, über verschiedene nichtliterarische Zeitprobleme zu sprechen. Aber ein Schriftsteller werde ja leider immer gezwungen, von sich und seinem Werk zu berichten. Er habe das Opfer gebracht, um mir den Abend nicht zu verderben. »Du erwähntest übrigens gar nicht die Auseinandersetzung der schwarzen Marinka mit dem Minister – hat sie dir etwa nicht gefallen?«

In meinem Hotel erwartete mich eine Dame. Sie hätte mein neues Buch gelesen und fände es reizend. Ich wurde sofort munter. Die Dame erzählte mir dann von ihrer entsetzlichen Ehekrise, und ich langweilte mich sehr. Schließlich bin ich auch nur ein Schriftsteller.

Geheimnisvolle Nachbarschaft

Es gibt das Individuum und die Nachbarschaft. Die Nachbarschaft steht im Gegensatz zum Individuum. Das Individuum ist zudem Opfer und Bestandteil der Nachbarschaft zugleich. Darin liegt ein unklärbarer Widerspruch, aber es gibt an dem Komplex Nachbarschaft noch viel Unklärbareres.

Das Durchschnittsindividuum ist meistens mehr oder weniger gutartig. Es hat die Fähigkeit, Mitleid und Sympathie zu empfinden, es ist mehr oder weniger hilfsbereit, es neigt mitunter dazu, eigenen und sogar fremden Schwächen gegenüber Toleranz walten zu lassen, und es bringt Wohlwollen für seine ebenfalls geplagten Mitmenschen auf.

Nicht so die Nachbarschaft. Sie ist schlicht und einfach bösartig. Eine gutartige Nachbarschaft gibt es so wenig wie einen weißen Rappen. Gutartigkeit kann passiv sein, aber Bösartigkeit ist immer aktiv und darum der Gutartigkeit leider so oft überlegen. Die Nachbarschaft ist mitleidlos, schadenfroh, verleumderisch, intolerant. Man braucht sich nur des vor bitterem Hohn geradezu triefenden Tonfalls zu entsinnen, mit dem fast jedes Individuum sagt: »Die liebe Nachbarschaft!«

Das Durchschnittsindividuum verfügt über normale und übersehbare Fähigkeiten. Die Nachbarschaft hat ungeheure, unerforschbare magische Kräfte. Sie sieht, hört und weiß, was kein Individuum jemals hören, sehen und wissen kann –

abgesehen von einigen Schriftstellern, die Tatsachenberichte über tote oder lebende Prominente verfassen.

Nehmen wir zum Beispiel die junge Dame Rosemarie. Sie ist um drei Uhr nachts nach Haus gekommen. Es schienen weder Mond noch Stern, es war stockduster, niemand konnte die Hand vor Augen sehn. Die Nachbarschaft konnte. Kaum daß der Vormittag angebrochen ist, weiß und erfährt die Nachbarschaft, daß Fräulein Rosemarie bei ihrer Heimkehr um sechs Uhr früh (die Uhren der Nachbarschaft gehen einen eigenwilligen Gang) ein überaus schulterfreies Abendkleid trug und sich in Begleitung eines Herrn mit noch unbezahltem Volkswagen befand. Die Nachbarschaft weiß, daß Fräulein Rosemarie sich Samba, Mamba, Dumbo, Jumbo und ähnlichen ausschweifenden Tänzen gewidmet hatte, daß sie süßweinartig angetrunken, und der begleitende Herr mit angeschmutztem Kragen und Silbersträhne in der düstren Dauerwelle nicht ihr bisheriger Bräutigam war und sehr unlautere Absichten hat.

Das Durchschnittsindividuum pflegt nachts um drei zu schlafen, wenn's im Bett liegt. Das zur Nachbarschaft ausgeartete Individuum schläft nie.

Kein Arzt konnte bisher voraussagen, ob eine werdende Mutter einen Jungen oder ein Mädchen bekommen würde. Die Nachbarschaft kann es. Während die Mediziner immer noch auf eine Mäuse- oder Froschprobe angewiesen sind, weiß die Nachbarschaft längst, ob eine Frau in gesegneten Umständen ist oder nicht. Auch sonst ist die Nachbarschaft jedem Mediziner himmelhoch überlegen. Wenn ein Arzt einem Patienten ein Kohlepräparat gegen Magenverstimmung oder Lakritzensaft gegen Heiserkeit verschreibt, so weiß die Nachbarschaft längst, daß die betreffenden Patienten an Darmkrebs bzw. Kehlkopftuberkulose leiden. Überhaupt schwärmt die Nachbarschaft für Krankheiten und Unfälle jeder Art.

Die Nachbarschaft weiß ferner von jeder vierzigjährigen Frau, daß sie weit über fünfzig ist und wie sechzig aussieht. Sie weiß, daß alle Leute in vorübergehenden Geldschwierigkeiten einem totalen Ruin geweiht sind. Sie weiß von kleinen Kindern, welch grauenhafte Schwierigkeiten sie dereinst ihren Eltern bereiten werden, und sie weiß, wie katastrophal es in den Ehen, die ihrem Machtbereich unterstehen, zugeht. Sie weiß von hübschen Mädchen, daß sie früh altern und verkommen, und von Angestellten, daß sie mit einer Gehaltserhöhung weit über ihre Verhältnisse leben werden.

Das Individuum vermag anzuerkennen, daß Frau Müller frisch aussieht und das neue Kleid ihr gut steht. Die Nachbarschaft interessiert sich für keine positiven Erscheinungen des Lebens. Sie stellt fest, daß Frau Müllers Kleid überzahlt wurde und beim Waschen einlaufen wird, und ihr frisches Aussehen nur Tünche ist oder sich auf sträfliche Faulheit zurückführen läßt.

Es ist überflüssig einzuwenden, daß es reizende Nachbarn gebe. Natürlich gibt es reizende Nachbarn. Aber Nachbarn und Nachbarschaft ist etwas völlig Verschiedenes. Ein Nachbar ist ein Individuum und als solches befähigt, nett und anständig zu sein. Die Nachbarschaft aber ist etwas Anonymes, obwohl sie sich aus Nachbarn zusammensetzt. Wie anfangs bereits erwähnt, ist das alles sehr kompliziert, und um es zu erklären, reichen weder meine Verstandskräfte noch die mir zur Verfügung stehenden Druckspalten aus. Es ist übrigens ähnlich wie mit der Kollegenschaft. Es gibt sehr kameradschaftliche und angenehme Kollegen, aber die Kollegenschaft ist – soweit mir berichtet wurde – fast immer intrigant, hinterhältig, neidisch und gefährlich. Ich erwähne das, damit man nicht auf den Gedanken komme, die Nachbarschaft sei – nicht nur, was ihren Artikel anlangt – etwas ausschließlich Weibliches. Obwohl ich ungern zugeben muß, daß sie ziemlich viel Weibliches an sich hat.

Unergründlich ist auch bereits das Zustandekommen der Nachbarschaft. Ich jedenfalls bin noch nie einem Menschen begegnet, der nicht gesagt hätte: »Ich kümmre mich nicht um die Nachbarschaft, für mich gibt es keine Nachbarschaft.« Da alle diese Leute (auch ich gehöre zu ihnen) durchaus glaubwürdig wirken, gibt es praktisch keine Nachbarschaft. Trotzdem gibt es sie, und sie wird noch dazu gebildet durch die glaubwürdigen Leute, für die es keine Nachbarschaft gibt. Das Phänomen der Nachbarschaft geht weit über jeden Surrealismus hinaus.

Alles in allem ist die Nachbarschaft niederträchtig, ekelhaft und ausrottungswürdig. Aber wie soll man sie ausrotten, wenn man sich nicht selbst ausrotten will?

Etwas über die Gleichberechtigung des Mannes

Natürlich läßt sich manches gegen die Gleichberechtigung des Mannes einwenden, und ich fürchte, daß viele Frauen mir böse sind, wenn ich trotzdem ein bißchen dafür eintrete. Auf die mannigfaltigen, zum Teil etwas ungerechten Zurücksetzungen, die den Männern seitens der Frauenwelt widerfahren, will ich jetzt nicht näher eingehen, sondern mich auf den Fall Bogumil beschränken.

Außer seinem in Deutschland etwas ungewöhnlichen Namen, den er sich nicht selbst gegeben hat, haftet Bogumil nichts Auffälliges an. Er ist ein mittelmäßig verdienender Büroangestellter zwischen dreißig und vierzig, sauber gewaschen und schlicht gekleidet. Er hat adrett gebürstetes, etwas spärliches blondes Haar, mittelgroßen Wuchs, frische Gesichtsfarbe und keine besonderen Merkmale.

Seit vielen Jahren möchte Bogumil heiraten. Er sehnt sich nach einem gemütlichen eigenen Heim. Büroleben, möblierte Zimmer und verräucherte Restaurants widern ihn mehr und mehr an. Er fühlt, wie er älter und weniger knusprig wird, und ist oft deprimiert. Warum nur wissen die Frauen seinen Wert nicht zu schätzen! Er macht sich nichts aus Alkohol (höchstens trinkt er zur Gesellschaft mal ein Gläschen Pfefferminzlikör mit), wilden modernen Tänzen, Kartenspielen und oberflächlichem Geflirte. Er ist bescheiden, sparsam und häuslich. Lieben die Frauen denn nur wüste, vergnügungssüchtige, ausschweifende Männer? Bogumil hat das Gefühl, daß achtlos und roh über ihn hinweggeschritten wird, und das tut ihm weh.

Wohl begegnet auch Bogumil hin und wieder Frauen und Mädchen, die ihn heiraten würden, aber deren Absichten und Ziele scheinen ihm abstoßend egoistisch und leichtfertig. Diese Geschöpfe suchen einen Mann einzufangen, ohne zu wissen, wovon sie ihn ernähren sollen. Sie sprechen von einer trauten Häuslichkeit, die sie dem Mann bereiten wollen, und besitzen dabei oft noch nicht mal ein eigenes Bett. Sie möchten gemütlich am warmen Herd sitzen, Radio hören und den Kanarienvogel füttern, während der Mann sich im Morgengrauen, in Wind und Regen, aufs Trittbrett der überfüllten Straßenbahn schwingen und zum Geldverdienen fahren soll. Wo bleibt für so einen Mann der Traum vom behaglichen Heim und gemütlichen Familienleben?

Kein Mensch kann behaupten, daß Bogumil anspruchsvoll ist. Er jagt keiner Millionärin nach und verlangt weder einen Marmorpalast noch brillantenbesetzte Sockenhalter, platinverzierte Hosenträger oder hermelingefütterte Windjacken. Er sehnt sich nur nach einer lebenstüchtigen, erfolgreichen Geschäftsfrau mit Eigenheim, bei der er sich geborgen fühlen und seine zwar glanzlosen, aber freundlichen Qualitäten entfalten kann. Er hat Ideale und möchte zu einer Frau aufsehen können. Natürlich wünscht er, seine unbefriedigende Berufsarbeit aufzugeben, wenn er heiratet, und sich der lieben kleinen Wohnung widmen und abends seine abgehetzte Frau in heiterer Frische empfangen zu können. Wie nett möchte er seiner Frau das Leben machen! Sauber rasiert und hübsch angezogen will er ihr morgens am Kaffeetisch gegenübersitzen und ihr die Zeitung vorlesen. Während sie dann im Geschäft tätig ist, wird er etwas Staub wischen, die Blattpflanzen begießen und darauf achten, daß die Hausgehilfin die übrige

Arbeit sorgsam erledigt. Nachmittags wird er zum Einkaufen gehen und manchmal in einer Konditorei ein Stückchen Sahnetorte essen und hin und wieder ein paar gleichgesinnte Freunde mit artigen Manieren zum Kaffee einladen. Er wird den Abendbrottisch säuberlich decken, seiner müden Frau den Tee einschenken und nachsichtig lächeln, wenn sie lieber eine Flasche Starkbier trinken möchte und die Zigarettenasche auf den Teppich fallen läßt. Er wird verstehen, daß eine überlastete Geschäftsfrau sich abends entspannen will, und wird sie nicht mit läppischen Forderungen und Klagen belästigen wie zum Beispiel: »Du mußt mich an deinen Sorgen teilhaben lassen« oder »Du sollst mich endlich mal in deine Tätigkeit einweihen«. Er will gar nicht eingeweiht sein, und er findet es sehr nett, wenn seine Frau manchmal sagt: »Du kleines Dummchen.« Er hält auch nichts von einer Emanzipation des Mannes und findet es richtig, wenn es heißt: »Der Mann gehört ins Haus.«

Auch ist er verständig und verlangt nicht, daß die Frau ihn in ihrer kurzen Freizeit ewig mit Schmeicheleien überhäuft und mit Liebesbeteuerungen erstickt. Ihm genügen zeitweilige kleine Aufmerksamkeiten – mal ein paar Blumen, mal eine Tafel Nußschokolade, ein silberner Drehbleistift oder ein Fläschchen Möhrensaft mit dem guten A-Vitamin-Gehalt aus dem Reformhaus an der Ecke. Natürlich möchte er nett und etwas sorglich behandelt werden, um das Gefühl zu haben, daß sein Vorhandensein dankbar anerkannt wird. Es ist ja auch wirklich nicht zuviel von einer Frau verlangt, wenn sie ihrem braven kleinen Mann hin und wieder ein freundliches Kompliment machen soll: daß er so charmant frisiert sei, die neue Krawatte ihm gut stehe, der Gummibaum so schön blank gebohnert und das Radio so geschickt eingestellt sei. Der Mann weiß dann, daß seine tausend kleinen Tagesmühen nicht umsonst sind, und es freut ihn auch, daß die Frau sich zumindest ein bißchen Mühe gibt, ihn zu verstehen. Ganz verstanden, vor allem seelisch, kann er natürlich nie von einer Frau werden. Damit muß er sich abfinden.

Bogumil weiß, daß er ein treuer, herzenswarmer, idealer Ehemann sein könnte. Noch nicht mal mit verworrenen intellektuellen Ansprüchen und schief gewachsenen politischen Interessen würde er seiner Frau auf die Nerven fallen. Trotzdem findet er keine Frau. Nur die sehr selbständige Witwe eines Delikatessenhändlers, die ihn stark beeindruckt hatte, machte ihm das häßliche Angebot, vorübergehend ihr kleiner Freund zu werden. Bogumil war tief verletzt. Er ist ein anständiger Mann, der sich immer hoch gehalten hat und sich auch, trotz hinschwindender Jugend, niemals fortwerfen wird. Er sucht in einer Bindung Dauer, Sicherheit und Solidität. Doch die Frauen, von denen Bogumil auf ehrbare Art begehrt werden möchte, sehen keinen Grund, ihn zu heiraten, und finden seine Ansprüche, soweit sie ihnen bekannt werden, lächerlich und unberechtigt.

Dabei erstrebt Bogumil eigentlich nichts anderes, als was seit Generationen viele Frauen und Mädchen mit der größten Selbstverständlichkeit in mitunter weitaus unbescheidenerem Maß erstreben und, wenn sie klug sind und Glück haben, selbst heute noch zuweilen erreichen. Wenn man schon mal für die Gleichberechtigung des Mannes eintritt, muß man es ungerecht finden, daß den Bogumils aller Schattierungen ihre Wünsche und Ansprüche übelgenommen werden. Es genügt ja, wenn man ihnen die Wünsche nicht erfüllt. Ich selbst habe auch nicht das Bedürfnis, einen Bogumil zum Altar zu führen.

Der rationierte Mann

Immer wieder lese ich von Frauenüberschuß und Männer-knappheit. Die Frauen werden sehr bedauert und systema-tisch verängstigt. Als wenn es nicht zu allen Zeiten Frauen gegeben hätte, die ohne Mann auskommen mußten oder wollten, ohne deswegen vor Gram einzugehen! Natürlich gibt's sehr viel begehrenswerte Männer, aber es gibt auch eine ganze Reihe weniger begehrenswerte, die normalerweise keine Frau geschenkt haben möchte. Doch auch deren zwei-felhafter Wert wird durch permanente Zeitungspropaganda künstlich gesteigert. Allmählich bin ich mißtrauisch gewor-den und überzeugt, daß düstere geschäftliche Interessen hin-ter dem Ganzen stecken – wie immer, wenn eine Ware plötz-lich zur Mangelware deklariert wird. Vor der Währungsre-form haben wir's mit nahezu sämtlichen Gebrauchs- und Ge-nußmitteln erlebt, und in letzter Zeit erleben wir's im Ruhr-gebiet häufig wieder mit den Kohlen.

Wen nicht bereits ein Gang durch ein paar Straßen und Lokale davon überzeugt, daß Männer in Hülle und Fülle vorhanden sind, braucht nur irgendein Amt zu betreten. Da wimmelt's von Männern.

Ich könnte mir vorstellen, daß eine planmäßige Hortung von Männern bevorsteht, um sie später gewinnbringend abzusto-ßen. Zu dem Zweck müssen natürlich auch die großen Posten minderwertiger Exemplare begehrenswert gemacht werden. In unserer Zeit und in unserem Land dominiert nun mal der raffinierte, tüchtige Geschäftsmann. Ich habe immer einen Riesenrespekt vor den Hintergründen eines Milliardengeschäfts gehabt und vor den Männern mit den Fäden in der Hand, die sich von Washington übern Quai d'Orsay durch den Peloponnes bis zu Maharadschas, Erdöl-Scheichen und waffenschmuggelnden Zaharoffs schlängeln. Vielleicht mißbrauchen jetzt die Männer mit den Fäden den kindlichen Intellektualismus ahnungsloser Redakteure, um Artikel über den Frauenüberschuß zu lancieren, nach deren Lektüre jedes weibliche Wesen vor Selbstmitleid Weinkrämpfe bekommen muß. Viele Frauen sind bereits überzeugt, daß nur das Leben an der Seite eines krakeelenden Trottels (wenn sie zufällig nichts Besseres finden können) ihnen Existenzberechtigung und einzigen Daseinssinn geben könne. Daß die Männer, wie vielfach auch von Frauen behauptet wird, durch die Annahme, knapp zu sein, anmaßend und größenwahnsinnig werden, glaube ich nicht. Auch der dümmste Mann weiß, daß Mangelware nicht immer Qualitätsware bedeutet.

Um auf meine Theorie vom großen Männergeschäft zurückzukommen, so wird zuerst einmal unser 131er Beamtenapparat eingespannt und erweitert. Männerkarten werden herausgegeben. Jeder Frau steht siebenmal im Jahr ein Mann zu. Darüber hinaus werden Sonderzuteilungen versprochen, die natürlich nicht eingehalten werden. Die weibliche Bevölkerung wird zur Disziplin aufgerufen und gebeten, sich an die zuständigen Verteilungsstellen zu halten und beim Schlangestehen unliebsame Zwischenfälle zu vermeiden.

Erfahrungsgemäß wird Schlangestehen bei vielen Frauen mit der Zeit zur Psychose. Ich entsinne mich, daß ich mich während der R-Mark-Zeit mal, magisch angezogen, einer Schlange zugesellt habe, ohne zu wissen, was es überhaupt geben würde. Nach märtyrerhaftem Ausharren wurde ich mit einem halbverfaulten Bückling belohnt, von dem ich trotz wüster Mangelerscheinungen noch keine halbe Gräte ablutschen mochte. Nun werden die Frauen Schlange stehen, ohne zu wissen, ob ein Posten älterer Rentenempfänger, eine Ration minderbegabter Sträflinge, Arbeitsscheuer oder wegen »Trunkenheit am Steuer« Angeklagter zur Verteilung gelangen. Wer Glück hat, erwischt vielleicht einen lebensfremden Intellektuellen – wenn er das als Glück empfindet. Natürlich ist der Vorrat ausgegeben, ehe die letzte Hälfte der Schlange an der Reihe war. Triumphierend zieht die erste Hälfte mit ihrer zweifelhaften Beute ins mehr oder weniger traute Heim. Die wenigen annehmbaren Männerexemplare werden von den Verteilungsstellen zurückgehalten, um unter der Theke an bevorzugte Kunden abgegeben zu werden.

Markenfreier Männerersatz wird auf den Markt geworfen in Form von in geblümte Mullsäckchen genähten Bartstoppeln oder Zigarrenstummeln. Auch mit markenfreiem Brotaufstrich und Backaroma wurden vor der Währungsreform gute Geschäfte gemacht.

Der schwarze Männermarkt blüht. Es wird Schwarzhändlerinnen geben, die alle Sorten haben und so glühend beneidet werden, wie sie früher einmal um Speck, Eier und Rübenschnaps beneidet wurden. Da wird so manche Frau drei bestickte Kissenbezüge, fünf kußfeste Lippenstifte und ihren kaum verrosteten Gasbadeofen für einen sinnigen Romantiker opfern, der sich später als muffiger, verfressener Spießer entpuppt. Wenn die Frau Glück hat, gelingt es ihr vielleicht, ihn später einer Nachbarin für ein Paket Fadennudeln und ein Glas Gewürzgurken anzudrehen. Oder man gibt den Hauptteil seiner beweglichen Habe für einen humorvollen Sanguiniker, weil einem nichts über Sonnenschein im eigenen Heim geht. Zu Haus kommt man dahinter, daß der Humor im Absingen von drei vergilbten Karnevalsschlagern besteht, wobei der Sanguiniker bis über beide Ohren unter Alkohol gesetzt werden mußte. Welche Frau aber kann sich leisten, einen Mann täglich in Kognak oder auch nur Weinbrand-Verschnitt zu baden, nur um drei Karnevalsschlager zu hören, die bereits vor zehn Jahren auf keine Volksseele mehr aufmunternd wirkten? Eine andere, Astrologie-Gläubige, erwirbt auf dem schwarzen Markt einen knusprigen Krebs, der sich bald darauf als alter Steinbock entlarven läßt. Gerade Steinböcke sind der Frau aber horoskopisch verboten, und sie wird versuchen, ihren Erwerb an ihre Kohlenhändlerin gegen einen halben Zentner Eierbriketts abzusetzen. Lieber allein vorm warmen Ofen als mit einem alten Steinbock am kalten Herd sitzen!

In den Straßen erkennt man wieder die typische darbende Normalverbraucherin an ihren vergrämten Zügen, dem fahlen Teint und dem gereizten Blick, während die Neureichen aufreizend und rosig prangend, von einem Männerschwarm umgeben, an ihnen vorbeirauschen.

Die Frauengefängnisse sind überfüllt. Die Delikte reichen vom schlichten Mundraub bis zur Männerkartenfälschung.

Auf dem schwarzen Markt wird man oft mit Schund und Plunder reingelegt, und jeder fragt sich, wo nun eigentlich die netten und wertvollen Männer sind. Durch Flüsterparolen vernimmt man, daß die besseren Männer tonnenweise verschoben werden, zum Teil ins Ausland, um später zu erhöhten Preisen wieder importiert werden zu müssen. Große Devisengeschäfte und wirtschaftspolitische Faktoren ungeheuren Ausmaßes sollen eine Rolle spielen und die Männer im Hintergrund mit den Fäden in der Hand an Macht und Reichtum millionenfach zunehmen.

Daß die Männer derart über sich verfügen lassen, braucht niemand zu verwundern. Männer fügen sich nahezu widerspruchslos, wenn andere Männer über sie bestimmen, das ist durch ungezählte Kriege erwiesen. Auch der überzeugteste Frauenfeind muß zugeben, daß den Männern ihre übelsten

Massenkatastrophen immer nur von ihresgleichen einge-
brockt wurden. Wenn sie Truppenverschiebungen mitmachen, werden sie auch andere Verschiebungen mitmachen.

Ja, und eines schönen und aufregenden Tages wird's dann
vielleicht ähnlich sein wie seinerzeit zur Währungsreform, als
die Schaufenster vor Marshallplan- und einheimischen Er-
zeugnissen plötzlich barsten und von Mangelware weit und
breit keine Rede mehr sein konnte. So werden auch plötzlich
Männer aller Arten auftauchen in Hülle und Fülle, die Männerkarten verschwinden und die Frauen sich im ersten
Rausch der Freiheit auf alles Erreichbare stürzen. Und dann
werden die Frauen wieder anfangen, wählerischer zu werden.
Qualität wird wieder entscheiden, und manche Geschäftsleute werden ihre gehorteten Bestände mit großem Verlust
verschleudern müssen und zum Teil auf ihren alten Ladenhü-
tern sitzenbleiben. Die Männer aber werden vielleicht froh
sein, nicht mehr als Kollektiv begehrt, sondern wieder als Individuum geschätzt zu werden.

Schwarze Mamba, Fakire und Bambushaare

Es ist gut, Zeitungen zu lesen, um gegen die scheußlichen Gefahren des Lebens gewappnet zu sein. Wie ich immer wieder durch einschlägige Kurzgeschichten erfahre, sind die scheußlichen Gefahren seit vielen Jahren unverändert geblieben. Gestern erst las ich in sieben Zeitschriften sieben nur wenig voneinander verschiedene Geschichten von der schwarzen Mamba.

Führend liegt die schwarze Mamba an der Spitze gemeingefährlicher Giftschlangen. Der von ihr Gebissene hat unter sensationellen Qualen zu sterben. Manche Autoren halten fest an der Kobra. Sie ist auch nicht schlecht, aber die schwarze Mamba ist besser. Meistens ringelt sie sich auf tropischen Abendgesellschaften um den Fuß einer noch jungen Gouverneursgattin mit feinen und ansprechenden Zügen. Alle Anwesenden erstarren vor Entsetzen, die leiseste Bewegung muß einen furchtbaren Tod herbeiführen. Nach Ablauf einer spannungsreichen Stunde wird die Dame auf wunderbare Art gerettet und hat schneeweißes Haar bekommen, das auf Jahre hinaus einen merkwürdigen und nicht reizlosen Kontrast zu ihrem jugendlichen Antlitz bildet und ihrem Gatten – auf nunmehr europäischen Bowlengesellschaften – Gelegenheit bietet, das Abenteuer mit der schwarzen Mamba vorzutragen. Nur wegen des Effekts mit dem schlagartigen

Weißwerden des Haares umringelt die Mamba mit Vorliebe die Füße jüngerer Damen. Nicht etwa um zu schäkern. Sollte also an der Straßenbahnhaltestelle oder im Gemüseladen jemals eine schwarze Mamba auf mich zukommen, so brauchte ich nur schnell eine weiße Rokokoperücke aufzustülpen, und die Mamba wäre überlistet und ich gerettet. Das Leben ist unendlich einfach, wenn man Bescheid weiß.

Es verleiht mir auch ein Gefühl wunderbarer Sicherheit, zu wissen, welche Folgen es hätte, wenn ich einen Fakir beleidigte, einen Derwisch oder das Mitglied einer tibetanischen Geheimsekte. Meine Kränkung eines Fakirs könnte folgende Geschichte ergeben:

Ich befinde mich in einem orientalischen Hafen in Begleitung eines weltmännischen Freundes. Ein Fakirtyp, an dessen linkem Mittelfinger ein eigenartiger Skarabäus blinkt, nähert sich mir und wünscht, mir den Ring zu verkaufen. Mit einer flotten Handbewegung lehne ich ab und begebe mich trällernd auf das mir zustehende Schiff. Mein weltweiser, mit den Geheimnissen des Orients vertrauter Freund prophezeit mir furchtbares Unheil und bleibt während der Überfahrt umwölkt, indessen ich mich mit zynischer Leichtfertigkeit heiteren Bordspielen widme. Nachdem ich mich dann später auf europäischem Boden befinde, sinke ich auf belebter Straße plötzlich geheimnisvoll sterbend zusammen. Mein brechendes Auge sieht im Hintergrund einen Mann ruhig durch die Menschenmenge schreiten. An seinem linken Mittelfinger blinkt ein Skarabäus.

Mein weltweiser Freund erzählt nunmehr mit angemessenem Ernst diese Geschichte europäischen Skeptikern, die daraufhin in nachdenkliches Schweigen verfallen, bis irgend jemand sagt: »Oh, geheimnisvolles Indien« oder: »Es gibt mehr Dinge im Himmel und auf Erden ...« Letzteres Shakespearezitat habe ich bei solchen Gelegenheiten so oft gelesen, daß es mir allmählich zum Hals raushängt und ich in diesem Fall froh bin, tot zu sein und es nicht noch mal hören muß.

Außer in Häfen treten die Fakire zuweilen auch zwischen den Tischen einer Hotelterrasse auf, und gnade einem Gott, wenn man sie dann durch ein Kopfschütteln verscheucht. Sie sind ungeheuer empfindlich und durch einen Hauch zu beleidigen. Woher sie das Geld nehmen, um ihren Beleidigern über Erdteile und Ozeane nachzureisen, obwohl sie doch vorher darauf angewiesen waren, ihren besten Skarabäus zu verscherbeln, bleibt ihr größtes Geheimnis. Kein Autor konnte es bisher lösen.

Dank aufklärender Lektüre habe ich Fakirtypen mit noch so stechenden Augen nicht zu fürchten. Solange ich noch ein paar Mark in der Tasche habe, werde ich ihnen abkaufen, was sie wollen, und sie noch dazu mit seidensamtiger Liebenswürdigkeit in die nächste Wirtschaft einladen. Wenn ich kein Geld habe, werde ich sie zu jemand schicken, der mich mehrfach geärgert hat und über Fakire nicht Bescheid weiß. Wie bereits gesagt, das Leben ist unendlich einfach, wenn man die Spielregeln kennt.

Gott sei Dank weiß ich auch, was es mit Bambushaaren auf sich haben kann.

Da gibt sich ein munterer weißer Jäger im Busch einem eingeborenen Weib hin. Eines Tages erscheint mehr oder weniger willkommen die weiße Ehefrau und macht Staub. Die Eingeborene würgt ihre Abdankung nicht schlicht herunter, sondern mengt dem Mann oder der Frau Bambushaare oder Schnurrbarthaare eines Tigers ins Essen, schlängelt sich katzengleich ins Dschungel und bleibt unauffindbar. Der Tigerhaar- oder Bambushaar-Esser stirbt unter scheußlichen Qualen, Rettung ist nicht möglich. Sollte ich jemals einen Mann im Urwald haben, so könnte kein Gott mich dazu bringen, seine dunklen Idylle zu stören.

Ich weiß nahezu alles über schwarze Mamba, Fakire, Bambushaare, Kampfmethoden der Pygmäen, Kopfjäger, Tropenameisen und indianische Pfeilgifte. Meine Ausbildung als Orchideenjäger kann ich als lückenlos ansehen.

Nur übers europäische Dschungel bin ich leider kurzgeschichtlich noch nicht genügend aufgeklärt worden und finde mich darum auch nicht darin zurecht.

Nur noch Frauen ...

Angenommen – das würde nun so weitergehen – die Lust der Männer, einander auszurotten, wäre weder durch unangenehme Erfahrungen noch durch die etwas fragwürdigen Reize der Nachkriegszeiten zu unterdrücken, angenommen ... Ich versuche, mir das vorzustellen, ich überfliege einige Jahrhunderte, ich begebe mich in ein anderes Jahrtausend.
Die Landschaft ist flach und leblos, hier und da dünn überschneit. Ich sehe ein mageres Bäumchen mit kleinen grauen Blättern, zahlreiche Erdlöcher, von rostigem Stacheldraht umzogen, eine mürrisch vor sich hin starrende graubraune Ziege und über allem einen fahlen, hängenden Himmel.
Aus einem der Erdlöcher kommt eine Frau gekrabbelt. Sie sieht den Frauen meines Zeitalters nicht unähnlich, nur ihre Kleidung scheint mir etwas fremdartig. Die Frau ist mit Bast und Fellen umwickelt und wirkt eher handfest als kokett. Ihr Blick hat die strenge und gewerbsmäßige Freundlichkeit einer Krankenschwester, die dem frisch Operierten morgens mit stählerner Sonnigkeit zuschleudert: »Na, jetzt geht's uns aber schon besser!«
Die Frau nimmt meine Begrüßung und schüchterne Erklärung mit gemäßigtem Mißtrauen hin und bittet mich in ihr Erdloch. In einer Art Förderkorb fahren wir hinunter ins siebzehnte Stockwerk, da wohnt die Frau in einer Seiten-

höhle. Hier ist es kalt, sauber und keimfrei. Mit einer Art Staubsauger taut sie ihren eingefrorenen Herd auf und läßt mich an einem blauen Vitamin-Eiszapfen lutschen. Ich bin zufrieden, alles gefällt mir. Ich komme aus der Mitte des zwanzigsten Jahrhunderts, aus den Jahren der chronisch lauernden Katastrophen, und jede Veränderung ist mir recht.

Am Abend bin ich in die Riesenhöhle der Präsidentin eingeladen. Die Präsidentin ist eine nette, mollige Frau mit verschlafenen Samtaugen und schwarzen Locken. Sie raucht selbstgezogenen Tabak, der würzig und appetitanregend nach geräucherten Flundern riecht, und trinkt etwas Gegorenes. Ich biete ihr eine Bundes-Zigarette an und fühle, wie ich ihr sympathisch werde.

Um uns wogt eine verwirrende Menge von Frauen. Ich habe das Gefühl, als wenn irgendwas fehlt. Nachdem ich zum drittenmal gähnen mußte, komme ich drauf, was es ist. Wo sind die Männer! Ich frage danach. Sofort werden die Mienen um mich kalt und mißtrauisch. Ich trage es mit melancholischer Fassung. In meinem Zeitalter habe ich mich in Gesellschaft seriöser Damen auch manchmal danebenbenommen, wenn ich glaubte, nett und korrekt zu sein.

Nachdem ich der Präsidentin weitere Zigaretten angeboten und viel von dem Gegorenen mit ihr getrunken habe, wird sie wieder etwas aufgeschlossener. Das Gegorene ist ein milde berauschendes Getränk und schmeckt wie – ja, also Spinatlikör könnte so schmecken. Nach reichlichem Genuß fühlt man sich wie ein betrunkener Weckapparat kurz vorm Platzen. Na, ich habe in meinem Zeitalter schon Schlimmeres getrunken.

Ich erfahre, daß es keine Männer mehr gibt. Vor zehn Jahren war der letzte Krieg, zu dessen Ehre die Männer einander mit Stumpf und Stiel ausgerottet haben, mitsamt den Kindern männlichen Geschlechts. Diesmal ist ganze Arbeit geleistet worden. Alles Vorhergegangene war dilettantisch.

Die Frauen ohne Männer scheinen mir weder trauriger noch fröhlicher als die Frauen meines Zeitalters. Sie wirken etwas ruhiger und gedämpfter, vielleicht ist das noch eine Nachwirkung des totalen Ausrottungskrieges.

Heimat- und Nationalgefühl scheint es nicht mehr zu geben. Nirgends flattert eine Fahne, noch nicht mal eine fremde. Keine Frau spricht flammend und gerührt von ihrem Erdloch, daß es ihre Heimat sei, für die sie sterben wolle, einen schöneren Tod gebe es nicht, und die graue Lehmerde am Rand ihres Erdloches werde sie ewig lieben und sich nie von ihr trennen. Es werden auch keine entsprechenden Lieder gesungen. Man bleibt, weil die anderen auch bleiben, und weil man anderswo erst neue Erdlöcher graben müßte, was durch die Kälte nahezu unmöglich ist.

Ein Teil der Frauen arbeitet, in denen liegt das so drin. Der Typ der forschen und tüchtigen Frau ist stark verbreitet. Er hatte von jeher etwas Einschüchterndes für mich.

Glücklicherweise ist die Präsidentin leicht angefault, so daß die Tüchtigen zuweilen Hemmungen haben, sich radikal zu entfalten.

Es gibt dann noch die Frauen, die immer alles niedlich und adrett machen, ganz für sich allein, auch wenn sie weit und breit keinen Mann oder sonst jemand haben. Sie haben ein so reizendes kleines Talent, aus etwas nichts zu machen. Aus einer zerfetzten Fußmatte bereiten sie einen schmackhaften Brotaufstrich, und aus einer alten Sessellehne verfertigen sie eine entzückende Zimmerdekoration.

Dann sind da unter den Frauen die ewig Gestrigen, die von der Vergangenheit nicht loskommen. Sie hatten mal einen Mann, der ihnen einen angenehmen Nachgeschmack hinterlassen hat, und nun liegen sie in einer Höhle herum und träumen von ihm. Auch diese Frauen scheinen sich ganz wohl zu fühlen und eine friedliche, konfliktlose Existenz zu führen.

Mir graut, wenn ich mir vorstelle, daß alle diese Frauen plötzlich ein paar Radiosendungen aus meiner Zeit hören würden. Wie entsetzlich taktlos und roh würde das wirken! Wie aufreizend! Man stelle sich nur vor, diese männerlosen Frauen müßten anhören, wie gesprochen wird über die Heiligkeit der Ehe – höchstes und einzig wahres Frauenglück – einzige Erfüllung in der Mutterschaft – der tragische Frauenüberschuß unserer Tage – und so weiter. Und dabei wimmelt es doch bei uns noch von Männern aller Schattierungen, und diese Frauen hier haben nichts und niemand. Nach den Auffassungen meines Zeitalters würde den Frauen die geradezu amoralische Sinnlosigkeit ihrer Existenz derart intensiv zu Bewußtsein gebracht, bis sie geschlossen Massenselbstmord begehen würden.

Viele Frauen sind faul und freundlich verschlafen. Von den Tüchtigen werden sie zwar verachtet, aber nicht weiter behelligt. Augenscheinlich genießen sie es, nicht dauernd einen Mann erwarten zu müssen, der Essen haben will, um sich sodann frisch gestärkt in andere Mädchen zu verlieben. Sie dämmern sanft dahin und machen die Annehmlichkeiten ihres Daseins von ihrer Phantasie abhängig. Ein Mann, der nur noch in der Erinnerung existiert, kann nicht mehr sonderlich viel Ärgernis bereiten.

Es gibt dann noch einige schummrige, romantisch ausgeschmückte Höhlen von Frauen und Mädchen, die von Natur aus leichtfertig und lasterhaft sind. Sie haben sich nette kurze Röckchen gesponnen und bunte Stoffstückchen ins Haar gesteckt. Sie haben freche Mundwinkel und verschleierte Augen, doch ihr ganzer Vorrat an Lasterhaftigkeit wird schimmlig und ranzig, weil gar keine Verwendung dafür besteht. Gespensterhaft blühen sie ins Leere hinein, und ihre zahlreichen ehrbaren Mitschwestern können noch nicht mal einen Verein gründen zur Bekämpfung der Prostitution und Hebung der Sittlichkeit.

Diese Lasterhaften werden übrigens nicht nur in Ruhe gelassen, sie stehen sogar unter Naturschutz, denn ohne sie würde die Tugend der Tugendhaften farblos und unansehnlich wirken. Was wäre das lichtumflossene Weiß ohne dunklen Hintergrund? Wer vermöchte seine moralische Überlegenheit wahrhaft zu genießen, wenn weit und breit nichts Unmoralisches existierte? Selbstverständlich versuchen die Tugendhaften, die Lasterhaften zu bessern, denn das gehört zu ihrem Wohlbefinden – doch aus Selbsterhaltungstrieb begnügen sie sich mit Teilerfolgen

Ich wohne einigen geselligen Veranstaltungen bei. Es wird etwas Theater gespielt, Lieder werden gesungen und kleine Gedichte vorgetragen. Die Frauen haben alles selbst gedichtet – ohne Männer. Die neue Kunstrichtung scheint mir vorerst noch etwas dürftig und zaghaft. Ich weiß aber nicht, wie man's besser machen sollte. Es fehlen alle einschlägigen Probleme: Männer, Vaterland, Heldentum, Kampf der Geschlechter, Liebe, Unzucht, Mord, Verbrechen, Leidenschaft, verwahrloste Jugend, sozialer Aufstand. Diese Frauengemeinschaft ist noch nicht einmal ein Matriarchat – dazu würden ja zumindest ein paar Männer gehören, die nichts zu sagen haben.

Eines Tages komme ich an ein Erdloch, aus dem plötzlich ungefähr dreißig Kinder strömen. Es folgen ein paar Frauen mit quiekenden Säuglingen auf dem Arm. Woher ...? Ehe ich noch weiter denken kann, umringt mich ein zwanzig Frauen starkes Polizeiaufgebot und führt mich ab. Verhaftungen erstaunen mich nicht, ich bin aus Deutschland und dem zwanzigsten Jahrhundert. Doch woher kommen die Kinder? Nach meinen Erfahrungen ... Aber was sind schon Erfahrungen? Vielleicht werden die Kinder künstlich hergestellt. Einige Frauen arbeiten emsig in Höhlenlaboratorien.

Durch die Präsidentin werde ich am Abend wieder freigelassen. Wir sitzen zusammen, und ich biete Zigaretten an. Bald habe ich keine mehr. Ich gedenke meinen Aufenthalt hier abzubrechen, wenn ich die letzten Stummel aufgeraucht habe.

Die Präsidentin steht kurz vor ihrer Entlassung und befindet sich in jenem Übergangsstadium, das schwankende Würdenträger mitteilsam werden läßt. So erfahre ich an diesem Abend das große Geheimnis.

Es existiert noch ein Mann. Ein einziger. Man zittert davor, daß irgendeine fremde Macht ihn entführen könnte. Daher das Mißtrauen. Ich kann es verstehen.

Der Mann lebt in einer versteckt gelegenen Luxushöhle. Hunderte von Polizeibeamten bewachen ihn ständig. Diese Beamtinnen werden wiederum von einer erlesenen Geheimpolizei überwacht. Trotzdem werden immer wieder Überfälle auf den Mann versucht, und immer wieder kommt es vor, daß Beamtinnen sich bestechen lassen.

Hunderte von Frauen bereiten dem Mann ausgesuchte stärkende Nahrung. Ein Heer von Pflegerinnen und Ärztinnen ist stets zu seiner Verfügung. Eine Unterhaltungstruppe ist eigens für ihn ausgebildet worden. Die gesamte Arbeit dieses Frauenstaates gilt fast ausschließlich dem einen Mann. Verbrechen, die begangen werden, werden seinetwegen begangen. Strafen, die verhängt werden, werden seinetwegen verhängt. Gefängnisse existieren nur seinetwegen. Alle Versammlungen, die stattfinden, finden seinetwegen statt.

Der Mann ist Eigentum der Gemeinschaft. Jeden Monat wird er ausgelost – für acht Tage. Alle Frauen zwischen zwanzig und fünfzig dürfen an der Verlosung teilnehmen. Viele sind dagegen, daß die Fünfzigjährigen an der Verlosung noch beteiligt sind, aber die haben sich auf Grund ihrer Majorität durchgesetzt. Wer den Mann einmal gewonnen hat, darf bei weiteren Lotterien nicht mehr mitspielen.

Täglich ergeben sich neue Probleme, die in täglichen Sitzungen geregelt oder auch nicht geregelt werden. Erst kürzlich hat der Mann wieder eine Eingabe gemacht: Er möchte nur noch höchstens alle drei Monate ausgelost werden. Man ist nicht bereit, darauf einzugehen, will ihm aber doch etwas entgegenkommen.

Ich erfahre, daß es Frauen gibt, die zu faul sind, an der Verlosung teilzunehmen, und auch unter den Lasterhaften seien viele zu verkommen, um auf eine anständige und geregelte Art mal vorübergehend an Mann und Kind gelangen zu wollen. Sie verzichten aus Unmoral. Andere wieder verzichten freiwillig aus Moral. Es handelt sich um Mitglieder einer Art Sonnenanbetersekte, die in Sonnengebeten die Kraft finden, allem Fleischlichen zu entsagen. Ich meine, allzuviel brauchten sie nicht zu beten. Bei dem einen Mann! Da kämen wir ja in meinem Zeitalter überhaupt nicht mehr aus dem Gebet raus. Am stärksten drängen sich die tüchtigen Frauen zu der Verlosung. Verschiedentlich sollen sie sogar auf die raffinierteste Art versucht haben, zu mogeln.

Ob der Mann denn nie von sich aus wählen dürfe? Die Präsidentin sieht mich mit höflichem Mitleid an. So weit reiche ja nun ihre historische Bildung, um zu wissen, daß noch zu keiner Zeit ein Mann gewählt habe, sondern immer gewählt worden sei. Ich muß ihr recht geben. Allerdings mit der Einschränkung, daß man zu meiner Zeit den Männern doch hier und da noch die Illusion lasse, Wählende statt Gewählte zu sein.

Wieso der Mann denn überhaupt übriggeblieben sei? Er habe die Kleider seiner Großmutter angehabt, dadurch sei die nur für Männer bestimmte Kraft der Todesstrahlen wahrscheinlich gebrochen worden.

Bereits vor dem letzten Krieg wären nur noch ganz wenige Männer übrig gewesen. Diese wenigen hätten an einer hochqualifizierten Erfindung, an Todesstrahlen für Männer, gearbeitet, und damit hätten sie eines freundlichen Tages einander den Rest gegeben.

Ich erzähle, wie es bei uns in der Mitte des zwanzigsten Jahrhunderts zugeht. Niemand will mir glauben. Ob wir die Männer bei uns etwa frei herumlaufen ließen? Ob denn nie welche abhanden kommen würden? Ich erzähle, daß man bei uns auf allen Ämtern und in jeder Straßenbahn ganze Horden entzückendster Männer frei und ungeschützt stehen und sitzen sehen könnte. Daß sie ohne Bewachung durch die Straßen wandeln und daß mir keine Fälle bekannt wären, wo Frauen sich an ihnen vergriffen hätten; unsere Zeitungen hätten auch nie etwas über Männer verschleppende Frauen gebracht. Die Frauen sind fassungslos. Sie denken, ich wollte mit unserem hohen Sittenstandard schamlos prahlen. So viel Ehrlichkeit könne es doch einfach nicht geben. Sie gestehen, daß sie jetzt eine Expedition losgeschickt haben. Weit, weit fort solle noch ein Mann existieren – in einer anderen Frauengemeinde, und den wollten sie rauben. Doch seien die Expeditionsmitglieder noch nicht zurück, und so wisse man nicht, ob das Gerücht auf Wahrheit beruhe. – Ich habe das Gefühl, aus einem Zeitalter mit geradezu erdrückendem Reichtum zu kommen. Ich erzähle, daß es Frauen bei uns gebe, die einen vollständigen, gut erhaltenen Mann ganz für sich allein beanspruchten. Den Frauen verschlägt's die Sprache ob so viel Ungeheuerlichkeit. Der Erfolg meines Sensationsberichtes steigt mir zu Kopf. Ich renommiere mit der Wahrheit – in meinem Zeitalter habe ich keine Gelegenheit dazu. Ich berichte, daß bei uns in vielen Ländern sogar noch Männer hingerichtet werden. Die Frauen schreien auf. »Ach, warum geben sie die nicht lieber uns!« Wie gern würde ich das tun, wenn's möglich wäre und von mir abhinge. Ich überlege, ob man bei uns nicht gelegentlich eine Sammlung veranstalten könnte – in der Art der einstigen, schon halb vergessenen Spinnstoffsammlungen. In jedem Haushalt soll nur mal genau nachgesehen werden: Irgendwo liegt bestimmt noch ein Mann rum, auf den niemand mehr Wert legt. Gewiß, auch wir sind knapp, aber wir haben doch immer noch was abzugeben.

Wieviel Frauen denn bei uns zum Schutz und zur Umsorgung dem einzelnen Mann zur Verfügung gestellt würden? Sie können sich hier gar nicht vorstellen, wie wir diese Arbeit bewältigen. In diesem Frauenstaat können sie die Arbeit um den einzelnen Mann kaum noch schaffen. Als ich erzähle, daß es bei uns sogar noch hier und da Männer gebe, die für Frauen arbeiten, wird das widernatürlich und ekelhaft gefunden.

Vor meiner Abreise gelingt es mir noch, die Erlaubnis zu einem kurzen Interview mit dem Mann zu erhalten.

Der Mann ist gerade der achttägige Besitz einer robusten Vierzigerin geworden. Die Frau hat einen dreijährigen Aufklärungskursus hinter sich und müßte eigentlich wissen, wie sie einen Mann zu behandeln hat. Trotzdem scheint sie Lampenfieber zu haben. Die beste Theorie ersetzt eben nicht die Praxis. Die Frau hockt in einer Ecke auf einem Ochsenfell und macht einen nervösen Eindruck. Sie wird von einer Anzahl Polizeibeamtinnen in Zivil ständig überwacht, auf daß sie dem Mann keinen Schaden zufüge. Mir scheint das Liebesleben zur Zeit von »Tausendundeine Nacht« um einige Grade stimmungsvoller gewesen zu sein. – In einem anderen Höhlenraum lagert der Mann nicht sehr anmutig auf einem Haufen Kissen. Er ist klein und dick mit Spitzbauch und Glatze, die umrahmt ist von grau-roten Haarbüscheln. Kein ausgesprochenes Prunkstück seiner Gattung. Er scheint zwischen fünfzig und sechzig und sieht äußerst muffig und verdrossen aus. – Ich erzähle ihm von meinem Zeitalter, und er beginnt langsam etwas aufzutauen und Interesse zu zeigen. Ob denn wirklich bei uns noch mehrere Männer wären? Dann könnte man ja Parteien gründen und Krieg führen! Doch es graust ihm sichtlich vor einem Land, in dem die Männer frei und ungeschützt umherlaufen müssen. Er stellt es sich vor und schaudert. Da erzähle ich ihm von unseren Gefängnissen, in denen Männer jahrelang eingesperrt würden – und niemals, niemals würde eine Frau zu ihnen gelassen. Er wird ganz träumerisch, und seine Miene drückt eine geradezu fressende Sehnsucht nach deutschen Zuchthäusern aus. Als wir vom Krieg sprechen, wird er lebhaft und beinahe jung. Er arbeite an einer Erfindung, vermittels derer er die Erde an die Sonne schleudern könne zwecks endgültiger Vernichtung. – Ob die Frauen ihn an seiner gefährlichen Kriegsarbeit denn nicht hindern würden, frage ich. »Frauen lieben Helden«, antwortet der Mann, und er müsse ja durch irgendwas bei Laune gehalten werden.

So – und nun bin ich wieder zurück – in der Mitte des zwanzigsten Jahrhunderts. Ich genieße vorübergehend den Reiz unsrer Ruinen im Gegensatz zu den ewigen Erdlöchern – und den Anblick der vielen, vielen entzückenden Männer, die sich frei und ungeschützt mit so viel Charme in die Straßenbahnen drängeln. Wirklich – ein paar könnte man ruhig noch abgeben.

System des Männerfangs

I. Allgemeine Regeln: der Eitelkeit des Mannes Futter geben. Sein Selbstgefühl stärken, ihn stolz sein lassen auf sich. Ihn verstehen, wenn er verstanden sein will, und im richtigen Moment stoppen – mit dem Verstehen. Ein Mann wünscht nicht bis in die letzten abgründigen Tiefen seines einmaligen Innenlebens begriffen zu werden von einer Frau – er könnte sonst merken, daß es nicht so unerhört einmalig ist, und das würde er sehr übelnehmen. Also ihm immer noch den letzten, sanft melancholischen Seufzer des Unverstandenseins lassen, erschüttert von der eigenen Machtlosigkeit dasitzen – er wird sie verzeihen und einem über die eigene Unvollkommenheit liebreich hinweghelfen. Jeder Mann legt Wert darauf, ein im Grunde »einsamer Mensch« zu sein. Man respektiere das. Ihn sentimental sein lassen. Männer brauchen das – und können es nur bei einer Frau sein. Zynische Männer sind am sentimentalsten (Zynismus als Stacheldraht um ein zu weiches Herz) – man muß ihn taktvoll ahnen lassen, daß man, trotz verhüllender Geistesschärfe, von dem kostbaren weichen Herzen Kenntnis genommen hat. Unbedingt und immer über dasselbe mit ihm lachen – sonst ist's Essig mit der erstrebten Gemeinsamkeit. Sich politisch aufklären lassen. Sehr dumm sein, aber sehr intelligent fragen. Zu seinen jeweiligen Freunden und Bekannten entzückend sein – Lob von

andern macht die eigenen Aktien um hundert Prozent steigen. Möglichst zu dreien oder vieren ausgehen – zusammensitzen – lieb und nett sein – und im richtigen Moment sehr graziös zur Telefonzelle entschweben, um den Bekannten Gelegenheit zu ein paar anerkennenden Worten zu geben. Sich mit einem Nimbus von Verehrern – »die einem aber sehr gleichgültig sind« – umgeben. Man ist nicht so. Man macht sich nichts draus. Man legt ihm die Skalpe der Eroberten zu Füßen – er wird stolz sein – auf sich, auf die Frau, auf sich und überhaupt. Ihm immer Gelegenheit zum triumphierenden Rivalentum geben. Und nicht sein – sondern reflektieren. Spiegelbild seines jeweiligen Wunsches. Ihm zuhören. Und dann –
II. Den Mann behandeln als Mann seines Berufes. Vor allem: Interesse für seinen Beruf.

A. Künstlerische Berufe

a) *Schauspieler*. Einen Schauspieler lieben ist fast pervers. Man kommt nicht auf seine Kosten – d. h. die spezifische Eitelkeit der Frau kommt nicht auf ihre Kosten. Ein Schauspieler muß von einer Frau geliebt werden wie ein Mann eine schöne Frau liebt. Sein Beruf ist feminin. Ein Schauspieler ist oft größenwahnsinnig aus Unsicherheit – wie eine schöne Frau (beider Erfolge sind zeitgebunden und gehen vorüber). Man muß in seiner Gegenwart Werner Krauß ablehnen – er wird widersprechen – trotzdem ablehnen. Bassermann ablehnen. Ernst Deutsch ungemein ablehnen. Moissi ablehnen (wenn's nicht zufällig Moissi selber ist) – alle ablehnen. Kollegen neidisch finden, Kritiker lachhaft und unmöglich. Ihm bedingungslos glauben, daß er nie Kritiken liest. Ihm Rollen abhören und bei tragischen Ausbrüchen weinen. Und ihn bewundern. Und wenn möglich gut kochen. Den Intendanten

(Direktor) in jedem Fall gemein finden. Schauspieler kokettieren gern mit Bürgerlichkeit, wenn sie Bohèmiens sind – man lasse sie. Sind sie bürgerlich, wünschen sie der Bohème verfallen zu sein. Man lasse sie. Man lasse sie am besten überhaupt.

b) *Maler.* Man sei sein Modell – ganz gleich ob schön, ob häßlich, man bringe ihm bei, daß ein Künstler seines Ranges mit jedem menschlichen Lebewesen etwas anzufangen weiß – ja, daß es durch ihn erst Existenzberechtigung bekommt. Nach der Sitzung ist man ermattet und der Maler angeregt – der wahrhaft günstige Zustand. Unter keinen Umständen jemals Eroberungswillen zeigen, sonst weckt man die Opposition des Mannes. (Gehört eigentlich unter »Allgemeine Regeln«.)

c) *Musiker.* Man täusche kein Gehör vor, wenn man keins hat – er kommt dahinter. Unmusikalische Frauen suchen sich besser andere Objekte als gerade Musiker. Man kann sich von Schriftstellern und Malern belehren lassen – Gehör läßt sich nicht beibringen. Sonst: Bei gemeinsamen Konzertbesuchen lehne man ab, was er ablehnt, finde schön, was er schön findet – und um nichts falsch zu machen, lehne man den Kopf zurück und schließe die Augen – was, je nachdem, äußerstes Gelangweiltsein oder höchstes Entzücken ausdrücken kann.

d) *Schriftsteller.* Man lasse sich vorlesen. Man schlafe nicht ein. Man sei zu erschüttert, um zu sprechen, denn es gibt keine Worte, die genügen. Man kritisiere mit einer Ehrfurcht, als wenn man den Faust verbesserte. Man finde alles sehr neu und einmalig. Man biete sich an, ihm das Manuskript abzuschreiben – man sei immer wieder dankbar und erschüttert von den herrlichen Gedanken und Worten – bei jeder neuen Schreibmaschinenseite glaube man an eine Auflage mehr. Man hat unbedingt die Chance, nach Beendigung des Manuskriptes zur Muse aufzusteigen.

e) *Verleger.* Man schreibe, wenn möglich, erfolgreiche Bücher. Die Sympathie eines Verlegers wächst mit der steigenden Auflage. Je weniger Vorschuß man braucht, um so angenehmer macht man sich.

f) *Redakteure*. Wenn sie selber schreiben, sind sie zu behandeln wie Schriftsteller. Man bemitleide sie, daß sie nicht so können, wie sie wollen (kein Redakteur kann, wie er will). Man bringe ihnen die Beiträge möglichst kurz vor Redaktionsschluß, um die Gelegenheit des gemeinsamen Fortgehens zu schaffen.

B. Bürgerliche Berufe

a) *Ärzte*. Ein wesentlicher Vorteil, gut gewachsen zu sein. Ansonsten: Ärzte sind Kummer gewohnt. Man sei möglichst nicht seine Patientin. In dieser Beziehung hat ein Arzt seine Grundsätze – warum es sich und ihm unnütz erschweren? Ferner: Sauerbruch ablehnen, Bier ablehnen, Freud ironisieren (bei Psycho-Analytikern: Alfred Adler beschimpfen). Koch, Semmelweis, Billroth anerkennen. (Weil die ja tot sind.) Sich ja nicht mit medizinischen Fachausdrücken lächerlich machen. Ihn aber bedauern, daß er auf eine praktische Ausübung seines Berufes angewiesen ist, wo er doch von Kopf bis Fuß für rein wissenschaftliche Arbeit prädestiniert ist.

b) *Rechtsanwälte*. Sind als verhinderte Literaten zu behandeln. Man lasse sich ihre Dramen und Romane vorlesen. Strafanwälte beglückwünsche man ununterbrochen zu ihren herrlichen Plädoyers. Zivilanwälte beglückwünsche man zu ihrer meist verheimlichten (aber ganz gewiß vorhandenen) schriftstellerischen Produktion.

c) *Ingenieure*. Man lasse sich jeden Mechanismus, vom Fahrrad angefangen, genau erklären. Es wirkt sehr nett, wenn man hilf- und fassungslos staunend vor seinen komplizierten Berechnungen steht. Frauliche Unwissenheit wirkt bei einem

Ingenieur stets kleidsam. Jedoch empfiehlt sich die Vertrautheit mit dem Auto.

d) *Kaufleute*. Kaufleute wollten eigentlich »was andres werden«, Kaufleute sind zuweilen gern lyrisch und haben ihren Beruf verfehlt. Was nicht hindert, daß sie an ihrem Beruf hängen wie die Kletten. Man bewundere ihr Auto und bemerke nicht, wenn es geliehen ist. Man habe einen ehemaligen General als Vater oder einen, der sein Millionenvermögen in der Inflation verloren hat. Man möchte gern seine Mutter kennenlernen und ist »überhaupt nicht modern« – man wählt deutsche Volkspartei. Sicher ist sicher. Kaufleute sind meistens konservativ. Man kann unbesorgt seine Angestellte sein – er hat nicht die Hemmungen eines Arztes bei seiner Patientin. Allein mit ihm zusammen Überstunden machen, bietet sogar äußerst günstige Chancen.

e) *Beamte*. Beamte haben vielfach Grundsätze und eine etwas festgefrorene Moral. Man richte sich nicht danach. Im Gegenteil. Beamte sind im allgemeinen keine schwierigen Fälle. Man lebe sich nicht etwa in ihren Beruf und ihre Anschauungen hinein – man sei der augenfälligste Kontrast ihres Durchschnittsdaseins. Man tue alles, was sie ablehnen – es zieht. Beamte sind sinnliche Naturen und auch poetisch – aber doch noch mehr sinnlich. Mit dem Lippenstift in der Hand ist man noch kein Vamp. Aber mit blaugeschminkten Augenlidern, bißchen mondäner Aufmachung, gut sitzenden Tramaströmpfen und leicht gewagten Gesten kann man sich auch heute noch einem Beamten gegenüber den Hauch anziehender Verderbtheit geben. Man sei in dem Stadium, wo man so eben grade noch gerettet werden kann. Beamte retten sehr gern.

C. Nabobs

(Gibt es noch welche?) Geld hat einem gleichgültig zu sein, der Nabob auch – »man will ihn gar nicht« – Nabobs sind mißtrauisch. Ein gutes Rezept: man tue, als halte man ihn für einen Hochstapler und armen Schlucker – und was man an ihm bewundert, sind seine rein männlichen Reize und Vorzüge. Im ersten Stadium der Bekanntschaft weise man jedes Geschenk zurück.

III. Dieses Rezept ist unvollkommen und versagt vollständig, wenn die letzte individuelle Behandlung fehlt. Es gibt nur eine Regel, die unter allen Umständen zu befolgen ist: selbst *nicht* verliebt sein, denn dann macht man sicher *alles* falsch.

Sie wollte schön werden

Und es geschah, daß eine sehr häßliche Frau im Traume so stark wünschte, schön zu sein, daß sie es wirklich war, als sie am Morgen aufwachte. Sie sah in den Spiegel und blieb eine Weile stumm. »Menschenskind«, sagte sie dann und: »Donnerwetter noch mal« – und: »Jetzt bin ich eine Königin und habe Macht über alles.« Denn so hatte sie es sich immer erträumt. Lange saß sie auf dem Bettrand, gegenüber dem Spiegel und spielte mit ihrem veränderten Aussehen. O mein Gott, wie ich mich liebe! Spielte mit den glatt und schmal gewordenen weißen Händen im weichwelligen Haar, strich sich über die reine zarte Haut des Gesichtes, über die sanft gesenkte Nackenlinie und die festen runden kleinen Brüste. Sah sich im Spiegel weiß Gott hungrig statt satt, und hätte der Teufel sie so gemacht, sie wäre bereit, ihn Gott zu nennen. Immer neue Wunder entdeckte sie an sich: alle ihre Hühneraugen waren verschwunden, und ihre Zehen schienen zusammengerollte zarte Rosenblätter. Ihre ehemals etwas verfetteten Knie waren klar und marmorn gemeißelt wie die einer Jünglingsstatue des Michelangelo.

Sie saß vor dem Spiegel und staunte und nannte sich Clairette, denn früher hieß sie Klara – gestern, wo sie noch häßlich war. Und ihre Häßlichkeit hatte Ähnlichkeit mit ihrer jetzigen Schönheit. Sie war es sich schuldig, sich jetzt Clairette zu nennen. Sie war sich überhaupt jetzt vieles schuldig, und ihr wurde siedeheiß vor Angst, etwas versäumen zu können. Schönheit ist Macht – und wenn man Frauen Macht schenkt, wollen sie sie anwenden. Also!

Statt sich zu freuen, das dumme Luder, heulte sie erst mal, kugelrunde, bildschöne Glyzerintränen, denn der Zelluloidkamm war ihrer seidenweichen Filmdivalocken unwürdig, und ihre zarten Feenfüße schämten sich der alten Kamelhaarpantoffeln. Sie tat sich sehr leid und fühlte sich sehr unglücklich.

Auf märchenhaften Marlene-Dietrich-Beinen ging sie über den abgerauhten Teppich. In die Küche. Eine Plakatdiva – lehnte sie am Gasherd und ward versucht, ihn aufzudrehen, um sich das Leben zu nehmen, denn immer mehr wurde es ihr klar: sie war zu schade für die Welt. Gestern hatte sie Hammelrippchen gekauft und Weißkohl. Sie hatte heute Irish Stew kochen wollen. Peter aß es gern. Peter war ihr Mann und Werkmeister in einer Metallwarenfabrik. Um 1 Uhr kam er immer zum Mittagessen. Hinterher schlief er eine Stunde. Manchmal packte er sie am Zottelhaar, biß sie in den Nacken: »Mensch, ist wunderbar – eine Frau haben, mit der man zusammengehört. Komm!« Sie kam immer. Und freute sich verwundert, daß er sie wollte.

Sie setzte die Hammelrippchen mit Wasser auf – brave Klara! – sah ihr Spiegelbild im langsam sich wärmenden Wasser – Hammelrippchen brauchen lange, um gar zu werden – o mein Gott, dieser dämonische Blick meiner Augen! Was tue ich? Ich verschwende Sekunden meiner Schönheit. Schönheit ist Zeit für eine Frau.

Klara löschte die blaustechende kleine Gasflamme, lehnte traurig an der Küchenkachelwand, denn ihr langsames Hirn fing an zu begreifen: verdammt ist eine Frau, die schön ist. Verdammt, einen zu finden, der sie mehr bewundert als sie sich selbst – Und den kann sie nicht finden. Etwas über

die Ichbewunderung der schönen Frau hinaus gibt es ja
nicht.

Klara oder nunmehr Clairette fand, daß sie etwas unternehmen müßte. Sie unternahm. Zog sich das arme Kleid und den
armen Mantel der häßlichen Klara an und ging unter Menschen. Auf die Straße. Sammelte Blicke mit offenen Augen,
Poren und Händen. Hin und wieder sah man sie an. Clairette
hatte nicht viel davon und wollte mehr. Es passierte nichts.
Die Welt ging weiter, statt stehenzubleiben. Und Clairette
ging in ein kleines Café und bestellte luxuriös ein Glas Port-
wein und ein halbes Lachsbrötchen, zu welcher Nahrung ihr
Instinkt als ihrer Schönheit gebührend riet. Trotzdem es
7 Tage vorm Letzten war – und sie nur noch Wirtschaftsgeld
für 3 Tage hatte. Die trüben Blicke des Kellner rutschten miß-
billigend über ihren zerschundenen Mantel, statt ihr Gesicht
zu behuldigen. Wieder kamen ihr die Tränen über so viel
nutzlos angewandte Schönheit. Zu allem Elend war sie auch
noch der einzige Gast. Sie litt viel und Neues. Sie ließ ihre
makellosen Beine wippen – und sah sich schwindlig im kleinen Taschenspiegel, in der marmornen Tischplatte, im Nik-
keltablett und in einem neuen Zehnpfennigstück, das sie dem
Kellner als Trinkgeld zugedacht.

Halb erstickt vor Tatendrang ging sie aus dem Café. Durch
die Straßen … Ging in ein anerkannt vornehmes Frühstücks-
lokal – zusammen mit ein paar Damen in Pelzmänteln, die
allenfalls nett waren, aber an Clairettes Schönheit nicht tip-
pen konnten. »Bitte sehr« – und »Pardon« – und »gnädige
Frau« hier – »Gnädigste« da, servilte der Geschäftsführer an
den Pelzigen rum – und zu Clairette nicht ungütig: »Es hat
keinen Sinn, Frollein, vormittags hier Blumen zu verkaufen.«
Dabei hatte sie gar keine Blumen. Auf die Kleider kommt es
an, dachte Clairette und raste beleidigt und als obligat ver-
wundetes Reh durch die Straßen. Und brachte dabei fertig,
was nur eine Frau fertigbringt: nämlich sich selbst in jedem

Schaufensterspiegel zu sehen und trotzdem ausgiebigst jede
vorbeigehende Frau zu bemerken. Auf Kleider kommt es an!
Auf Pelzmäntel – auf – ach Gott! Manche guckten ihr nach.
Also doch! »Was rennt die denn so?« hörte sie einen fragen.
Sie fing wieder an, an Selbstmord zu denken.
Sie kam am Arbeitsamt vorbei. Ein Unrasierter mit verhun-
gerten Augen streifte mit gieriger Hand ihren Mantel, lachte:
»Na, schöne Frau.« Sie eilte weiter. Ganz heiß war ihr vor
Dankbarkeit – sie drehte sich um; der Unrasierte kniff einer
dicken Blonden in den Arm, zutunlich und absichtsvoll.
Häßlicher war die als Klara gewesen. »Oh«, sagte Clairette
laut – und »gemeiner Mensch.« Dann ging sie zur Filmbörse.
Da waren noch mehr Mädchen – manche beinahe so schön
wie sie. Sie setzte sich unter sie. Man beachtete sie nicht, weil
gerade einer kam, der fast Filmregisseur war. Er suchte Stati-
sterie für einen Film: »Frühling im Winter«. Mit einer Handbewegung fegte er Clairettes schönes Gesicht und noch ein
paar andere Gesichter fort: »Ich brauche Charakterköpfe.«
Eine Frau, die reinkam, wollte er mitnehmen, aber die war
zufällig hier Reinemachefrau und wollte sich auf ein noch un-
sichereres Gewerbe nicht einlassen.
Clairette stand wieder auf der Straße und sagte: ich gebe es
nicht auf. Was sie nicht aufgeben wollte, wußte sie nicht. Die
Aufregung ihrer nebelhaften Entschiedenheit machte sie immer schöner. Außerdem hatte sie Hunger, und ihre Augen
brannten. Eine Uhr schlug eins. Ihr Magen zuckte zusammen, denn er war ein regelmäßiges Leben gewöhnt. Ein
Mann sprach sie an, er war klein, fett und schmuddlig – und
alles in allem reizlos. »Ich lade Sie zum Mittagessen ein«,
sagte der unjunge fette kleine Mann – »vorausgesetzt, daß Sie
Ihr Teil selbst bezahlen – für mich selbst!« Allerhand und immerhin! Aber: »Sie entschuldigen bitte.« Er entschuldigte,
und Clairette ging.
Es teilte sich der Nebel der Stadt – voll heißen roten Willens

ballte sich die Sonne hervor – golden überleuchtet stachen die
gotischen Türme der Kirche ins letzte schwindende Dunst-
grau des Himmels. Die Sonne ließ über allem ihre Wolken-
kleider auseinanderfallen, um über alle Scham erhaben das
rote Glühen ihres ewig verlangten Leibes zu schenken. Clai-
rettens Herz wurde glücklich und voll Demut – vor der
Schönheit, die gab. Sie faltete die Hände – selbst häßlich
noch, wäre sie schöner gewesen denn schön. Das jünglings-
hafte Blau des Himmels ward zag durchpurpert – es schrie die
Straße, und die große Weltenkugel war sich einig. Ratlosigkeit sandte die Erde in die Glieder der Menschen – und mit
der Ruhe des weitgeformten Gewölbes waren sie kaum noch
verwandt. Der Himmel dankte Clairette für ihre Schönheit.
Und sie ertrug den Dank dankend. Denn ihr Menschenherz
war gut und in Ordnung. Mehr, als sie ahnte. Ihr fiel das Wort
Mittagessen ein, und sie erschrak zutiefst. Peter, mein Mann!
Noch lebte in Clairette das Peter liebende Gewissen der
Klara. Ihre schönen langen Schenkel brachten sie schnell und
weitschrittig nach Hause. Angst jagte ihr Herz und Glieder.
»Wo kommst du her?« fragte Peter, der breitschultrige
Blonde. Und seine Stimme drohte, bevor sein Herz miß-
traute. Böse und ungesättigt saß er schwerstämmig in der Küche. »Was ist mit dir los – und wie siehst du aus?!« – »Na,
gefall ich dir?« fragte sie und wiegte sich peinlich unbeholfen
und verlegen in den Hüften. Als er stumm blieb, schmierte sie
ihm angstvoll ein paar Butterbrote und dankte Gott, in der
Speisekammer noch 7 Scheiben Wurst liegen zu haben. Vorwurfsvoll blinzelte der Kochtopf mit den ungekochten Hammelrippchen sie an.
»Vertrag ist Vertrag«, sagte der Mann und kaute voll schweren
Nachdenkens an seinen Stullen, »und man muß die Arbeit tun,
zu der man sich freiwillig bereit erklärt hat. Oder den Vertrag
kündigen.« »Ich habe mir immer gewünscht, schön zu sein«,
sagte die Frau. Und sie redeten dabei gar nicht aneinander

vorbei. Sie lächelte neu und zog den Rock über den Knien hoch. Der Mann sah sie an und ihm verging der Appetit, denn er konnte nicht zugleich essen und denken. »Aber als du mich heiratetest«, sagte er langsam, »wollte ich eine gute Frau, und du hast gewußt, was ich unter einer guten Frau verstehe.« Sie wußte es noch. »Aber jetzt bin ich mehr«, sagte sie und schälte sich spielerisch das Kleid von der linken Schulter. »Vielleicht für andere«, überlegte er eigensinnig.

Als sie sich trennten, wußten sie nicht, ob sie sich am Abend wiedersehen würden. Clairette besuchte eine Freundin, deren Mann arbeitslos war. Die war hochschwanger und hatte zu viel Schmerzen und Sorgen, um neidisch zu sein. Clairette traf einen bekannten jungen Taxichauffeur, mit dem sie früher manchmal gelacht hatte. Er war nicht so stark und gerade gewachsen wie Peter. Er nahm Clairette in seiner Taxe zu einer Viertelstunde Spazierenfahren mit. Sie lehnte im muffigen Polster, bestierte sich im Spiegel und fand ihr Leben abenteuerlich und unbehaglich. Später küßte der Junge sie sachlich und flüchtig. Clairette hatte keine Freude daran. Und er hatte keine Lust zu mehr, da er gerade Grippe gehabt hatte und sich sowieso am Abend mit seiner Braut traf.

Clairette ging nach Hause. Ihr Mann erwartete sie. Er hielt einen etwas vermotteten Bisamwammenpelz in den Armen. Den hatte er auf Abzahlung alt gekauft: »Ich werde eben jetzt zeitweise nicht mehr Bier trinken.« – Clairette heulte vor Glück. Niemals hatte sie ein annähernd kostbares Stück besessen, kaum hatten ihre kühnsten Wunschträume sich an so was je rangewagt. »Oh, Peter«, sagte sie. Der saß da mit steinernem Gesicht. »Wenn du morgen bist wie früher, dann kriegst du den Mantel. Und wenn du's nicht bist, dann kriegst du ihn nicht, und außerdem haue ich dich grün und blau.«

Als sie am Morgen aufwachte, war Peter längst fort. Er hatte sie nicht geweckt, um ihr denkbar längste Gelegenheit zu geben, sich zurückzuentwickeln.

Sie war wieder häßlich. Ob aus Sehnsucht nach dem Mantel oder aus Angst vor den Schlägen, wird nie einer wissen. Jedenfalls aus Liebe.

Sie zog den Mantel an und gefiel sich maßlos im Spiegel. Drückte sich die harten rauhen Fäuste in die Brust, weil ihr Herz klopfte und rauswollte, um zu Peter in die Fabrik zu hüpfen. –

Sie setzte die Hammelrippchen bedachtsam auf und zerpflückte den Weißkohl.

Ging dann zu ihrer Freundin. Weil es kalt war, mußte sie den Pelz anziehen. Der Mann der Freundin hatte wunderbarerweise Arbeit gefunden und sie war zu glücklich, um neidisch zu sein.

Klara ging zum Kolonialwarenhändler, der sagte nichts, aber man merkte genau, wie er staunte. Und er gab ihr Kredit für drei Flaschen Bier und eine Büchse Ölsardinen. Und Klara war stolz auf ihre sichere Fähigkeit, die Extraausgabe in wenigen Wochen herauswirtschaften zu können.

Sie bestellte zu Hause den Tisch mit Peter angenehmen Dingen. Und tat den Weißkohl zu den Hammelrippchen – ein paar Möhren und Kümmel dazu und schabte eine halbe Muskatnuß in den Topf.

Im Schlafzimmer legte sie den Mantel liebevoll zaghaft aufs Bett. Sicher und stolz machte sie der Besitz. Sie sah sich im Spiegel und überlegte sich ihre doppelte Herrlichkeit: Wenn ich schön wäre wie gestern und hätte dann auch noch den Mantel!! Und sie sah ein, daß zuviel zuweilen weniger sein kann als genug.

Schamvoll und eilig gab sie einen Kuß in den Mantel. War tief gerührt über ihren Mann und über Milliarden eigener guter Vorsätze. Fast hätte sie wieder clairetteartig geheult, aber dazu hatte sie keine Zeit, denn dann wäre das Essen übergekocht. Und sie wollte ein märchenhaftes, nie dagewesenes Mittagessen kochen.

Die Läuterung

Zweifellos hat ein Auto viele Vorzüge. Ich glaubte, sie wären mir nahezu alle bekannt. Aber man lernt immer noch zu. Zum Beispiel hatte ich nicht gewußt, daß ein Auto einen Menschen läutern und veredeln kann.

Da ist mein Vetter Otto. Familienvater in mittleren Jahren. Ein Durchschnittsmann wie tausend andere mit Durchschnittseinkommen. Das Bemerkenswerteste an seinem Verdienst war, daß er nie ausreichte. Otto behauptete, das liege an der Steuer, an seinen repräsentativen Verpflichtungen, am Bundestag, an der allgemeinen Preissteigerung und an den textilen und kosmetischen Ansprüchen seiner Frau Dorchen. Dorchen behauptete, es liege an Ottos ausschweifendem Lebenswandel.

In regelmäßigen Abständen erschien Dorchen bei mir und weinte. Wegen Otto und seinem ausschweifenden Lebenswandel. Man kann über den Begriff »ausschweifender Lebenswandel« sehr verschiedener Meinung sein. Ich fand Dorchens Auffassung etwas übertrieben und Ottos Lebenswandel gar nicht so besonders ausschweifend. Aber schließlich war ich nicht mit ihm verheiratet und hatte es leicht, ihn tolerant zu beurteilen. Auf keinen Fall war Otto ein Faruk, noch nicht mal ein winziger kleiner Abklatsch davon. Er rutschte nur von Zeit zu Zeit mal aus, weil er sich nicht daran gewöhnen konnte, immer nur Buttermilch und Gemüsesäfte zu trinken. Dabei konnte er als entlastendes Moment anführen, daß unsere gängigen Restaurationsbetriebe Buttermilch und Gemüsesäfte nicht führen, weil sie so selten verlangt werden. Auch Ottos Freunde und Kollegen, mit denen er häufig furchtbar wichtige Geschäftsbesprechungen hatte, tranken keine Gemüsesäfte. Wahrscheinlich wußten sie noch nicht mal, daß es so etwas gab.

Dorchen jammerte derart über Ottos schlechten Umgang, daß man annehmen mußte, er verkehre nur mit völlig vertierten Trunkenbolden, langjährigen Zuchthäuslern und verkommenen Rauschgiftschmugglern. In Wahrheit bestand der schlechte Umgang aus braven Durchschnittsmännern und Familienvätern wie Otto, die sich hin und wieder im Verlaufe eines grauen Alltagslebens bemüßigt fühlten, heiterem Lebensgenuß zu frönen. Ihre wichtigen Geschäftsbesprechungen bestanden meistens darin, daß sie kegelten oder Skat spielten. Und dann rutschten sie anschließend manchmal aus, das heißt, sie übten einen schlechten Einfluß aufeinander aus, indem sie einander anregten, zu nächtlicher Stunde noch durch verschiedene Lokalitäten zu trudeln, gegen die nicht viel Schlimmeres einzuwenden war, als daß sie keine Gemüsesäfte ausschenkten.

Es war auch vorgekommen, daß Otto im Morgengrauen als traditionelle Witzblattfigur, mit kindlich-heiteren Luftballons behangen, äußerlich leicht ramponiert und auch stimmlich nicht ganz auf der Höhe, an den schmerzerstarrten Busen seines Eheweibes gesunken war. Zur vollendeten Witzblattsituation fehlte nur noch der Ausklopfer in Dorchens Hand, der in der Wirklichkeit leider mehr und mehr zugunsten des Staubsaugers verschwindet. Auch eine erbitterte Ehefrau wird sich kaum dazu hinreißen lassen, den Ernährer ihrer Familie mit einem Staubsauger auf den Kopf zu hauen. Einmal hatte auch irgendein bübischer Verräter Dorchen von dem

düsteren Gerücht in Kenntnis gesetzt, Otto habe einer platinblonden Bardame da die Hand geküßt, wo es eigentlich schon
keine Hand mehr ist.

Kurz und gut, Ottos Entgleisungen trübten seine finanziellen
Verhältnisse und sein Eheleben, wenn sie es auch nicht zu
zerstören vermochten. Wenn Dorchen gelegentlich von
Scheidung sprach, war das von rein rhetorischer Bedeutung.
Wegen des Bardamen-Handkusses hatte Dorchen an die
Briefkastentante einer Familienzeitschrift geschrieben und
Otto triumphierend die Antwort gezeigt. Otto hatte furchtbaren Krach gemacht, weil er sich in der Antwort als jedes
Familienglück zerwühlenden, haltlosen Säufer dargestellt
fand. Wutschnaubend hatte er sein trautes Heim verlassen,
um nach zweifellos erlebnisreichen Stunden etwas kleinlaut
und in pflegebedürftigem Zustand zurückzukehren.

Und dann geschah es. Was Dorchen, Briefkastentante, gelegentliche Kreislaufbeschwerden, ärztliche Ermahnungen
nicht fertigbringen konnten, brachte etwas anderes fertig: ein
Auto. Otto wandelte sich radikal und nachhaltig. Mit all den
Affen und Katern, die er in seinem vergangenen Leben gehabt
hatte, hätte er einen großzügig angelegten Zoo bevölkern
können.

Von dem Augenblick an, als Otto das Auto gewann, produzierte er keine neuen Tiere mehr. Otto gewann ein Auto. Mit
einem Tombola-Los. So etwas gibt es. Aber um es wirklich zu
glauben, muß man es wohl selbst erlebt haben.

Zuerst führte der Autogewinn zu so schweren Konflikten,
daß sie Jubel und Freude überschatteten. Es war nämlich
nicht ganz klar, ob Otto, Dorchen oder Sohn Rudi das Auto
gewonnen hatte. Die Frage ist bis zum heutigen Tage nicht
geklärt und wird auch nie geklärt werden.

Ehefrau Dorchen, Sohn Rudi – der Stolz der Familie und mitten in der schönsten Blüte seiner Flegeljahre – und Otto, der
Ausschweifende, hatten gemeinsam auf einer Tombola Lose

gekauft. Otto hatte angeblich das Geld dazu gegeben, aber Dorchen und Rudi behaupteten später, finanziell entscheidend beigesteuert zu haben. Dorchen hatte die verschlossenen Lose mit hausfraulicher Sorglichkeit zwar an sich gerafft, aber niemand hatte sie viel ernster genommen als einen verfallenen Straßenbahnfahrschein. Allenfalls hatte Rudi mit dem Gedanken gespielt, einen Karton Feuerwerkskörper zu gewinnen. Na, und dann passierte es. Sie gewannen ein Auto. Als sie das Wunder halbwegs verdaut hatten, ging der Krach los. Jeder behauptete, es sei sein Los gewesen, das gewonnen hatte. Die Beweisführungen wurden immer spitzfindiger und komplizierter. Rudi schied trotz achtunggebietender Wehrfähigkeit als erster aus dem Kampfesgetümmel aus, weil er mußte. Die elterliche Autorität setzte sich durch. Der Kampf zwischen Dorchen und Otto tobte weiter, bis in die tiefe Nacht. Dorchen wollte das Auto sofort verkaufen und für den Erlös einen Pelzmantel, Teppiche, neue Sesselbezüge, einen Star-Mix, eine neue Badezimmereinrichtung, Steppdecken und noch ganze Waggonladungen an Kleidungsstücken und Küchengeräten anschaffen. Otto behauptete später, sie hätte auch noch von Brillantschmuck, einer Pariser Reise mit Appartement im Ritz und Dior-Modellen gesprochen. Wie dem auch gewesen sein mag, sicher ist, daß Dorchen den Verkaufswert eines Autos überschätzte. Um sich auch nur einen Teil ihrer Wünsche erfüllen zu können, hätte sie zehn Autos gewinnen müssen. Dabei hatte sie noch nicht mal eins gewonnen. Zumindest bestand Otto mit der ganzen zähen Hartnäckigkeit eines erfolgreichen Politikers darauf, daß er das Auto gewonnen hätte. Er und kein anderer! Er siegte. Mag sein, daß er unlautere Mittel anwandte, um zu siegen. Viele Siege bedürfen der Nachhilfe durch unlautere Mittel. Otto wollte das Auto nicht verkaufen. Vom ersten Augenblick an war er verrückt auf das Auto. Dorchen heulte. Ihr dämmerte noch nicht der

Schimmer einer Ahnung von dem Segensreichtum, der ihr in Zukunft durch das Auto beschieden sein würde.

Dann kam Ottos Wandlung. Sie kam sehr schnell. Er entgleiste nicht mehr. Die Erinnerung an irgendwann einmal gehörte Geschichten von entzogenen Führerscheinen verursachten ihm bereits Schweißausbrüche, als er selbst noch gar keinen Führerschein hatte. Ein Lob seines Fahrlehrers ließ ihn vor Stolz aufquellen, als habe er auf der Olympiade drei Goldmedaillen gewonnen.

Ich erfuhr das alles erst später. Mir fiel zuerst nur auf, daß Dorchen überhaupt nicht mehr kam und über Ottos Lebenswandel weinte. Dann traf ich Otto zufällig eines Tages. Mit Auto. Er benahm sich so stolz und verliebt wie eine Mutter, die ihr erstes Baby spazierenfährt. Ich hatte dauernd das Gefühl, ihn fragen zu müssen, wieviel Zähnchen das süße, kleine Autochen denn schon habe, ob es sich noch naß machte und ob es bereits »Papa«, »Mama« und »A-a« sagen könne. Ich wollte Otto zu einem Kognak einladen. Er sah mich an wie eine in Ehren ergraute Diakonissin, an die man das Ansinnen stellt, sich eben mal als Nackttänzerin zu produzieren.

Otto hat keinen schlechten Umgang mehr und keine Geschäftsbesprechungen nach zwölf Uhr nachts. Seine Freizeitgestaltung dient der Pflege des Autos.

Manchmal steht er noch an irgendeiner Theke, kommt sich aber etwas überflüssig vor und wird als überflüssig empfunden. Er steht auch immer nur kurze Zeit da. Erstens hat er Angst, sein Auto könnte gestohlen werden, und zweitens ist es unmöglich, stundenlang an der Theke zu stehen und nur Wasser zu trinken. Man sollte meinen, Flüssigkeit sei Flüssigkeit, aber sonderbarerweise kann ein normaler, gesunder Mann auch nicht annähernd die gleiche Menge Wasser herunterkriegen wie an Schnaps, Wein oder Bier.

Otto hatte früher leidenschaftlich gern geknobelt. Zum Knobeln gehören andere Männer und vom Verlierer ausgegebene

Runden. Ich habe noch nie in meinem Leben gehört, daß irgendwo auf der Welt Männer um eine Runde Tomatensaft oder Vitaminöl geknobelt haben. Otto hat das Knobeln aufgegeben.

Ich glaube auch nicht, daß Otto noch platinblonden Bardamen dahin auf die Hand küßt, wo es keine Hand mehr ist. Umgekehrt dürften die Bardamen Otto ganz und gar unergiebig finden. Mit einer Salzmandel im Mund und einem Glas Sprudel in der Hand läßt sich kein bacchantischer Taumel entfachen.

Dorchen ist glücklich. Neulich kam sie. Nicht, um zu weinen. Sie schwelgte in Erinnerung an eine Familienreise an die Mosel. Otto hatte sich verschiedenen ausgiebigen Kellerproben unterzogen und hatte sogar einmal die Treppen heraufgetragen werden müssen. Dorchen fand daran nichts Ausschweifendes. Sie war sogar großmütig darüber hinweggegangen, als Otto einmal versucht hatte, eine ältere Fußpflegerin auf Urlaub zu kneifen. Er hatte in seinem Überschwang die Dame für eine Winzerin gehalten. Dorchen hatte nichts dagegen, wenn Otto hier und da seinen früheren Lebenswandel-Gewohnheiten huldigte. Sie ist ja jetzt immer dabei. Sie muß dabei sein. Sie fährt dann den Wagen. Den Wagen, der einwandfrei und nachweisbar ihr gehört, wie sie weiterhin steif und fest behauptet. Allerdings nicht Otto gegenüber. Sie ist klug genug, ihm den Glauben an seinen Wagen zu lassen.

Ich spiele nicht mit Männern

Natürlich war es verrückt von meinem Mann und mir, unseren Aufenthalt in dem kleinen Gasthof eines Moseldorfes so lange auszudehnen. Wir bildeten uns ein, dort in Ruhe bedeutsame Werke schaffen zu können und weitaus billiger zu leben als in der Stadt. Wir lebten aber gar nicht billiger, weil wir des ewigen Sauwetters wegen dauernd in der Gaststube herumhockten und wärmende Getränke zu uns nahmen.

Wir wollten gerade endgültig abreisen, als zwei Freunde meines Mannes erschienen, die ungeheure Mengen Moselwein tranken und mit meinem Mann Skat spielten. Jedesmal, nachdem sie gegessen hatten, wurden die drei Männer verrückt nach den Spielkarten, fingen an zu spielen und hörten nicht mehr auf. Mich überließen die Männer meinem Schicksal, beachteten mich überhaupt nicht oder benahmen sich pöbelhaft. Anfangs hatte ich manchmal versucht, während des Spiels die Männer zu einer Unterhaltung zu bewegen. Nachdem sie mich jedesmal wie ein ekelhaftes Insekt, das zerquetscht werden mußte, betrachtet hatten, war mir die Lust an ihnen vergangen. Nach mehreren Tagen reiste der eine Freund plötzlich ab, weil er sich vom Delirium und völligen finanziellen Ruin bedroht sah. Die beiden Hinterbliebenen weinten fast beim Abschied. Am Abend gerieten sie in einen Zustand ratloser Verzweiflung und wirkten wie Morphium-

süchtige, die von einem Tag zum anderen einer radikalen Ent-
ziehungskur unterworfen wurden. Die Stunde, in der meine
chronisch gewordene seelische Vereinsamung ihr Ende finden konnte, war gekommen. Ich erklärte mich bereit, den
dritten Mann zu ersetzen, nicht ohne heimlich mit einem
grausamen Hohngelächter zu rechnen. Die beiden waren
aber derart in Not, daß sie mein Angebot nicht nur kritiklos
hinnahmen, sondern dankbar und erlöst begrüßten.
Wir spielten ungefähr eine halbe Stunde lang (ich glaube, einmal habe ich sogar gewonnen), ehe die Männer dahinterka-
men, daß ich überhaupt nicht Skat spielen konnte. Das war
schließlich kein Wunder, da ich zum erstenmal in meinem Leben Skat spielte. Zuerst waren sie furchtbar wütend und benahmen sich ausgesprochen feindselig gegen mich. Dann
überwog ihre Gier, weiterspielen zu können, und sie begannen, mir die Spielregeln zu erklären. Entweder waren sie
schlechte Lehrer oder ich war verblödet, jedenfalls begriff ich
überhaupt nichts und hatte obendrein noch meine anfängli-
che Unbefangenheit eingebüßt. So gut es ging, spielte ich weiter, von nun an jeden Abend. Zwischen den Männern und mir
wuchs eine aufs äußerste gespannte Atmosphäre. Aber acht
Uhr abends begannen wir einander zu hassen. Die Männer
waren empört, wenn ich immer wieder falsch reizte, und wer
jeweils mit mir zusammenspielte, bekam blutunterlaufene
Augen, wenn ich seine Karten nicht richtig bediente oder
nicht wußte, mit wem ich eigentlich zusammenspielte oder
beim Kartenausteilen jemand eine Karte zuviel gab. Ich weiß
heute noch nicht, warum es darauf so ankommt. Sie rasten
über meine Pflichtvergessenheit, wenn ich gelegentlich keine
Lust mehr hatte, weiterzuspielen. Das Spiel hatte für sie Gesetze, die ihnen heilig und mir unverständlich waren. Mir
wurde nun endlich klar, daß es überhaupt kein Spiel war, was
diese Männer betrieben.
Von zartester Jugend an habe ich gelernt, daß Männer logisch

und Frauen unlogisch sind. Bitterste Erfahrungen haben mich gelehrt, daß das nicht stimmt. Spiel bedeutet für jedes Kind, daß Spiel das genaue Gegenteil von Ernst ist. Also wo bleibt da die Logik? Ich verstehe nach wie vor unter Spiel eine heitere Unterhaltung, die keine Aufregung wert ist. Meine beiden Skatmänner aber stellten sich an, als gehe die Welt unter, wenn ich mal zufällig den Pik-Buben mit dem Kreuz-König verwechselte. So was sollte doch wirklich vorkommen dürfen, ohne daß ein Wort darüber verloren wird. Ich finde auch nichts Unmoralisches dabei, wenn man aus Versehen die Karten mal so hält, daß jemand reingucken kann. Karten sind doch schließlich kein Blusenausschnitt!

Die Skatabende an der Mosel sind mir unvergeßlich geblieben, obwohl sie ziemlich lange zurückliegen. Spielende Männer meide ich seitdem wie die Pest. Lieber stopfe ich gelegentlich mal Groschen in einen Spielautomaten, der ist immer noch menschlicher und humorvoller als ein spielender Mann.

Das schönste Kind der Welt

Auch mit Einsicht und Vernunft begabte Leute sind in bezug auf ihr erstes Kind meistens etwas schwachsinnig. Dieser Schwachsinn ist nur natürlich und führt zu keiner Beeinträchtigung der übrigen geistigen Fähigkeiten. Normale Väter und Mütter eines Erstgeborenen leben nun mal wider besseres Wissen in dem Wahn, daß vor ihnen noch nie ein Mann ein Kind gezeugt oder eine Frau eins geboren hat.

Machen Sie den Eltern eines kleinen Kindes ruhig hemmungslose Komplimente. Ich spreche aus Erfahrung. Wenn mir jemand sagte, ich hätte die Qualitäten einer Schönheitskönigin oder das Talent eines Shakespeare, würde ich annehmen, daß er mich für idiotisch hält, und beleidigt sein. Wenn aber jemand von meinem Baby sagt, er hätte noch nie ein derart schönes und intelligentes Kind gesehen, dann glaube ich das. Obwohl ich weiß, daß die Welt von niedlichen kleinen Kindern wimmelt und es sicherlich schönere und intelligentere gibt als meins. Letzteres Zugeständnis habe ich mir mühsam abgerungen, und es ist auch nicht ganz ehrlich gemeint.

Fallen Sie nicht auf die gespielte Objektivität einer Mutter herein, die sich dazu aufrafft, überschwengliches Lob zurückzuweisen und das eigene Kind zu kritisieren.

Zwingen Sie sich auch dann zu Begeisterungs-Hymnen, wenn Sie ein Kind so reizlos und unleidlich finden, daß es

Ihrer Meinung sogar der eigenen Mutter auffallen muß. Es fällt ihr nicht auf.

Unter gar keinen Umständen genügt eine matte Anerkennung wie: »Ein nettes Kind«. Auch dann nicht, wenn Ihnen ein Vater ein Amateurfoto zeigt, auf dem nicht viel mehr zu erkennen ist als ein undeutlicher verschwommener Fleck.

Nehmen Sie sich zusammen und äußern Sie Ihr Entzücken über das charaktervolle Verhalten eines Kindes, wenn es die Zunge herausstreckt, kein Händchen geben will oder bei Ihrem Anblick brüllt. Finden Sie sich lächelnd damit ab, wenn Eltern dazu neigen, in solchen Fällen eher an einen Sie belastenden, unverbildeten Instinkt ihres Lieblings zu glauben als an seine Ungezogenheit.

Manche Mütter renommieren gern mit dem Geburtsgewicht ihres Kindes. Das mag verständlich sein, aber es erinnert mich immer ein bißchen an Anglerwitze. Schließlich ist ein Kind kein Fisch.

Wenn Sie ein kleines Kind haben, vergessen Sie nicht, daß es der schönste und natürlichste Beweis echter Mutter- und Vaterliebe ist, auch andere kleine Kinder zu lieben. Liebe schafft keine Grenzen, sondern überströmt sie. Verengen Sie sich nicht künstlich, sondern geben Sie Ihrer neuen Liebesfähigkeit jederzeit Ausdruck. Ihr Kind bleibt trotzdem das schönste der Welt.

Vermeiden Sie es, zu den Frauen zu gehören, die sich im Laufe ihrer Jahre zu einer Art Mütterpest entwickeln.

Erzählen Sie zum Beispiel einer Mutter nicht, ihr Kind sehe ja so blaß aus. Wenn es wirklich blaß ist, weiß die Mutter das und wird durch Ihren Hinweis nur noch bekümmerter. Die Gefahr, Ihnen in mehrfacher Ausfertigung zu begegnen, macht es für eine Mutter zu einem geradezu heroischen Unternehmen, mit einem Kind spazierenzufahren, das eines Schnupfens wegen ein paar Tage im Bettchen blieb und entsprechende Stubenfarbe angenommen hat. Einer Mutter, deren Kind nach einer ernsteren Erkrankung längere Zeit hindurch ein blasser kleiner Rekonvaleszent ist, können Sie als Schreckgespenst der Hölle zur bleibenden Erinnerung werden.

Fragen Sie nicht, ob ein Säugling bereits läuft, sämtliche Zähne hat und sich noch naß macht. Er macht sich noch naß. Bemerkenswerte Fortschritte wird Ihnen die Mutter von selbst erzählen. Sind noch keine zu verzeichnen, fallen Sie mit Ihren Fragen der Mutter nur auf die Nerven und versetzen sie in die panikartige Befürchtung, ihr Wunderkind sei zurückgeblieben.

Stellen Sie sich eine Mutter vor, die sich in einem aufgewühlten Zustand stolzer Verklärung befindet, weil ihr Herzblättchen soeben zum erstenmal »A-A« gesagt hat. Sie werden zum Reif in der Frühlingsnacht, wenn Sie die Frau jetzt fragen, ob das Kind endlich kleine Gedichte aufsagen und leicht gehobene Konversation machen würde.

Es erfreut eine Mutter auch nicht, wenn Sie ihr bei jeder Begegnung von Kindern berichten, die bereits mit sechs Monaten achtundvierzig Zähne haben, weite Strecken zu Fuß laufen, Steuerformulare ausfüllen und sich die Windeln selbst waschen. Eventuelle Schäden eines Kindes könnten auf Ihr moralisches Konto kommen, wenn eine von Ihnen aufgestachelte Mutter versucht, die natürliche Entwicklung des Kindes gewaltsam zu beschleunigen.

Ratschläge aus dem Schatz Ihrer reichen Erfahrung erteilen Sie möglichst nur, wenn Sie darum gebeten werden. Die meisten Frauen sind der Überzeugung, daß andere Frauen ihr Kind vom ersten Tag an falsch erziehen. Behalten Sie Ihre Überzeugung für sich. Zum Beispiel hat Ihre Meinung, der Widerstand eines Kindes gegen Spinat müsse gebrochen werden, gar keinen Sinn, wenn die Mutter anderer Meinung ist. Verweisen Sie nicht leichtfertig auf die vorbildlichen Ernährungs- und Erziehungsmethoden, die Ihnen selbst seinerzeit zuteil wurden. Ihre nachträgliche Anerkennung Ihrer Eltern in Ehren, aber es könnte sein, daß man Ihnen, als Fertigprodukt dieser Methoden, keinen wesentlichen Propagandawert beimißt. Füttern Sie fremde Kinder lieber nicht mit Keksen und Bonbons. Solche Gesten sind zwar freundlich gemeint und werden vom Kind geschätzt, können aber die Mutter in Verlegenheit bringen, weil sie einem eventuellen Diätfahrplan in die Quere kommen.

Schimpfen Sie nicht auf Kinderärzte und neuzeitliche Ernährung, wenn eine Mutter daran glaubt, und verzichten Sie auf die Proklamation: »Früher hat's das alles nicht gegeben, und die Leute sind doch groß und stark geworden.« Erstens sind nicht alle Leute früher groß und stark geworden, und zweitens geht es Sie nichts an, mit welcher individuellen Methode eine sorgliche Mutter ihr Kind zum Gedeihen bringt.

Sagen Sie auch nicht: »Das Kind ist ja so still« oder »Es lacht ja gar nicht«. Viele Kinder haben es nun mal an sich, einen Fremden stumm und bewegungslos anzustarren. Sie sind derart intensiv damit beschäftigt, Neues in sich aufzunehmen und zu beobachten, daß weder Ihre noch die verzweifelten Anstrengungen der Mutter sie zur Entfaltung ihrer bereits vorhandenen Fähigkeiten bringen können.

Es ist und bleibt das Sicherste und Beste, sich ganz und gar darauf zu beschränken, fremde kleine Kinder zu bewundern und nochmals zu bewundern. Und wenn Sie glauben, das Äußerste getan und die stolzen Eltern endlich zufriedengestellt zu haben, dann vergessen Sie nicht, daß es zwei Menschen gibt, die es fertigbringen, hinsichtlich des Kindes noch stolzer und lobeshungriger zu sein: nämlich die Großeltern.

Wenn Sie selbst keine Kinder oder Enkel haben, so dürfen Sie jetzt ruhig behaupten, mit der erwähnten Kategorie verblendeter Eltern oder Großeltern nichts gemein zu haben. Aber wenn Sie mir jemals als Eltern oder Großeltern mit einem kleinen Kind begegnen sollten, werde ich auf jeden Fall fin-

den, daß es ein über alle Maßen entzückendes und bezaubern-
des Kind ist.

Wollen wir wetten, daß Sie mir von Herzen recht geben werden?

Ach, die Sterne

Ich hatte sehr viel Ärger mit den Sternen. Das paßte mir eines Tages nicht mehr, denn wenn ich schon abergläubisch bin, will ich wenigstens etwas Nettes davon haben. Die Zeiten sind schwer genug, und ich habe auf die Dauer keine Lust, mich auch noch astrologisch niederdrücken zu lassen.

Als nach dem Krieg die ersten Wochen-Horoskope in den Zeitschriften auftauchten, hatten die Horoskop-Leser noch goldene Zeiten. In fünf verschiedenen Zeitschriften standen fünf verschiedene Horoskope, und man konnte sich aussuchen, was einem am besten gefiel. Es war ähnlich, als wenn einem gleichzeitig fünf schwarze Katzen und fünf Schornsteinfeger übern Weg laufen. Mit der nötigen inneren Festigkeit kann man die schwarzen Katzen ins Unterbewußtsein verdrängen, wo Gott sei Dank viel Platz ist, und nur die glückbringenden Schornsteinfeger gelten lassen. Wenn's um Aberglauben geht, soll man's nicht so genau nehmen, sondern ruhig nach Kräften mogeln.

Die Zeiten haben sich hinsichtlich der Zeitschriften-Horoskope radikal geändert. Die Horoskope sind einheitlich ausgerichtet worden, irgendein Oberastrologe scheint Ordnung geschaffen zu haben. Wenn's einem in der einen Zeitschrift schlecht geht, geht's einem in sämtlichen anderen Zeitschriften ebenfalls schlecht.

Ich will mich nicht mit den Problemen einer ernsthaften Astrologie auseinandersetzen, davon verstehe ich nichts. Wenn versierte Fanatiker mir astrologiegläubige alte Chinesen, mittelalterliche Päpste, Hippokrates, Kepler und Goethe entgegenschleudern, kann ich nur hilflos seufzen. Mir geht's um die Sterne als Marktware, die einem auf Schritt und Tritt verhältnismäßig vorteilhaft angeboten wird. Natürlich las ich die Horoskope nur zum Spaß und genierte mich etwas, bis ich dahinterkam, daß alle meine Bekannten – gleich welcher Weltanschauung – ebenfalls die Horoskope lasen. Natürlich auch nur zum Spaß.

Mittlerweile ist aus dem Spaß ein bißchen Ernst geworden. Wenn mir immer wieder finanzielle Pleiten, Fehlschläge und Enttäuschungen vorausgesagt werden, kann mich das auf die Dauer nicht unbeeindruckt lassen. Die Sterne sind zu einer Seuche geworden, und es ist gar nicht so einfach, sich gegen eine Sache zu wehren, nachdem man sich leichtfertig der Ansteckungsgefahr ausgesetzt hat.

Wenn wenigstens die Behörden astrologische Schwierigkeiten offiziell respektieren würden! Aber ich fürchte, daß beispielsweise das Finanzamt völlig verständnislos bliebe, wenn ich ihm an Hand übelster Konstellationen eine vorläufige Zahlungsunfähigkeit nachweisen wollte. Auch die Ablehnung einer gerichtlichen Vorladung auf Grund prophezeiter Unfallgefahr dürfte nur ungenügend gewürdigt werden. Und versuche man doch, dem Hauswirt beizubringen, daß es in seinem ureigensten astrologischen Interesse liegt, die Miete herabzusetzen. Erzähle man einem Schutzmann, der wegen ruhestörenden Lärms oder verkehrswidrigen Verhaltens ein Protokoll aufsetzen will, daß einem der Mars auf den Uranus gerutscht ist und man mit allergrößter Nachsicht behandelt werden müsse.

Wahrscheinlich wird's auch Beamte geben, die der Horoskop-Leserei frönen, aber das nützt uns nicht viel, weil sämtliche Horoskop-Leser von geradezu hemmungsloser Ich-Besessenheit sind. Man schlage spaßeshalber mal die Horoskop-Seite einer Zeitschrift auf, wenn ein paar Leute versammelt sind. Jeder wird die ihn betreffende Prognose wissen wollen und in seinem Interesse total erlahmen, wenn den anderen ihre astrologische Wochenration serviert wird. Es sei denn, es handle sich um frisch Verliebte, die auf Grund hormonaler Verwirrung geneigt sind, zwei für eins zu halten und aus guten und bösen Sternen einen Cocktail zu mixen, um ihn gemeinsam zu schlucken. Vielleicht würden allgemeine Toleranz und Nächstenliebe gefördert, wenn jeder mal eine Zeitlang nur noch die Horoskope anderer und nicht ein einziges Mal sein eigenes lesen würde.

Zur Astrologie-Seuche gehört auch, daß man sozusagen eingestuft wird. »Was sind Sie eigentlich?« werde ich öfters von Leuten gefragt, die ich kaum kenne. Zuerst fühlte ich mich bei solcher Frage etwas geniert, weil ich glaubte, die Leute verlangten präzise Informationen über meine berufliche, politische, religiöse und familiäre Situation. Natürlich wußte ich bald, daß es sich um eine rein kosmische Wißbegier handelte. Die hielt ich damals noch für harmlos und erzählte brav und ehrlich, wann ich geboren bin. Heute tue ich das nicht mehr, das Risiko ist mir zu groß. Es kann mir passieren, daß jemand eine aufkeimende Freundschaft oder günstig beginnende Geschäftsverbindung zu Bruch gehen läßt, weil ihm mein Tierkreiszeichen ekelhaft ist. Oder jemand bringt mir eine stürmische Sympathie entgegen, die ich nicht recht erwidern mag und noch nicht mal schmeichelhaft finden kann, weil sie nicht mir, sondern irgendwelchen kosmischen Bestrahlungen anläßlich meiner Geburtsstunde gilt. Eheschließungen dürften für Astrologie-Gläubige immer schwieriger werden, obwohl ohnehin dauernd über mangelnde Auswahl an geeigneten und heiratswilligen Partnern gejammert wird. Wenn das so weitergeht, sehe ich noch kommen, daß ein

Mann nach mehrjähriger glücklicher Ehe die Scheidung beantragt, weil er kürzlich durch Zufall erfahren hat, daß seine Frau ein Steinbock ist, nachdem er sie seinerzeit in gutem Glauben als Krebs geheiratet hatte.

Ich mache mir nichts aus Diktaturen, auch nichts aus einer Diktatur der Sterne. Als die Wochen-Horoskope mich immer mehr deprimierten, klagte ich einer astrologisch versierten Freundin mein Leid. Sie schleppte mich zu einer Berufs-Astrologin, die mir ein ernst zu nehmendes Horoskop machen sollte. Die Sterndeuterin war eine Frau von Format. Mit ihr verglichen war Katharina die Große ein mattes Meerschweinchen. Sie behandelte u. a. auch Hühneraugen, pendelte, erforschte Erdstrahlen und sah hell. Ich sah dunkel, als ich nach einer Woche mein Horoskop bei ihr abholte. Ich studierte es in dem nächsten kleinen Café. Ganz wurde ich nicht daraus klug, aber was ich herausbekommen konnte, übertraf meine übelsten Erwartungen. Ich glaubte, meinen Charakter und meine Fähigkeiten nie sonderlich überschätzt zu haben, aber für derart ekelhaft und minderwertig hatte ich mich nicht gehalten. Außerdem harrten meiner Widrigkeiten jeglicher Art in Hülle und Fülle und verdunkelten auch die spärlichen kleinen Lichtblicke, die das Sternenweib gönnerhaft hier und da eingestreut hatte. Ein ketzerisches Hohnlachen blieb mir in der Kehle stecken, und ich bestellte einen doppelten Weinbrand. Und dann fühlte ich mich plötzlich fröhlich und wunderbar erleichtert. Nicht von dem Weinbrand. Mir war nur eingefallen, was ich vorübergehend ganz vergessen hatte: ich hatte der Sternenkundigen vorsichtshalber gänzlich falsche Geburtsdaten von mir gegeben. Mochte das Horoskop nun richtig oder falsch sein – mich ging's nichts an, mit mir hatte es nichts zu tun. – Man kann auch mit den übelsten Sternen fertig werden, man muß sie nur überlisten.

Porträt einer Frau
mit schlechten Eigenschaften

Zuweilen kann ich mich nicht leiden. Wie einem das schon mal bei Menschen geht, mit denen man ununterbrochen zusammen sein muß. Es fällt mir dann schwer, noch irgendein gutes Haar an mir zu finden. Meine schlechten Eigenschaften sind zahlreich und nicht umstritten. Ich bin nicht edel. Bücher schreib' ich nicht, um die Menschen zu verbessern, sondern um Geld zu verdienen. Ob ich auch dann schreiben würde, wenn ich genug Geld hätte, kann ich nicht beurteilen, da ich noch nie genug Geld gehabt habe. Ich bin faul. Wenn ich einen ganzen Tag hindurch nichts tue, hab' ich nicht eine einzige Sekunde Langeweile und nicht ein einziges Mal das Bedürfnis zu arbeiten. Ich habe keine Willenskraft. Bis zum heutigen Tag hab' ich noch nicht einmal den Versuch gemacht, mir das Rauchen abzugewöhnen. Den Vorwurf, nicht mit Geld umgehen zu können, weise ich zurück. Man kann nicht mit etwas umgehen, das man nicht hat. Zu meiner unentwickelten Willenskraft gehört auch, daß ich mich durch fröhliche Bekannte jederzeit von der Arbeit abhalten lasse und mich selten aufraffen kann, unangenehme Briefe zu schreiben. Ich bin feige: u. a. habe ich eine panische Angst vor Sprengstoffen, Beamten mit Aktenmappen, die nur Uniformierten sind meistens weniger tückisch, wilden Pferden, Revolvern, auch ungeladenen, Spinnen, Nachtfaltern, Lokalpatrioten, Zimmervermieterinnen, Fanatikern mit und ohne Weltanschauung. Ganz große Angst hab' ich vor Krieg und Atombomben. Ich unterhalte mich furchtbar gern mit Leuten, die aus sicherster Quelle wissen, daß ein Krieg unter gar keinen Umständen kommen kann und Atombomben niemals fallen werden. Trotz der moralischen Verpflichtung, die der Frauenüberschuß einem jeden oder jeder von uns auferlegt, hab' ich, von wenigen Ausnahmen abgesehen, Männer lieber als Frauen. Meine Gründe dafür sind mannigfaltig. Ich selbst möchte kein Mann sein; der Gedanke, dann eine Frau heiraten zu müssen, schreckt mich. Manchmal versuch' ich mich zu ändern. Aber wenn ich dann merke, daß ich mich mit meinen Besserungsversuchen zu sehr belästige und verstimme, geb' ich sie auf.

Autobiographisches

Bilder aus der Emigration

Im April 1935 fuhr ich nach Ostende. Ich verreiste nicht, ich wanderte aus, und ich war keineswegs sicher, daß ich noch einmal wiedersehen würde, was ich verließ. Gewiß, eines Tages würde es keinen Nationalsozialismus mehr in Deutschland geben. Aber wie viele böse Jahre der Ewigkeit würden bis dahin vergehen?

Als der Zug über die Grenze gefahren war, da lag hinter mir ein Land und vor mir die Welt. Und hinter mir lagen Elternhaus und Ehe, vertraute Sprache und vertrauter Boden. Je ferner das alles wurde, um so mehr konnte ich es lieben, während der erste Hauch der Fremde mich mit schwermütiger Freude erfüllte.

Ich fuhr zuerst einmal nach Ostende. Ohne besonderen Grund. Irgendwohin mußte ich ja fahren. Mein Emigranten-Verlag in Amsterdam würde mir Vorschuß schicken, und davon konnte ich in Belgien billiger leben als zum Beispiel in Holland. Vielleicht lockte Ostende mich auch, weil ich als Kind einige Male mit den Eltern dagewesen war und weil ich ans Meer wollte – ans Meer, das die Gefühle nicht klein und eng werden läßt und brütende Ängste und Traurigkeiten reich und fruchtbar machen kann.

Es war ein harter, glasheller Frühling in Ostende. Die großen Hotels am Dyk lagen noch in halbem Winterschlaf, und das

Kasino glich einer gefrorenen Zuckertorte, einem Gespenst der Jahrhundertwende. Statt mondäner Kurgäste gab es vorerst nur einen wüsten salzigen Sturm auf den Promenaden. Ich wohnte in einem kleinen Hotel, der gare maritime gegenüber, in einer Gegend, die ein zeitloseres und lebendigeres Gesicht hatte als die ein wenig plundrig und welk gewordene Eleganz des anderen Ostende, das einmal Weltbad war. Von meinem Fenster aus sah ich des Sonntags schwarze wimmelnde Scharen von Ausflüglern aus dem Bahnhof strömen und mit verblüffender Schnelligkeit von den umliegenden kleinen Bistros verschluckt werden. Von einem Brüsseler oder Genter Bistro fuhren sie ein paar Stunden weit in ein Ostender Bistro. Ich sah morgens Fischer ihre Netze aushängen und auf wacklige kleine Verkaufstische rostrote Crevettes häufen und korallenfarbene Langustinen, die ich nie zu essen wagte, weil sie so widerlich hervorgequollene schwarze Knopfaugen haben. Ich fand eine Librairie, die eine Handvoll deutscher Bücher zu verkaufen hatte – etwas Emigranten-Literatur und ein paar Bände Fontane. So las ich denn die mit heißem Grauen geschriebenen Berichte aus deutschen Konzentrationslagern und las von Fontanes versunkener Welt.

Immer noch zögerte ich, nun selbst mit Schreiben anzufangen und für mein Buch ein Deutschland der Nationalsozialisten lebendig werden zu lassen mit braunen SA-Männern, fischäugigen Gestapo-Mördern und schwachsinnig-fanatischen »Stürmer«-Verkäufern. Ein Deutschland, in dem Kolonialwarenhändler und Feldwebelwitwen Nietzsches Philosophie vollstreckten. Ein Deutschland mit unfrohen, rohen Gesängen und drohenden Rundfunkreden, mit der künstlichen Dauer-Ekstase von Aufmärschen, Partei-Tagen, Heil-Jubeln und Feiern. Ein Deutschland voll berauschter Spießbürger. Berauscht, weil sie es sein sollten – berauscht, weil man ihnen Vernunftlosigkeit als Tugend pries – berauscht, weil sie gehorchen und Angst haben durften, und berauscht, weil sie Macht bekommen hatten. Genügte nicht ein Gang zur Gestapo, um sämtliche Stammtischgenossen zumindest ein bißchen unter Verfolgung zu setzen? Ein Deutschland zynischer Geschäftemacher, breit behäbiger Gleichgültigkeit und lauer Zufriedenheit mit dem eigenen Wohlergehen. Ein Deutschland verworrener Hoffnungen und zaghafter Zweifel. Und noch ein Deutschland – voll von schmerzlichem Aufzucken und stillem Jammer, müder Resignation, verzweifelter Ratlosigkeit und dumpfem Zorn. Ein armes, geschlagenes, sehr kleines Deutschland, dieses letzte Deutschland, verweht und verstreut im eigenen Land, verweht und verstreut über fremde Länder.

Nun ade, du mein lieb Heimatland – – – nein, ich wollte mich noch nicht zurücklehnen. Nur einige Stunden entfernt saß ich von diesem quälenden und gequälten Land in einem fremden und traumhaften Frieden und wollte so gern noch eine ganz kurze Zeit lang verzaubert bleiben. Mein Gott, sogar die Sterne am Himmel hatten mir in Deutschland zuletzt verändert geschienen – als seien sie bräunlich geworden und hätten Hakenkreuzform angenommen. Verrückt? Warum auch nicht. Ich halte mich da an Lessing: »Wer über gewisse Dinge nicht den Verstand verliert, der hat überhaupt keinen zu verlieren.« Jetzt sah ich endlich wieder brave normale Sterne. Nur nachts im Traum wimmelte es von wüsten wirren Erinnerungen an kaum überstandene Gefahren. Aber das machte nichts, ich habe ganz gern böse Träume – es ist so schön, danach aufzuwachen und langsam und genußvoll zu begreifen, daß ja alles gut ist und leicht.

Ich zögerte auch noch, meinen Haß, den ich für meine Arbeit brauchte, wieder wach werden zu lassen – diesen Haß gegen das dumpfe und hoffnungslos Böse, gegen die häßliche Unlust am klaren Gedanken – diesen Haß, den ich nie loswerden kann und will, den ich aber einmal für kurze Zeit vergessen wollte, denn ich hatte mich manchmal schon ganz zerfetzt gefühlt von Haß.

Glücklich war ich und erfüllt von Dankbarkeit für alles, was um mich herum lebte. Sogar für die glibbrigen Quallen, in die ich am Strand manchmal trat, hatte ich warme Sympathien. Über Kellner, die auf ein Trinkgeld hin lächelten, war ich gerührt. So viel Freundlichkeit für so wenig Geld.

In meinem luxusfernen Hotel gab es eine Toilettenfrau. Aus purer Menschenliebe stieg ich manchmal vom dritten Stock zu ihr hinunter in die Katakomben. Anfangs war ich nämlich fast der einzige Gast im Hotel. Wovon lebte diese Frau? Sie hatte ein zerwühltes, kunterbunt geschminktes Gesicht und runde zufriedene Hände und trug eine majestätische rostrote Perücke. Sie war stets umhäuft von belgischen und französischen Zeitungen, die von Sternen, Horoskopen und aufregenden magischen Dingen handelten und auch von richtigen Zauberern, die gegen Einsendung eines geringen Betrages bereit waren, unverzüglich im Innenleben des Einsenders zu wühlen und Beziehungen zu geheimnisvollen Welten für ihn herzustellen. Ich überlegte, ob Zauberer und Kartenlegerinnen nicht zuweilen Psychiatern und Neurologen vorzuziehen seien. Sie verfügen meistens über eine frischere und unbefangenere Menschenkenntnis und bieten einem eigentlich mehr. Zum Beispiel stellen sie fast immer eine größere Geldsumme in Aussicht, und so eine Aussicht kann auf nervöse Naturen eine sehr tiefgehende therapeutische Wirkung haben.

Gelegentlich versuchte ich, die metaphysisch verhaftete Toilettenfrau für Politik zu interessieren – schließlich hatte ich ja niemand als sie, um mal was zu sprechen –, aber das mißlang mir völlig. Um Politik kümmerte sie sich nicht. Daß es Nazis gab, wußte sie nicht. Gegen Deutsche hatte sie nichts, es sei denn, sie wären im Zeichen des Krebses geboren worden. Ihr Mann war nämlich Krebsmensch gewesen. Sie empfahl mir dringend, gleich ihr bestimmte Monatssteine und von den

Sternen abhängige Amulette zu tragen, um mein Schicksal günstig zu beeinflussen. Aber das tat ich nicht, weil mich der Anblick ihres Schicksals nicht so recht überzeugte. Ich beschränkte mich darauf, in einem sehr reparaturbedürftigen Flämisch weiter metaphysische Gespräche mit ihr zu führen. Übrigens hatte sie einen unbeugsamen Stolz, die Madame Lorion. Es kam vor, daß sie sich kraft- und würdevoll weigerte, Geld von mir zu nehmen: »Aber Sie waren ja heute schon dreimal bei mir und haben sich nur mit mir unterhalten.« Stolz und reell.

Madame Lorion war mir wertvoll, aber auf die Dauer genügte sie mir nicht ganz. So hätte ich vielleicht doch schon eine Woche früher angefangen zu arbeiten, wenn die Freundschaft mit Marguerite und den Apotheker-Zwillingen nicht gekommen wäre.

Die Apotheker-Zwillinge habe ich in einer schrumpligen kleinen Apotheke im entlegensten Teil von Ostende entdeckt. Sie mochten siebzig Jahre alt sein. Sie waren zart und zerbrechlich und hatten winzige vergilbte Gesichter mit großen blauen Märchenbuchaugen. Sie trugen weiße Seidenbärte und schwarze Seidenkäppchen.

Ich hatte ein Schlafmittel bei ihnen kaufen wollen, und sie hatten mir ein weißes Pulver gegeben. Sie hatten nichts anderes und verkauften nichts anderes als dieses weiße Pulver. Es wurde verkauft gegen Kopfschmerzen, Verstopfung, Durchfall, Hühneraugen, Rheumatismus. Es wurde verkauft als Kinderpuder, Körperpuder, Fußpuder und Zahnpulver. Es wurde, mit Wasser verrührt, verkauft als Gurgel-, Mund- und Augenwasser. Es wurde gegen alles und für alles verkauft. Doch es wurde selten gekauft. So oft ich auch in der Apotheke war, ich sah nie einen Kunden.

Nur ein kleiner Junge erschien hin und wieder in der Apotheke und brachte Lose – kleine gelbe Zettelchen für ein paar Centimes. Mit zwitschernder Erregtheit stürzten die Zwillinge sich auf die gelben Zettelchen und die weißen Gewinnlisten, um ohne die Spur einer Enttäuschung festzustellen, daß sie wieder nicht gewonnen hatten. Seit Jahrzehnten kauften sie Lose und hatten noch nie gewonnen. Sie wollten wohl auch gar nicht mehr gewinnen, sie wollten die gelben Zettelchen, an die sie sich gewöhnt hatten und die mit flatternder Leichtigkeit die staubige Stille des weißen Pulvers ein wenig belebten.

Ich glaube, daß die Zwillinge sich aus dem weißen Pulver auch ihr Essen kochten, ihr Brot buken und sich damit wuschen.

Sie erzählten mir, daß sie in ihrer Jugend einmal den Entschluß gefaßt hätten, zur See zu gehen. Dieses Geständnis hatte etwas Erschreckendes – als planten ein paar kleine Seidenkaninchen, in gefährliche Erdteile auszuwandern, um dort in Gemeinschaft mit Tigern und Panthern riesige Elefantenbullen und Giraffen zu jagen. Na, sie waren nicht zur See gegangen, denn sie hatten rechtzeitig die Apotheke und das weiße Pulver geerbt.

Während ich mich mit den Apotheker-Zwillingen über kleine französische Lieder unterhielt, die sie als Kinder in Brügge gesungen hatten, oder über einen Spitzenumhang ihrer Großmutter oder über den artigen Reiz weißer Margeriten, überlegte ich, was sie wohl im Dritten Reich anfangen würden. Als SA-Männer konnte ich sie mir nicht gut vorstellen und auch nicht als Verteiler illegaler Flugblätter.

Ach, es ist schon ganz nett, wenn es hier und da Menschen gibt, die nicht aus Denkfaulheit, sondern aus echter Unfähigkeit unpolitisch sind. Ihre politische Bedeutung liegt in ihrem absoluten Mangel an Bösartigkeit, und diese Bedeutung ist nicht zu unterschätzen. Und Menschen, die aus Unfähigkeit politisch sind, gibt's ja genug. Schließlich verlangt man auch von einem Stiefmütterchenbeet nicht die wirtschaftspolitische Bedeutung des Weizens.

Briefe kamen von zu Haus. Von zu Haus? Briefe mit deutschen Briefmarken.

Ich hatte mich nach den Briefen gesehnt, und nun fürchtete ich sie. Ich fühlte durch das geschlossene Kleid des Briefumschlags hindurch den atmenden Leib beschriebener Blätter. Ich hatte Angst vor bösen und traurigen Berichten und war froh, wenn es klopfte und Marguerite kam.

Marguerite war das Zimmermädchen. Sie hatte ein hübsches sanftes Gesicht und leise unhastige Bewegungen. Sie war außerdem ein Klopftalent. Heute noch wünsche ich mir manchmal, daß ein Mensch an meiner Tür klopft, wie Marguerite klopfte. Das war nicht das schreckliche, militärisch-kräftige Klopfen der Gestapo: Aufmachen! Das war nicht das demütige Reiben müder Fingerknöchel an der Tür: Ach, bitte mal eben aufmachen. Das war nicht der verwirrende Überfall robust Übermütiger, die mit dem Klopfen zugleich die Tür aufreißen. Marguerite klopfte musikalisch, ohne einen zu erschrecken und doch so, daß man sie hörte und Angenehmes erwartete.

Wenn Marguerite Zeit hatte, gingen wir in die trübseligste kleine Taverne von ganz Ostende, in der Nähe der Grande poste. Die Attraktion dieses Lokals bestand in einem elektrischen Klavier, einem russischen Billard und in einer gegenüberliegenden Garage, in der ein Freund von Marguerite arbeitete.

In einer dunkelgrauen Ecke des Lokals saßen stets ein paar welke, achtlos geschminkte Mädchen und starrten schläfrig in abgestandenes Bier. Matte Dornröschen eines bescheidenen Lasters, konnten sie wohl erst wach werden, wenn mit dem Sommer die Saison-Kavaliere Einzug halten würden.

Manchmal spielte das elektrische Klavier, manchmal sangen die Dornröschen mit eingerosteter Stimme ein paar Takte von »l'Hirondelle«, um gleich darauf wieder in dumpfes Hindämmern zu versinken.

Über Politik wollte Marguerite nicht sprechen, auch nicht über Politik, die sie anging. Wohl hörte sie mir höflich zu, aber es langweilte sie. Dagegen unterhielt sie sich gern über Männer, und das war mir auch recht. Gespräche über Männer sind immer lohnend und interessant – sie sind für Frauen dasselbe, was für Männer Fachsimpelei ist.

Marguerites nicht unbedeutende Erfahrungen beschränkten sich auf belgische Männer, und so war sie geneigt, gewisse männliche Schönheitsfehler als National-Untugend der Belgier anzusehen. Sie hatte zum Beispiel für einen unehelichen kleinen Jungen zu sorgen, dessen Vater ihr dereinst mal alles versprochen und nichts gehalten hatte. Dafür erfreute sie sich jetzt der Zuneigung eines Mannes, der schon ziemlich alt und etwas sehr Hohes bei der Eisenbahn war, beinahe Minister. Er hatte eine Frau, die ungefähr drei Zentner wog, und Marguerite war schmal und schlank. Alle vier Wochen besuchte er sie und lud sie ein, mit ihm auszugehen. Dann sollte sie Austern essen, die ihr widerlich waren, und Kaviar, der ihr nicht schmeckte. Sie trank Champagner, obwohl sie Kopfschmerzen davon bekam und Bier vorzog. Sie wurde jedesmal ganz melancholisch, wenn die hohe Rechnung bezahlt wurde, sie hätte das Geld so gut für anderes brauchen können. Aber das durfte sie nicht merken lassen, denn der Eisenbahnmann war empfindlich und wollte um seiner selbst willen geschätzt werden und außerdem alles so fein haben, wie es einem höheren Beamten zukommt. Viel Freude hatte Marguerite nicht an ihm, aber er war immerhin beinahe Minister, und so was Hohes findet man nicht alle Tage. Sie hatte allein in Brüssel drei Kolleginnen, die sie aufrichtig beneideten.

Marguerites Garagen-Freund war ein netter, munterer Junge, der mit viel Charme hübsche verliebte Dinge sagen konnte. Mit milder Resignation nahm Marguerite hin, daß er die hübschen verliebten Dinge nicht ihr allein sagte. Belgische Männer seien nun einmal nicht treu, meinte sie. Sie träumte von fremden Ländern, in denen Männer lebten, die ihr Dasein damit verbrachten, eine Frau unentwegt auf Händen zu tragen, sie nie verließen und unbeirrbar sanft und achtungsvoll blieben.

Später traf ich in fast allen Ländern auf Frauen und Mädchen, die von dem tröstlichen Glauben erfüllt waren, daß es woanders Männer gab, die besser und standhafter liebten als die Männer ihres eigenen Volkes, die sie ein wenig zu gut kannten.

Eines Tages besuchte mich mein Amsterdamer Verleger in Ostende; wir sprachen von Arbeit und Wirklichkeiten, und mein Traumzustand war plötzlich verschwunden.

Ich sehnte mich nach Arbeit, und ich arbeitete. Dann sehnte ich mich sehr nach Freunden und Kollegen, mit denen ich über ihre und meine Arbeit sprechen konnte. Kaum war diese Sehnsucht fühlbar aufgestiegen, so wurde sie auch schon erfüllt. Als erster erschien Egon Erwin Kisch, »der rasende Reporter«. Er sprühte und knisterte vor Lebendigkeit, Kampfeslust, Witz und Einfällen. Mit seiner Frau wohnte er eine kurze Straßenbahnfahrt von Ostende entfernt in Bredene sûr mer, einem winzigen Badeort, der versunken hinter endlosen weiten Dünen lag, die im Sommer zu einem riesigen weichen Bett für ungezählte Liebespärchen wurden.

Wir saßen am Strand und tranken vin rosé, einen Wein von der Farbe des Abendrotes, der nicht ganz so schön schmeckte, wie er aussah, und lasen einander aus unseren Manuskripten vor. Kisch arbeitete gerade an seinem schwungvollen Erlebnisbuch »Landung in Australien«.

Ich glaube, damals hatten wir noch mitunter Stunden, in denen wir uns vorstellen konnten, daß der nationalsozialistische Spuk bald und plötzlich verschwinden würde. Zuweilen versuchten wir, das zu glauben als Trost für ein Emigranten-Ehepaar, das abends manchmal bei uns saß. Der Mann war ein Arzt aus Berlin mit einer bescheidenen Armen-Praxis, der mal irgendwas für die Rote Hilfe gearbeitet hatte. Auf eine Warnung hin war er mit seiner Frau nach Brüssel geflohen. Irgendein Bekannter hatte ihm eine Stellung in einer Ostender Fischhandlung verschafft und ein kleines Zimmer in Bredene. Als Arzt durfte er sich nirgends niederlassen, er hätte auch gar nicht das Geld dazu gehabt. Um seine höchst kümmerliche Stellung in der Fischhandlung kämpfte er einen erbitterten Kampf, täglich sollte ihm die Arbeitsbewilligung entzogen werden. Er fühlte sich alt und müde und im tiefsten verstört und unfähig, zu begreifen, was mit ihm geschehen war. Politik hatte er nie verstanden, unsicher, tastend und bescheiden war er zeit seines Lebens gewesen, und zeit seines Lebens war ihm jede Form von Kampf unheimlich und zuwider erschienen. Der einzige Mensch, dem er jemals hatte imponieren können, war seine weitaus jüngere Frau – ein demütiges blondes Wesen mit einem runden Kindergesicht und arbeitsgewohnten Händen. Die schlichte Vergangenheit und das bescheidene Ansehen, das der Mann einst genossen, erschienen ihm nun in märchenhaftem Glanz. Materielle Not und sozialer Abstieg demütigten ihn bis zur Verzweiflung. Die Frau war tapfer, mit einer gesunden, ursprünglichen Lust am Leben. Sie besaß in sich alle Möglichkeiten, um auch unter schwierigsten Umständen einen Weg für sich zu finden. Sie war fleißig, praktisch, geschickt auf hunderterlei Art und ausgerüstet mit allen Erfahrungen einer erbarmungslos harten Jugend. Keinerlei Armut hätte ihr den Mut nehmen können, wohl aber wurde er allmählich zerstört durch die täglichen und nächtlichen Selbstmordgespräche des Mannes, der ihr Leben genau so hoffnungslos und verzweifelt sehen wollte wie sein eigenes. Und sie sah immer noch zu ihm auf und würde es niemals wagen, sich von ihm zu lösen. Eigentlich gefiel ihr das Neue und Fremde mit all seinen Unsicherheiten und dunklen Rätseln. Aber das wagte sie kaum noch sich selbst einzugestehen, und kaum noch wagte sie, sich einmal verstohlen zu freuen, wenn die Sonne voll leuchtender Glut schien und das Meer in blanker Heiterkeit erglänzte.

An manchen Abenden spielten sie Vergangenheit. Sie zogen sich schön an und kamen voll lächelnder Festlichkeit, um artig ein Glas Wein zu trinken und höfliche, glatte, ein wenig leere Konversation zu machen wie wohlanständige Bürger, die zu einem Gesellschaftsabend eingeladen sind und wissen, wie man sich zu benehmen hat.

Eine wahre Erfrischung war ein kleiner Emigrantenjunge vom Wedding, dessen Eltern in Paris lebten und der für eine Woche zu Kisch in Aufbewahrung gegeben wurde. Er fiel dauernd irgendwo ins Wasser, überschwemmte uns mit Seesternen und brachte es fertig, ein Berliner Französisch zu sprechen, mit dem er sich ohne Scheu und Rücksicht überall verständlich zu machen wußte. Ob er Heimweh nach Berlin habe? Nein, gar nicht, warum denn? »Det is mir egal, wo ick bin, ick spiel überall mit alle Kinder, ick muß nur immer wieder bei meine Mutter sein, weil die mir kocht.« Wir verzichteten darauf, weitere sentimentale Emigrantenfragen an dieses kummerlose, kosmopolitische Kind zu richten.

Kisch entfaltete übrigens prächtige väterliche Talente ohne pädagogischen Beigeschmack. Er zauberte mit Stecknadeln, Karten und Steinen und malte mit einem Rotstift interessante Gebilde auf schöne weiße Manuskriptblätter. Davon angesteckt, fing ich ebenfalls an, für den dankbaren Knaben Männchen, Schneckenhäuser und Schweine zu zeichnen statt zu schreiben. Arbeit ist ja schön, aber ein moralischer Grund zur Ablenkung ist manchmal noch schöner.

Allmählich wurde es immer lebendiger an der belgischen Küste. Nach Kisch kam Hermann Kesten nach Ostende. Kesten war Literat aus Leidenschaft. Seine Liebe, seine Welt, sein Leben war Literatur. Voll heißhungriger Wut stürzte er sich auf alles Gedruckte, und mit messerscharfer Bosheit kritisierte er alles, was je geschrieben worden war. Nichts genügte ihm – weder das, was andere schrieben, noch das, was er selbst schrieb. Er haßte die Nazis; er hatte bittere Gelegenheit gehabt, Kenntnis von ihnen zu nehmen, aber niemals würde er fähig sein, die Nazis so zu hassen wie irgendein schlecht geschriebenes Buch. Und der wunderbarste, aufopferndste Wohltäter der Menschheit hätte in Kesten nur bitteren Widerwillen hervorgerufen, wenn er einen schwächlichen verwaschenen Roman verfaßt hätte. Wo's sich nicht um Literatur handelte, war Kesten sanft und unbeirrbar höflich, hilfsbereit und tolerant.

Damals schrieb Kesten gerade an einem Roman über Philipp II. Den ganzen Sommer über konnte man ihn vor einem der Cafés am Strand finden. Dort saß er, klein und blaß, mit hellen Augen und verwehtem Haar, und vor ihm stand eine Flasche Eau de Spa, und vor ihm lagen saubere Hefte und Blätter und eine ganze Kompanie soldatisch korrekter, musterhaft gespitzter Bleistifte.

Später, als noch mehr Kollegen nach Ostende kamen, hatte jeder ein bestimmtes Café, in dem er an einem stets gleichen Tisch eine Art Dauer-Büro errichtete. Man besuchte einander in den Büros, und besonders gern ließ Kesten sich besuchen, um sich mit heiterem Schwung in ein literarisches Gespräch zu stürzen.

Ich glaube, niemand hatte ein so schönes ordentliches Büro wie Kesten, der weder Alkohol noch Kaffee trank und auch nicht rauchte. Daß er aß, habe ich auch nie gesehen, aber das wird er wohl getan haben. Es gab Büros, in denen die Zigarettenasche aus den Aschbechern quoll und die porzellanenen Preis-Tellerchen kleine Türme bildeten, denn in Belgien und Frankreich werden die Getränke auf dicken kleinen Untersätzen serviert, auf die der Preis gedruckt ist, und sie werden aufeinandergestellt, um später zusammengerechnet zu werden, wenn der Gast zahlen möchte.

Immer mehr bekannte Schriftsteller kamen nach Ostende.

Hermann Kesten

Aus Salzburg kam Stefan Zweig, aus Paris Joseph Roth, aus London Ernst Toller.

Stefan Zweig wirkte sehr dekorativ – ganz so, wie der Kinobesucher sich einen berühmten Schriftsteller vorstellen mag. Weltmännisch, elegant, gepflegt, mit sanfter Melancholie im dunklen Blick. Er hatte ein Schloß in Salzburg und eine damenhafte Sekretärin. Er war von einer sehr kleidsamen samtenen Höflichkeit und freundlichster Hilfsbereitschaft. Mit liebevoller Innigkeit sprach er von Wien und malte in anmutigem Pastell Bilder eines Lebens, das bereits angefangen hatte, leise und unaufhaltsam in Verwesung überzugehen.

Zweig wußte damals schon sehr genau, daß Österreich ihm verloren sein würde, er sah das kochende Übel des Nationalsozialismus unaufhaltsam über die Grenzen Deutschlands quellen. Doch noch waren die Erinnerungen hell und frisch, heitere Wanderziele des Geistes. Bald würde die Wirklichkeit auch Vergangenes schmutzig machen und zerstören und Erinnerungen nur noch zur Qual werden lassen.

Die Österreicher genossen damals noch eine Gnadenfrist. Wir deutschen Emigranten hatten bereits erlebt, was es bedeutet, wenn einem das einst vertraute und klare Gesicht des Heimatlandes zu fremder unverständlicher Häßlichkeit entstellt wird. Das einst vertraute und klare Gesicht – mochte man es auch früher nicht etwa vollendet schön gefunden haben – war einem auf ewig zerstört, und nie würde man es wiederfinden. Wenn man auch glaubte und hoffte, das Land später einmal wieder mit ruhigeren und unverzerrten Zügen zu sehen, so wußte man doch, daß auch dieses Gesicht einem zuerst neu und fremd scheinen würde und daß man es lange und furchtlos und geduldig würde ansehen müssen, um wieder jene innige Verbundenheit zu spüren, die zarter und stärker ist als Liebe und Haß.

Damals konnte man über das unwiderruflich zerstörte Gesicht trauern, und das bedeutete fast immer Versinken in hoff-

nungslose Schwermut. Gesünder und das eigene Leben auf-
rechterhaltender war es, die entstellenden Mächte zu hassen.
Trauer schafft Lust zum Tod und Haß Lust zum Leben.
Selbst wer sagt, er hasse das Leben, täuscht sich und haßt
allenfalls nur eine bestimmte Form des Lebens.
Stefan Zweig beging während des Krieges in Brasilien Selbstmord. Er gehörte zu denen, die trauerten und nicht hassen
mochten und konnten. Und er gehörte zu jener noblen Art
von Juden, die, dünnhäutig und verletzbar, in einer underben
gläsernen Welt des Geistes leben und gar keine Fähigkeit haben, selber zu verletzen.
Gewiß gibt es äußere und innere Gründe für einen Selbstmord, die Freunden und auch Fremden bekannt werden können, aber die letzten und entscheidendsten Gründe haben
sich wohl meistens in Tiefen des Wesens vorbereitet, die jedem anderen, vielleicht sogar dem Täter selbst, Geheimnis
bleiben müssen.
Materielle Not jedenfalls hat Stefan Zweig nicht in den Tod
getrieben. Damals in Ostende ist er sicher von vielen armen
kleinen Emigranten glühend beneidet worden. Seine Bücher
waren in allen Ländern bekannt, geachtet und viel gekauft. In
allen Ländern war er mit den namhaftesten Männern bekannt
und befreundet. Für ihn gab es keine verschlossenen Grenzen, keine Paß- und Visumschwierigkeiten. Er konnte stets
leben, wo er wollte und wie er wollte.
Staunend fast sahen wir damals unter uns einen Mann, dessen
Geldverhältnisse wunderbar in Ordnung waren. Wir andern
hatten eigentlich meistens noch nicht einmal Geldverhältnisse, die in Unordnung sein konnten. Allein schon das Wort
Geldverhältnisse war für uns reichlich pompös und paßte zu
uns wie ein Kronleuchter in einen Kaninchenstall.
Roth und ich zum Beispiel waren bald daran gewöhnt, uns
immer auf irgend etwas zu verlassen, womit wir gar nicht
rechnen konnten. Es kam dann auch immer wieder von ir-

gendwoher Geld – vom Verlag, von einer Zeitung oder durch Auslandsübersetzungen. Richtige Not haben wir nicht gelitten und auch nicht gehungert, damals jedenfalls noch nicht.

Peinliche Momente der Geldverlegenheit gab es dauernd. Da war zum Beispiel das Visum abgelaufen, man mußte in ein anderes Land reisen, möglichst im teuren Pullmanzug, weil man da noch am ehesten der Paßkontrolle entgehen konnte. Die Hotelrechnung mußte bezahlt werden. Geld vom Verlag war erst wieder zu erwarten, wenn man genügend Manuskriptseiten eingeschickt hatte. Man hatte aber nicht genügend Manuskriptseiten. Bei einer Arbeit mit Siedehitze konnte man allenfalls in vierzehn Tagen soweit sein. Das Geld aber brauchte man in spätestens drei Tagen.

Es ist mir jetzt noch manchmal schleierhaft, wie es uns immer wieder gelang, uns aus allen drohenden Schwierigkeiten herauszuwinden. Jedenfalls wurden mir nach und nach die Pfandleihen fast aller europäischen Länder so vertraut wie ihre Bahnhöfe und Gasthäuser. Das war zweifellos ein Gewinn. Pfandleihen können interessantere Aufschlüsse über ein Land geben als Juwelierläden und Nachtlokale.

Ein sehr unbekümmertes und individuelles Verfahren hatte ein Wiener Kollege. Er war sozusagen der Entdecker des Versatzwertes von Frau und Kind.

Er war ein glänzender Journalist, schrieb prachtvoll formulierte Artikel, französisch genausogut wie deutsch. Er war ein witziger Unterhalter, der viel wußte und mit seinem Wissen jonglieren konnte wie Rastelli mit seinen Bällen. Er war immer erfrischend gut gelaunt, und wenn er's mal nicht war, sah man ihn nicht. Er sah so würdevoll und väterlich solide aus wie der Rektor einer Mittelschule, der seinen Schülern das Abgangszeugnis überreicht. Einfälle und Gedanken verstreute er munter und verschwenderisch wie der Prinz Karneval Blumen und Bonbons. Er war stets fieberhaft und angestrengt beschäftigt und kam daher nicht zum Arbeiten oder doch nur höchst selten.

Diese menschliche Elektrisiermaschine war glücklicher Familienvater. Was jeden anderen in seiner Situation mit doppelter Sorge belastet hätte, war für ihn nur eine weitere Quelle ungetrübter Lebensfreude. So brachte er damals in der Nähe von Ostende Frau und Kind in einem hübschen Hotel unter – sie sollten es gut haben, wenn sie schon kein Geld hatten. Er verlebte eine sonnige Ferienwoche mit ihnen, um sodann seine Rechnung und seine Familie der Güte Gottes und der Hoteldirektion zu überlassen und selbst für ein paar Tage nach Brüssel zu fahren, wo er einem Warenhaus sensationelle Reklamevorschläge machen wollte. Vorher tauchte er in Ostende auf, lieh sich von Kollegen Reisegeld und besprach in aller Eile die Gründung eines Künstlerheims an der Riviera, denn er wollte die Unsummen, die ihm in den nächsten Tagen zufließen würden, auch zur Freude und zum Wohle anderer verwenden.

Nach vierzehn Tagen kam eine Karte von ihm aus Avignon, wo er einen Amerikaner kennengelernt hatte, der eine Geschichte der Päpste in Zeichnungen haben wollte. Da der Kollege nicht zeichnen konnte, hatte er sich entschlossen, dem Amerikaner bei Ankauf und Verladung von Bordeauxweinen behilflich zu sein, aber das wußte der Amerikaner noch nicht. Einige Tage später schrieb der Kollege, er sei durch einen Zufall nach Korsika gekommen und gerade dabei, ein Spezialdüngemittel für den dortigen Boden herauszufinden. Die Bevölkerung zeige rührende Dankbarkeit für seine Bemühungen. Kurz danach kam Nachricht von ihm aus Paris, gleichzeitig mit einer rauschenden Artikelserie in einer französischen Zeitung – als Zeichen, daß er alle wichtige Tätigkeit hatte ruhen lassen müssen, um sich notgedrungen doch vorübergehend einmal seiner eigentlichen Arbeit zu widmen.

Eines Tages erschien er auch wieder an der belgischen Küste, zusammen mit einem düster blickenden Levantiner, dem er beim Ankauf von Antiquitäten behilflich war.

Frau und Kind wurden ausgelöst, zärtliches Wiedersehen wurde gefeiert, zusammen mit dem Hotelportier und einem Hausdiener. Der Levantiner zog sich zurück – völlig erdrückt von grauenhaften Minderwertigkeitsgefühlen, weil er sich mit einem Kauf von Delfter Tellern hatte reinlegen lassen.

Der Kollege beschäftigte sich einige Tage mit dem Verfassen von ausgezeichneten antinationalsozialistischen Flugblättern, die er später auf irgendeine geheimnisvolle Weise nach Deutschland schmuggelte.

Die Frau schwamm in Rührung und Glück und war unerschütterlich überzeugt, den besten und treusorgendsten Ehemann der Welt zu haben. Auch während seiner Abwesenheit hatte sie sich nicht eine Sekunde lang beklagenswert oder gedrückt gefühlt.

Die Familie entschwand bald darauf in einen anderen Ort. Frau und Kind bereiteten sich mit ruhiger Heiterkeit darauf vor, in einem anderen Hotel Pfand zu sitzen, und der Mann hatte einen Plan, wie er mit einem Schlage sündhaft viel Geld verdienen würde. Zum Abschied erschien er schnell noch einmal bei Stefan Zweig, um ein dringendes Telefongespräch mit Warschau zu führen, da er einem dortigen Minister eine Briefmarkensammlung zu besorgen habe.

Einmal wurde er von einem Kollegen gefragt, warum er denn nicht billiger lebe. Er riß seine blauen Kinderaugen auf, erstaunt über so viel Lebensunkenntnis: »Billig leben kann man nur, wenn man reich ist.«

Als ich Joseph Roth zum erstenmal in Ostende sah, da hatte ich das Gefühl, einen Menschen zu sehen, der einfach vor Traurigkeit in den nächsten Stunden stirbt. Seine runden blauen Augen starrten beinahe blicklos vor Verzweiflung, und seine Stimme klang wie verschüttet unter Lasten von

Gram. Später verwischte sich dieser Eindruck, denn Roth war damals nicht nur traurig, sondern auch noch der beste und lebendigste Hasser.

Er schrieb an einem Roman aus dem alten Österreich. Wie viele seiner Bücher war auch dieses Buch von einer fast beklemmenden stilistischen Abgeklärtheit, mit halb gestorbenen, dunkel bewegten Menschen – lebendigen Schatten oder schattenhaft Lebendigen im erbarmungslosen Licht unerbittlicher Wahrheiten. Und über allem die zu Eis erstarrte Luft letzter Hoffnungslosigkeit, die noch hinter der Verzweiflung liegt.

In seinen Büchern versenkte Roth sich gern in die Welt der alten österreichischen Monarchie – in eine Welt, von der er mit verzweifelter Anstrengung und Inbrunst glauben wollte, daß sie ihm – zumindest früher einmal – Heimat des Denkens und des Fühlens war. Doch er wußte, daß er ewig heimatlos war und sein würde. Alles, was seinem Wesen nahe kam – Menschen, Dinge, Ideen –, erkannte er bis in die verborgenste Unzulänglichkeit hinein und bis in jene Kälte, die auch den lebendigsten wärmsten Atem einmal erstarren macht. So suchte er denn nach Welten, die ihm wesensfremd waren und von denen er hoffte, daß sie ihm unerkennbarer und wärmend bleiben würden. Doch was seiner rastlos schaffenden Phantasie gelang, zerstörte ihm immer wieder sein bitterböser unerbittlicher Verstand. Er hätte den Teufel gesegnet und Gott genannt, wenn er ihm geholfen hätte, an ihn zu glauben.

Zuweilen sah er sich selbst in geisterhaft leerem Raum zwischen Rationalismus und Mystik, gelöst von der Wirklichkeit und das Unerreichbare nicht erreichend und wissend dabei, daß es nicht zu erreichen war. Er war gequält und wollte sich selbst los werden und unter allen Umständen etwas sein, was er nicht war. Bis zur Erschöpfung spielte er zuweilen die Rolle eines von ihm erfundenen Menschen, der Eigenschaften und Empfindungen in sich barg, die er selbst nicht hatte. Es gelang ihm nicht, an seine Rolle zu glauben, doch er empfand flüchtige Genugtuung und Trost, wenn er andere daran glauben machen konnte. Seine eigene Persönlichkeit war viel zu stark, um nicht immer wieder das erfundene Schattenwesen zu durchtränken, und so empfand er sich manchmal als ein seltsam wandelndes Gemisch von Dichtung und Wahrheit, das ihn selbst zu einem etwas erschrockenen Lachen reizte.

Roth konnte damals noch seine Qualen und Traurigkeiten vergessen und gern und gut lachen. Er konnte auch zuweilen noch sehr gut, sehr intensiv und äußerst lebendig in der Wirklichkeit leben. Wenn er nicht an seinem Roman arbeitete, schrieb er Artikel gegen den Nationalsozialismus. Ich kenne niemand, der so unerbittlich klar, so überzeugend stark, so leidenschaftlich kompromißlos darüber und dagegen schrieb wie Roth. Ich kenne niemand, der so erbarmungslos auch die kleinste politische Schwäche prominenter und prominentester Emigranten entdeckte und so furcht- und rücksichtslos angriff. Ich kenne niemand, der besser und folgerichtiger hassen konnte. Und ich kenne niemand, dessen Haß so nobel, so großzügig, so weltenweit entfernt von jeder kleinlichen persönlichen Beleidigung war. Ich kenne niemand, der immer so sauber und so mutig Stellung nahm gegen jede Ungerechtigkeit – ganz gleich, wer sie beging, ganz gleich, wo sie begangen wurde. Ich habe nie wieder einen Menschen gekannt, der so viel reiner Empörung fähig war, nie wieder einen Menschen, der weniger Rücksicht auf eigenen Schaden oder Nutzen nahm. Und nie wieder einen Menschen, der andere so souverän nach eigenem Ermessen wertete – völlig unfähig, jemals auch nur die Spur eines sozialen Unterschiedes gelten lassen zu können. Erst recht nicht, als ihm gelegentlich einfiel, die Rolle eines dem österreichischen Adel Ergebenen zu spielen.

Roth starb noch vor dem Krieg in Paris. Auch er hatte zuletzt nicht mehr gehaßt, sondern war nur noch traurig gewesen. Er hat nicht Selbstmord begangen, doch ein indirekter Selbstmord zumindest war auch sein Tod.

In Belgien war damals der Ausschank von Schnaps in Gaststätten verboten. Nur in der Restauration eines etwas düsteren katholischen Heims wurde einem heimlich und freundlich und noch dazu billig ein uralter edler Kognak serviert.

Doch auch Roths Bürotisch in einem Café an der Place d'armes war trotz des Verbotes immer bedeckt mit klebrigen braunen Flecken von Amer Picon.

Während Roth verkrochen in der dunkelsten Ecke des Cafés saß und rastlos die Seiten eines gelben Heftes mit einer Schrift bedeckte – so zierlich, als wäre sie mit einer Stecknadel geschrieben – und nur hier und da eine Pause im Schreiben machte, um nach einem Glas zu greifen oder mit den weißen zerbrechlichen Händen flüchtig die entzündeten Augen zu kühlen, glühte draußen der Strand in Fluten von Sonnenlicht. Das Meer jubelte vor Glanz und Farben, und die Menschen jubelten vor Lust am Leben. Unter ihnen turnte, schwamm und lachte auch Ernst Toller. Er war braungebrannt, alterslos, mit stürmischen dunklen Locken und glänzenden Augen.

Wenige Jahre später sah ich Toller wieder in Neuyork als müden gealterten Mann – ratlos, mutlos, zweifelnd an der eigenen Kampfeskraft, am eigenen Können, am Sinn weiterer Arbeit. Aus Haß war Schwermut geworden, und er erhängte sich eines unerträglichen Tages in seinem Neuyorker Hotel. Ernst Toller, der einst in einem deutschen Gefängnis das zarte sehnsüchtige »Schwalbenbuch« geschrieben hatte und Revolutionsstücke wie »Hinkemann« und »Hoppla, wir leben«. Damals wollte Toller ein Stück schreiben, das im Dritten Reich spielte. Er fühlte und fürchtete, daß es ihm nicht gelingen würde. Deutschland mitsamt seinem Dritten Reich war so unwirklich geworden, er war so weit davon entfernt und konnte es nur noch aus dritter Hand sehen und erleben. Und er mochte auch nicht in die Historie flüchten, er wollte und konnte nur gegenwärtige Wirklichkeit schreiben und nur schreiben, indem er angriff und kämpfte.

Und wo sollte so ein Stück aufgeführt werden? Ausländische Bühnen interessierten sich wenig für Stücke, die im Dritten Reich spielten. Nur die Judenverfolgungen wurden damals auch bei breiteren Massen im Ausland als bemerkenswert und verwerflich zur Kenntnis genommen. Was ihnen sonst noch von Deutschland erzählt wurde, schien ihnen meistens dunkel, unverständlich und übertrieben.

Auch Toller beging nicht Selbstmord aus materieller Not. Auch er gehörte zu den wenigen Glücklichen, die leben konnten und sogar gut leben konnten. Und er half so gern und konnte helfen. In seiner Hilfsbereitschaft war er von geradezu jünglinghaftem Idealismus. Und er lachte so gern und war von kindlicher Dankbarkeit für alles Witzige, Bunte und Heitere. Über alle Kollegen sprach er nur Gutes, am liebsten hätte er wohl über alle Menschen nur Gutes gesprochen – der Revolutionär mit dem allzu weichen Herzen, von dem zuletzt nur noch ein müdes weiches Herz übriggeblieben war.

Es traf so besonders hart, wenn einer von den politischen Schriftstellern Selbstmord beging. Das heißt, in der Emigration und allein schon durch die Tatsache der Emigration war eigentlich jeder Schriftsteller politisch, und jeder Selbstmord bedeutete Kampfaufgabe und Entmutigung in den eigenen Reihen und Triumph und Bestätigung für den Feind. Niemand urteilte so unversöhnlich hart über Selbstmord unter diesen Umständen wie der sonst so liebenswürdige und duldsame Kisch. Ich weiß noch, wie Kisch und ich in Ostende darüber sprachen in Gedanken an Kurt Tucholsky, den tapferen, klugen, wahrheitsliebenden Journalisten, der als erster nach 1933 in Schweden Selbstmord beging. Nun, es ist den Toten gleichgültig, ob sie bemitleidet, betrauert, beneidet, verurteilt oder gepriesen werden.

Der strahlende Sommer in Ostende war zu einem wilden stürmischen Herbst geworden. Mächtige Wellen stürzten bis über die Strandpromenade, das lachende Gewimmel der Kinderchen war verschwunden. Die großen Hotels am Dyk rüsteten zum Winterschlaf, die noch vor kurzem flimmernden und schimmernden Juwelierläden lagen grau und tot, ihr Inhalt war in die Brüsseler Filialen zurückgewandert.

Bei Almondo, dem Märchentraum eines Schlemmerlokals, wo auf blütenweißen endlosen Tafeln kostbare Speisen in unvorstellbarer Vielfalt prangten – bei Almondo saß einsam und verloren zwischen deckenhohen Spiegeln Marguerite mit einem älteren Herrn. Sie aß Austern, die ihr widerlich waren, und trank Champagner, von dem sie Kopfschmerzen bekommen würde, und die Spiegel hielten ihr blasses, mühsam lächelndes Gesicht eingefangen, ihre magerer gewordenen Schultern und ihre abgearbeiteten Hände. Die Saison war reich an Arbeit gewesen. Der große Kronleuchter zauberte Glanzlichter auf Marguerites verwelkter grüner Seidenbluse und auf den Armreifen aus Golddoublé, den ihr der nette Garagenfreund neulich zum Abschied geschenkt hatte. Die Saison war zu Ende. Alle Kollegen und Freunde waren fort, nur ich war noch in Ostende. Ich wollte noch ein paar Tage allein sein und in Ruhe arbeiten, um danach meine Mutter in Brüssel zu treffen und dann nach Amsterdam zu fahren, wo Roth auf mich wartete und wo ich mit meinem Verleger über mein demnächst erscheinendes Buch zu sprechen hatte. Später wollten Roth und ich über Wien weiter nach Polen reisen.

Toller war nach London, Zweig nach Salzburg, Kisch nach Versailles, Kesten nach Brüssel gereist. Der Abschied war herzlich, aber nicht schwer gewesen. Die Welt war uns klein geworden, über kurz oder lang würden wir uns immer wieder irgendwo treffen.

Wie am Anfang war ich in meinem Hotel fast der einzige Gast. Madame Lorion konnte sich mit ungestörtem Eifer wieder ihren astrologischen Studien widmen. Eine kleine Feldmaus hatte sich vor den Herbststürmen in mein Zimmer geflüchtet und begann zutraulich zu werden.

Von meinem Fenster aus konnte ich im Hafen ein italienisches Kriegsschiff liegen sehen. Eines Abends kam die Besatzung in das Hotel-Restaurant, um irgend etwas zu feiern. Gleichzeitig und zufällig kamen belgische Flieger mit lustigen, bunten Mädchen in das Restaurant, um ebenfalls irgend etwas zu feiern. Die italienischen Marinesoldaten durften Alkohol trinken soviel sie wollten, aber es war ihnen verboten, lustige, bunte Mädchen zu haben. Die belgischen Flieger dagegen durften lustige, bunte Mädchen haben soviel sie wollten, aber es war ihnen verboten, Alkohol zu trinken. Im Laufe der Feier stieg der Neid auf beiden Seiten zu Gaurisankar-Höhe. Die Trunkenen hätten fürs Leben gern die bunten Mädchen gehabt, und die Nüchternen hätten fürs Leben gern ihre sämtlichen Mädchen für einen handfesten Schluck hergegeben. Nachdem beiden Parteien die Unzulänglichkeit des Lebens oder die Bitternis militärischer Verordnungen so handgreiflich vor Augen geführt worden war, verendete die Doppelfeier in mißmutigem Brüten, und sogar die Mädchen hörten auf, bunt und lustig zu sein.

Ich saß in meinem leeren, verwaisten Büro-Café an der Place d'armes. Draußen war Markt, saftiger, bunter, flämischer Markt. Ein feuchter, kühler Wind wehte durch Fenster und Türen. Ich fror und trank einen Amer Picon. Eine große graue Katze schnurrte an meinen Füßen.

Zuerst versuchte ich Briefe zu schreiben. Mein Mann wollte mich in Italien treffen. Ich stellte mir Italien hell vor und sonnig und blau, aber ich mochte nicht hin, ich hatte auch schon Bösartiges gegen Mussolini geschrieben. In Polen würde es kalt sein, und ich haßte Kälte. Trotzdem würde ich nach Polen fahren.

Ich schrieb immer weniger gern Briefe nach Deutschland. Ich

lebte in einer so neuen und ganz anderen Welt und konnte noch nicht einmal richtig davon erzählen. Fast jedesmal, wenn ich einen längeren Brief geschrieben hatte, mußte ich ihn hinterher wieder zerreißen, weil irgend etwas darin gestanden hatte, das dem Empfänger vielleicht hätte gefährlich werden können. Deutschland und seine Menschen wurden mir immer ferner und blasser.

Noch verband mich mein Buch, an dem ich schrieb, mit dem Leben in Deutschland. Bald würde es fertig sein. Und dann? Was würde ich dann schreiben? Es hatte mich immer gequält, wenn nicht der Plan zu einer neuen Arbeit in mir drängte, noch ehe die Arbeit beendet war. Was ich über das nationalsozialistische Deutschland, so wie ich es kannte, zu schreiben hatte, hatte ich geschrieben. Noch einen Roman konnte ich nicht darüber schreiben. Von nun an kannte ich es ja auch nicht mehr aus eigenem Erleben.

Was schrieben andere emigrierte Schriftsteller?

Kesten schrieb einen Roman über Philipp II., Roth einen Roman über das alte Österreich, Zweig einen Roman über Erasmus von Rotterdam, Thomas Mann über »Lotte in Weimar«, Heinrich Mann über Henri IV., Feuchtwanger über Nero. Leonhard Frank hatte zuletzt den Roman »Traumgefährten« geschrieben, der jenseits aller Zeit und Wirklichkeit mit kostbarer Zartheit das gespensterhaft grausame und blumenhaft unmenschliche Leben in einem Irrenhaus schilderte.

Alle diese Schriftsteller hatten früher einmal die gegenwärtige Wirklichkeit in ihre Sprache übersetzt und ihr die Kritik geschrieben, die ihnen ihr Temperament und ihre Persönlichkeit diktierten.

Die in Deutschland verbliebenen Schriftsteller mußten sich an der Wirklichkeit vorbeidrücken, die waren überhaupt praktisch überflüssig geworden. Der nationalsozialistische Staat galt als vollkommen, und wo die Vollkommenheit anfängt, hört die Dichtung auf. Auch eine vollkommene Dichtung, gerade eine vollkommene Dichtung, ist nur innerhalb des Unvollkommenen möglich und nur solange das Unvollkommene zutiefst empfunden wird. Wo's nichts mehr zu kritisieren gibt, da hat der Schriftsteller sein Recht verloren. Was soll er denn im Paradies noch schreiben? Daß die Flügel der Engel zu kurz sind oder zu lang? Sie sind weder das eine noch das andere. Allenfalls kann er noch lernen, Harfe zu spielen, und Sphärenmusik machen zum Preise des Höchsten.

Aber die Schriftsteller draußen, die konnten doch schreiben, was und wie sie wollten. Warum schrieben sie nun auf einmal fast alle nur historische Romane? Gewiß, selbst die historischen Romane waren so, daß sie in Deutschland nicht hätten geschrieben werden können, und manche von ihnen werden einmal zum Wertvollsten moderner deutscher Literatur gehören.

Wo aber blieb die große Schilderung gegenwärtiger Wirklichkeit?

Die Emigranten hatten kein Land, das ihnen gehörte, und sie lebten mehr oder weniger eine provisorische Existenz. Deutschland kannten sie nicht mehr und konnten auch nicht mehr darüber schreiben, zumindest keinen gesellschaftskritischen Roman, dessen Personen Blut haben und die man mit der Hand anfassen zu können glaubt.

Nun war doch aber auch das Emigrantendasein eine höchst lebendige Wirklichkeit, reich an Gutem und Schlechtem und wohl wert, geschildert und dargestellt zu werden. Ja, und das ging nicht recht. Man konnte sich doch nicht darauf beschränken, einen labbrigen Hymnus auf das Land oder die Länder zu singen, in denen man lebte. Man hätte Links und Rechts und Oben und Unten darstellen müssen und vor allem auch das, was einem nicht gefiel. Man hätte es tun können, man wäre weder totgeschlagen noch eingesperrt und kaum beschimpft worden. Aber es wäre sehr unhöflich und sehr ungehörig gefunden worden. Man war als Emigrant nicht gern gesehen. Leute, die sich mit ihrer Regierung nicht vertragen können, werden vielfach als etwas anrüchig empfunden. Auch damals wurden sie das, auch als diese Regierung Hitler hieß. Überall gab es Verständnisvolle und Gütige und Einsichtsfähige, aber überall gab es auch andere.

Man war in fremden Ländern geduldet, mitunter gern, mitunter ungern. Das hing in der Hauptsache davon ab, ob man Geld hatte und wieviel.

Man hatte dankbar zu sein, und man war auch dankbar. Man brauchte sich nur mal drei Minuten lang des verpesteten Käfigs zu entsinnen, dem man entronnen war, dann schmolz man förmlich vor Dankbarkeit, daß man woanders sein durfte. Vor allem aber war man Gast im fremden Land. Man war in der Situation eines Menschen, der unaufgefordert eine fremde Familie besucht, weil er aus irgendeinem Grund nicht zu sich nach Haus gehen kann. Er hat zufrieden und dankbar zu sein, wenn die Familie ihn bei sich rumsitzen läßt und freundlich ist, statt ihn rauszuschmeißen. Er kann den Leuten ein paar nette Dinge sagen, aber er kann unmöglich die Hausfrau darauf aufmerksam machen, daß sie schlecht Staub gewischt hat oder daß ihr jüngstes Kind einen mißratenen Eindruck macht oder daß sie ihrem Mann verbieten soll, in der Nase zu bohren.

Nochmals: Als Emigrant hatte man dankbar zu sein und nicht zu kritisieren, auch soziale Zustände nicht, die schon gar nicht. Man hätte nicht nur sich selbst, sondern auch anderen Emigranten das Leben noch schwerer gemacht, als es ohnehin schon war.

Und konnte man etwa schildern, wie man sich falsche Pässe und Visa verschaffte, um sich in irgendein Land hineinzuschwindeln? Wie und wo man bestechen konnte? Wie man heimlich und verboten arbeitete, als sei es ein Diebstahl? Es gab da so vieles, das man nicht hätte schildern können, da man es nicht verraten durfte.

Andererseits hätte man auch in einem Roman über die deutsche Emigration beim besten Willen nicht nur rührend gute und edle, sondern auch recht zweifelhafte Emigranten schildern müssen. Und damit hätte man vielleicht wiederum manchen geschadet, deren Leben und Existenz sowieso nur noch an einem hauchdünnen Seidenfaden hingen.

Alle diese Erwägungen wurden so beklemmend, daß ich fürchtete, nie in meinem Leben mehr ein Buch schreiben zu können. Wieviel besser hatten es doch die Maler und Musiker! Und wenn einem deutschen Schriftsteller draußen ein gutes Buch gelang, wer würde es dann noch lesen? Bald würde auch Österreich verschlungen sein, und dann blieben nur noch ein paar deutschlesende Menschen in der Schweiz. Gewiß, die Bücher wurden in fremde Sprachen übersetzt, aber: »Mit Übersetzungen ist es wie mit Frauen – wenn sie treu sind, sind sie nicht schön, und wenn sie schön sind, sind sie nicht treu.« Ich hatte keine Lust, weiter Unangenehmes zu denken, sondern lief lieber schnell mal ins Kasino, setzte zwanzig Francs auf siebenunddreißig, plein carré, und gewann einen Haufen bunter Jetons. Es war das erste- und letztemal, daß ich bei irgendeiner Art von Spiel etwas gewonnen habe. Ich kaufte mir einen dicken Pullover – für den Winter in Polen. Den Rest des Geldes schickte ich dem armen Emigranten-Ehepaar nach Bredene, denen ging's weiß Gott schlechter als mir.

Ein paar Tage später nahm ich Abschied von Ostende, und an einem leisen Schmerz merkte ich, daß ich bereits angefangen hatte, hier ein wenig Wurzeln zu schlagen. Dieses Wurzelschlagen würde ich mir künftig abgewöhnen müssen, wenn ich mir nicht alle paar Monate von neuem weh tun wollte.

Ich trank ein letztes Glas Bier mit Marguerite, und wir versprachen einander zu schreiben, denn Marguerite schrieb leidenschaftlich gern Briefe und sammelte neuerdings Briefmarken für einen sehr charmanten jungen Mann, der in Brüssel auf der Place Rogier Weinbergschnecken verkaufte. Sie würde auch bald nach Brüssel gehen.

Ich ließ mich von Madame Lorion zum Abschied küssen – einmal rechts und einmal links – und mir ein krümelartiges Amulett in den Halsausschnitt stecken. Hinterher erst sagte sie mir, daß ihr Leib- und Magenzauberer dieses Amulett eigens präpariert habe, um der Trägerin reichen Kindersegen zu garantieren. Auch das noch.

Die kleinen Apotheker-Zwillinge boten mir zum Abschied in einem zierlichen rosa Glas einen Apéritif an, der bestimmt auch aus dem weißen Pulver hergestellt war, und sie schenkten mir etwas weißes Pulver gegen Frostschäden und gegen Seekrankheit, weil ich doch nach Polen wollte. Polen war so weit, und alles, was weit fort war, lag für sie über dem Meer. Mit zitternden Stimmchen sangen sie mir noch einmal ihr kleines altes Kinderlied:

> Au clair de la lune
> Mon ami pierrot
> Donne moi ta plume
> Pour écrire un mot

Der erste, kürzeste und leichteste Abschnitt meiner Emigrationszeit war vorbei. Ich verließ Ostende und nahm mit mir eine Handvoll Lächeln und freundlicher Worte, ein paar Muscheln und ein paar Sandkörner in Schuhen und Kleidern, etwas weißes Pulver und ein paar zierliche verwehte Klänge:

> Donne moi ta plume
> Pour écrire un mot ...

Gedichte aus der Emigration
Lieder der Flüchtlinge

Die fremde Stadt

Fremde Stadt,
Ich liebe dich um deiner Fremdheit willen.
Du könntest das Verlangen nach Verlorenem mir stillen,
Nach dem, was ich verließ.
Laß mich vollenden, was ich einst verhieß;
Einmal als Kind.
Laß mich noch einmal sein, wie Kinder sind,
Die eines Menschen Fuß noch nicht getreten hat,
Fremde Stadt.
Berge mich hinter deinen Mauern,
Fremde Stadt.
Laß mich in deiner Sicherheit trauern,
Fremde Stadt,
Nur eine Stunde,
Nur kurze Zeit.
Hunger und Hunde
Jagen das Leid,
Jage nicht du mich auch, fremde Stadt.
Laß mich ruhn unter deines Himmels Regen,
Fremdes Land.
Gott gab dir den Himmel, mir gab er den Segen

Für dich, fremdes Land.
Nur eine Stunde, nur kurze Zeit
Wärme uns Arme die Ewigkeit:
Der Himmel über dir, fremdes Land.

Einsamer Tag am Fenster
(Amsterdam 1939)

Wolken werden Kissen
Und ich träum gen Himmel,
Als wolle ich in alten Märchenbüchern lesen,
Als wolle ich in weichem Schimmer sanft verwesen,
Die Erde lieben, doch nichts von ihr wissen.

Die Märchenbücher hab ich längst zerrissen.

Doch unter meinem Fenster steht ein Schimmel,
Vor einen Heringskarren hat man ihn gespannt.
Bringt er mir Glück?
Ich kann doch Glück nicht mehr ertragen.
Ich flehe um die Antwort auf des Jammers Fragen?

Das Fell des Schimmels scheint den Wolken wohl verwandt.
Ein Baum singt Lieder, fremd und süß bekannt.
Es gibt ja Glück.

Abendstimmung in Scheveningen
(Juni 1940)

Das Salz des Abends sinkt mir in die Hände,
Es riecht nach Meer, und jedes Sandkorn wacht,
Rot und verwildert schenkt die Sonne sich der Nacht
Und baut, noch untergehend, künftger Tage Wände.

Es riecht nach Meer. Sanft scheinen alle Blicke
Der Fischermädchen mit dem strengen Schritt.
Sie wandeln still am Strand der Mißgeschicke
Und suchen manchmal ihrer Toten Hände
Und suchen Wärme, die ins Salzgrab glitt.

Die Leiche eines Flugzeugs rostet trüb im Sande,
Und unter Muscheln liegt ein kleiner Ball.
Die Kinder schlafen, und es dröhnt der Schall
Schwarzer Propellerkraft am abendroten Strande.

Um Ufer schreiten knirschend die Soldaten
Im Grau der Uniform und friedenssatt.
Sie schreiten fest im Wahne künftger Taten
Und sehnen flüchtig sich nach eignem Lande –
Der Himmel schweigt, das Meer wird schwarz und glatt.

Trost
(Holland Sommer 1940)

Siehe, des Tages Leben
Schafft dir die Stille der Nacht.
Träum eisiger Berge Erbeben,
Träum Güte, die jäh erwacht.

Künftiger Wunder gedenke,
Ehe der Tag dich ergreift.
Des Todes Lebensgeschenke
Erwarte vom Schlaf, der dir reift.

Siehe, was war, geschieht wieder,
Und es wird wieder geschehn.
Der Vergangenheit wüsteste Lieder
Wurden zu weichen Wehn.

Und quält das Lärmen der Stunde
Dir heute noch roh das Ohr:
Das Gebell gestorbener Hunde
Hält für Wohlklang oft später der Tor.

Danke den leichten Sternen,
Die du am Abend erblickst,
Gedenke der eisigen Fernen,
Die jede Sonnenglut schickt.

Glaube, dein Morgen sei gestern,
Trau niemals dem Lärm, der schweigt,
Leid und Ahnung sind Schwestern,
Denen die Sehnsucht geigt:

Das Lied einer Zeit, die nie war und nie wird,
Aus der sich nur still eine Stunde verirrt,
Aus Tränen geboren, in Ruhe getränkt,
In der sich dein Leid als Wunder dir schenkt.

Gebet des Vaters

Siehe, wir werden sterben
Einen unruhigen Tod.
Siehe, unsere Erben
Werden leben der Not.

Nimm in segnende Hände
Samen, der niemals reift.
Siehe, dein Atem schuf Wände,
Ehe er uns gestreift.

Segne die öden Leiden,
Nimmer als Opfer gedacht,
Dennoch als blutige Weiden,
Deinem Schritt dargebracht.

Gebet der Mutter

Habe Geduld, mein Kind, habe Geduld,
Nur der Sommer hat Schuld, daß du schreist,
Denn der Sommer ist warm.

Bald sind deine Tränen im Winter vereist,
Der Winter ist nicht mehr warm.

Habe Geduld, mein Kind, habe Geduld,
Nur das Brot hat schuld, daß du schreist,
Auch das Brot macht ja warm.

Bald kommt der Hunger und macht, daß du weißt:
Ein Kind ohne Brot ist arm.

Habe Geduld, mein Kind, habe Geduld,
Nur ein Mensch hat schuld, daß du schreist,
Denn die Menschen sind gut.

Wenn du traurig bleibst, bist du bald verwaist,
Menschen sind nie lange gut.

Habe Geduld, mein Kind, habe Geduld,
Nur das Leben hat schuld, daß du schreist,
Und das Leben hat recht!

Da dir dein Leben den Tod verheißt,
Ist doch dein Leben nicht schlecht.

Segne dich Gott, mein Kind, habe Geduld.

Mutter zum Kind

Wir können nur reisen
In winzigen Kreisen,
Unsre großen Reisen
Sind keine Reisen,
Die sind unser Heim, da wir heimatlos sind.

Drum müssen wir reisen
In zierlichen Kreisen
Und Wechsel empfinden,
Um Freude zu finden
Möchtest du nicht mal verreisen, mein Kind?

Unser Zimmer hat Wände,
Nimm meine Hände,
Wir wandern zum Fenster,

Da winken Gespenster,
Vielleicht sind sie gut, und riechst du den Wind?

Kind, grüß die Gespenster
Und lasse das Fenster.
Such Schuhe und Kleider,
Wir müssen leider
Die Koffer packen, die Zeit verrinnt.

Wahnsinn

Langsam kommt der Wahnsinn angekrochen,
Und er sagt, er sei nicht Wahn, nur Sinn.
Während ich mich mit ihm unterhielt, hat er gesprochen:
Du, mein Kind, wirst immer sein, wo ich bin.

Langsam kommt der Wahnsinn angekrochen,
Und ich fürchte fast, er kriecht an mir vorbei.
Sanft und wild hat er zu mir gesprochen.
Wehrlos und begehrlich bete ich: es sei.

Der Hofnarr

Mitten im strengsten Dienst verlor ein Hofnarr sein Lachen.
Da gefroren die Tränen in seinen Augen zu Eis vor Schreck,
Und er konnte nicht mehr schlafen aus Angst zu erwachen.

Der König reichte ihm einen Scheck
Und sagte: nun geh, du bist langweilig geworden.

Der Narr nahm den Scheck nicht und bekam keinen Orden.
War er nun kein Narr mehr, oder war er erst jetzt einer
geworden?

Das Wort

Ich möchte diese leichte Würde tragen,
Die helle Krone lachender Bescheidenheit.
Ich kann nicht, meine Worte werden Klagen.
Liebe zum Wort ist immer Unbescheidenheit.

Und immer Unrecht.
Denn es formt zum Knecht.
Im Namen Gottes: auch das beste Wort ist schlecht.

Gott schuf das Leid.
Er schuf das Schweigen und das Ahnen um Unendlichkeit.
Laß mich ein Tier sein, Gott, und mach mich dumm,
Nimm mir die Qual des Denkens und der Sprache, mach
  mich stumm,
Gib mir die helle Krone lachender Bescheidenheit.

Die fremde Stadt ——

Fremde Stadt,
Ich liebe dich um deiner
Fremdheit willen,
Du könntest das Verlangen nach
Verlorenem mir stillen,
Nach dem, was ich verliess.
Lass mich vollenden, was ich
einst verliess —
Einmal als Kind.
Lass mich noch einmal sein
wie Kinder sind,
Die eines Menschen Fuss noch
nicht getreten hat,
Fremde Stadt.
Berge mich hinter deinen Mauern,
fremde Stadt.
Lass mich in deiner Sicherheit
trauern,
Fremde Stadt.

Nur eine Stunde,
Nur kurze Zeit.
Hunger und Hunde
Jagen das Leid,
Jage wolt du mich auch,
          fremde Stadt.
Lass mich ru hn unter deinem
          Himmels Regen

Fremdes Land.

Gott gab dir den Himmel,
          uns gab es den Segen
Für dich, fremdes Land.
Nur eine Stunde, nur kurze Zeit
Wärme uns Arme die Ewigkeit;
Der Himel über die fremde
          Land. —

Geschrieben in einer traurig - angst-
vollen Stunde in Amsterdam.
Hitler hatte Polen, mein geliebtes
Polen, bereits überfallen—

Briefe aus der inneren Emigration

An Hermann Kesten (New York)

(Die Fußnoten stammen von H. Kesten aus »Briefe europäischer Autoren 1933–1945«, Erstausgabe 1964)

Köln-Braunsfeld,
10. Okt. 46

Lieber, lieber Hermann Kesten,
ich war so froh über Ihren Brief und hab fast geheult vor Rührung und Heimweh. Hier fühle ich mich so fremd und verloren – so wie damals, als ich aus Deutschland ging. Oder noch schlimmer. Ich hasse es, hier zu sein, und ich habe nur den einen Wunsch, wieder fort zu können. Ich will Ihnen schnell erzählen, wie's mir ergangen ist. Als die deutschen Truppen in Holland einmarschierten, war ich in Amsterdam und bin von da in Den Haag geflohen. In ein kleines Hotel. Fast ohne Gepäck und ohne Papiere. Ich hatte mich so ziemlich damit abgefunden, nicht am Leben bleiben zu können, und war verhältnismäßig ruhig. Vorher – als ich noch auf die Katastrophe wartete – war ich vor Angst fast verrückt geworden. Im Hotel habe ich dann einen Offizier von der deutschen Militär-Polizei kennengelernt, ein etwas primitives Wesen – mehr Schwärmer als Fanatiker, mit Sucht nach Abenteuer und schwammiger Romantik, mit Minderwertigkeitsgefühlen und hilfloser Halbbildung, unpreußisch und nicht ganz ohne

Humor. Den habe ich zersetzt. Natürlich war es gefährlich, aber ich hatte ja nichts mehr zu verlieren. Er hielt mich für eine englische Spionin, aber da hatte ich ihn schon so weit, daß er mir nichts mehr getan hätte. Er fand alles sehr interessant und aufregend, ich ersetzte ihm fast den Führer. Ich glaube, ein Buch hatte er noch nie gelesen, jedenfalls hat er mir das Leben gerettet und ganz bewußt sein eignes Leben dafür riskiert. Es hat mich noch nicht mal irgend welche Konzessionen gekostet. Ich habe ihm eingeredet, daß er unerhört edel und mutig sei, und da war er's denn. Er hat mir einen falschen Paß verschafft, indem er mich als Verwandte ausgab und für mich bürgte. Als sein Bataillon abrückte, bin ich mit dem falschen Paß nach Deutschland gefahren. Na, und da habe ich denn illegal gelebt und zeitweise illegal gearbeitet. Die ersten beiden Jahre waren am schlimmsten. Mir war alles dermaßen ekelhaft, daß ich schon gar nicht mehr vorsichtig war. Ich sauste kreuz und quer durch Deutschland. Menschen, mit denen ich mich rückhaltlos hätte verständigen können, fand ich nicht. Manche schimpften wohl auf Hitler, aber siegen wollten sie doch, und fast alle waren besoffen von den Sondermeldungen und Fanfaren und Liedern und Beutewaren. Tröstlich waren meine Eltern, die unbeirrbar zu mir hielten. Später hatte ich dann eigentlich nur noch mit Ausländern zu tun. Etwas erträglicher wurde alles erst, als die Bombenangriffe schwerer wurden. Da sah man doch endlich, daß was geschah. Und vor lauter Angst ums Leben bekam man wieder Lust am Leben. Damals war ich in einem Zustand, daß ich mich freute, je mehr Bomben um mich herum krachten. Einmal lag ich mit Scharlach und Diphtherie im Krankenhaus in der Isolier-Abteilung, und wir durften während der Angriffe nicht in den Keller, weil wir ansteckend krank waren. Einmal war ich verschüttet. Einmal war ich in einem Zug, der von Tieffliegern beschossen wurde, und neben mir bekam eine Frau einen Bauchschuß. Das sind nur ein paar Einzelheiten, die mir gerade einfallen. Das Ganze war zuletzt nur noch ein einziges wüstes Grauen, und manchmal fehlt mir der Mut, mich zu erinnern. Wenn ich während eines Angriffs im Bunker saß, dann habe ich immer die widerlichen Nazi-Gesichter um mich herum angesehen und gedacht: Mit so was zusammen sollst du nun sterben. Und dann bin ich rausgerannt und wieder zurückgerannt, weil oben die Hölle tobte. Und dann Läuse und Krätze und Gestapo. Und die ewige Sorge um die Eltern. Dann fiel mein Bruder in Rußland, seitdem haben die Eltern nur noch mich. Kurz vor seinem Tod hat mein Bruder mir noch geschrieben, er wollte nicht mehr leben. Erst im letzten Jahr hatte ich Angst vor den Fliegerangriffen, und die Angst steigerte sich immer mehr. Wenn die Phantasie anfängt, bei so was zu arbeiten, ist's vorbei. Dauernd mußte ich mir alle nur erdenklichen Scheußlichkeiten ausmalen. Ich habe ununterbrochen Phanodorm gegessen, um etwas schläfrig und ruhig zu sein. Zuletzt war ich mit den Eltern in einem Hotel in einem kleinen Dorf am Rhein. Unsere beiden Häuser in Köln wurden auch getroffen. Das eine Haus bekam einen Volltreffer und ist nur noch ein Schutthaufen, und das andere Haus ist ausgebrannt bis aufs Souterrain. Mein Vater sagte nur: na, endlich, und war ganz vergnügt, daß wir nun nicht mehr drauf warten brauchten. In dem Hotel waren lauter Nazi-Leute und Gestapo-Beamte und Leute, die halb katholisch und halb nazihaft waren und im Keller abwechselnd beteten und patriotische Lieder sangen. Kurz vorm Schluß sollten die Eltern und ich als Fremde noch zwangsweise nach Thüringen evakuiert werden, aber da hat mir wieder ein ganz besonders ekelhafter Nazi-Offizier geholfen. Lichtblicke gab's auch: ein paar furchtbar nette französische Arbeiter, die mir Wein und Speck und Tabak brachten. Gott, es gibt da noch tausend Einzelheiten, ich erzähl Ihnen vielleicht ein andermal mehr. Wenn's Sie interessiert. Ich freue mich ja so sehr, daß es Sie noch gibt, Kesten. Ich spreche so gern mit

Ihnen und möchte Ihnen viel erzählen, es fällt mir nur immer noch etwas schwer.

Zum Schluß hatten wir dann noch 12 Tage Artillerie-Beschuß und mußten Tag und Nacht im Keller sein, aber das war nicht mehr schlimm. Nach den Bomben kamen mir die Artillerie-Granaten so niedlich und harmlos vor. Immerhin war das Dorf sehr zerschossen, als endlich die Amerikaner einmarschierten. Die erste Zeit war herrlich. Etwas grauenhaft auch. Das Hotel mußten wir räumen, die Eltern wurden primitiv in einem winzigen Zimmer in einem Bauernhaus untergebracht. Ich hauste in einem einsam gelegenen zerschossenen Häuschen am Bahndamm, weil andere Leute Angst hatten, da zu wohnen. Aber die amerikanischen Kampftruppen waren so nett und hilfsbereit, und ich konnte auch noch genug Englisch, um mich mühelos zu verständigen. Ich hatte nur keine Lust, von meiner guten politischen Vergangenheit zu sprechen, weil nämlich sämtliche Leute in Deutschland plötzlich anfingen zu erzählen, wie sehr sie unter den Nazis gelitten hatten und was für großartige Gegner sie selbst von Anfang an gewesen wären. Aber ich lag doch ziemlich sorglos auf meiner alten Matratze, durch die zerschossene Decke schien der Mond. Es wurde noch geschossen, im Garten lagen Minen, und vor meiner Tür lag tagelang noch ein toter deutscher Soldat, über den mußte ich jedesmal fortsteigen. Alles war noch so wirr und unwirklich. Ich war so müde, Kesten. Bis zum heutigen Tage wünsche ich mir, einmal vier Wochen richtig Ruhe zu haben und ohne Sorgen schlafen zu können und nichts hören und sehen und denken müssen. Später ist alles recht schwierig für mich geworden. Nichts zu essen. Keine Möbel, keine Kleider, keine Wäsche. Alles aber auch alles restlos verloren. Kaputte Schuhe. Ganz schäbig und abgerissen. Keine Wohnung. Die Eltern so hilflos. Die Mutter mußte plötzlich ins nächste Krankenhaus, um an Brustkrebs operiert zu werden. Sie ist wieder gesund geworden. Unberufen. Ich hab oft noch solche Angst um sie.

Im März dieses Jahres sind wir nach Köln übersiedelt. In dem einen ausgebrannten Haus haben wir uns sehr primitiv eingerichtet. Aber wir sind zufrieden, daß wir nicht mit anderen Leuten zusammen wohnen brauchen. Noch nicht mal eine Gabel hatten wir mehr. Und das einzige, was man kaufen konnte, waren Kruzifixe. Wenn ich so 'n Ding schon sehe, fangen meine Zähne ganz von allein an zu knirschen.

Jetzt hab ich nur Angst vor dem Winter, weil mein Raum hier ganz provisorisch zusammengehauen ist, und das Haus hat noch kein Dach. Leute zum Arbeiten bekommt man nur, wenn man ihnen was zu essen und zu rauchen geben kann. Ich habe auch keine richtigen Schuhe und Strümpfe und keinen Wintermantel. Ich will Landshoff mal deswegen schreiben, vielleicht kann er mir was besorgen und auf mein nächstes Manuskript verrechnen. Die Susi Miller hat sich geirrt: ich schreib nicht »meine Memoiren« für die Rheinische Zeitung. Ich wollte ein paar zeit-satirische Betrachtungen schreiben, aber die schreibe ich jetzt für den Rundfunk. Am liebsten würde ich nur an meinem Roman schreiben. Freude macht mir aber das Arbeiten hier überhaupt nicht. Die Leute, die hier noch irgendeinen Ehrgeiz haben, sind mir unbegreiflich. Die Honorare sind gemessen an den Schwarzmarkt-Preisen natürlich ein klägliches Trinkgeld. 150 Mark bekommt man für einen Artikel, an dem ich ca. zwei Abende arbeite. Dazu brauche ich etwas Kaffee und Zigaretten. Das Rauchen habe ich mir nämlich immer noch nicht abgewöhnt. Natürlich sterbe ich nicht, wenn ich nichts zu rauchen habe, aber sobald ich anfangen will zu schreiben, fehlt's mir. Und eine Zigarette kostet jetzt sechs Mark, ein Pfund Kaffee 450 Mark und ein Stück Seife sechzig Mark. Aber diese Dinge werden Sie ja alle wissen. Ich werd mich schon so nach und nach aus dem Schlimmsten rauswürgen mit den Eltern, wenn keine neue Katastrophe kommt und wenn ich nicht krank werde. Etwas krank ist man alle paar Tage mal durch die komische Ernährung und das ewige Gehetze. Es dauert nur etwas länger bei mir mit dem Durchwürgen, weil wir alles verloren haben und weil ich so unpraktisch bin. Gott sei Dank brauche ich keinen Alkohol mehr. Das ist vorerst die einzige sichtbare positive Errungenschaft der vergangenen Jammer-Jahre. Es ist so lieb von Ihnen, daß Sie mir ein Paket geschickt haben. Wir freuen uns alle darauf. Meine Mutter ist schon ganz aufgeregt und sieht im Geiste einen Teil des Volkes sich zu Gangster-Banden organisieren und darauf konzentrieren, das Paket zu stehlen.

Glauben Sie, daß wir uns noch mal wiedersehen werden? Vielleicht kann ich mit Landshoff Vertrag machen und mal für ein paar Monate nach drüben kommen? Ganz allein kann ich die Eltern ja nicht für längere Zeit lassen. Aber ich habe eine sehr liebe Schwägerin, die mich auch mal einige Zeit bei sich in Berlin versteckt hatte. Wenn es mir gelingt, hier etwas weiter aufzubauen, dann nehme ich sie zu mir. Dann habe ich etwas mehr Bewegungsfreiheit. Vorerst ist sie allerdings noch in der russischen Zone und darf nicht herkommen. Seit ich von Ihnen und Landshoff Nachricht habe, ist alles etwas heller geworden. Ich habe wieder etwas Hoffnung. Und ich bin glücklich, daß Sie mich nicht vergessen haben. Die Menschen in Deutschland sind genau wie sie immer waren. Sie tragen keine Hakenkreuze mehr am Anzug, aber sonst hat sich nichts mit ihnen geändert ...

So, jetzt soll der Brief schnell fort – sonst bleibt er vielleicht wieder wochenlang liegen, weil ich ihn so blöd finde und Ihnen lieber einen anderen schreiben möchte. So ist es mir nämlich schon mal gegangen – mit Briefen an Landshoff.

Antworten Sie mir so schnell es geht, ja, Sie haben mir ja sicher mehr zu erzählen als ich Ihnen. Wie geht es Ihrer Mutter und Ihren Schwestern? Wie leben Sie dort, was arbeiten Sie, mit welchen Bekannten sind Sie zusammen? Ich kann's jetzt gar nicht mehr erwarten, einen Brief von Ihnen hier zu haben. Vielleicht ist Ihnen dort drüben manchmal noch scheußlicher zumute gewesen als mir hier, wenn Sie an Landauer und andere hier dachten. Es fällt mir schwer, an Landauer zu denken, und es vergeht doch fast kein Tag, an dem wir hier nicht mal an ihn denken und von ihm sprechen. Es gab ja doch nichts Grauenhafteres, als hier eingesperrt zu sein, dagegen war alles andere Schwere wirklich noch leicht.

Leben Sie wohl für heute, lieber Freund, ich erzähle Ihnen bald mehr. Grüßen Sie Ihre Frau und Ihre Angehörigen. Meine Mutter läßt Sie recht herzlich grüßen.

Alles Liebe und Gute Ihre

Irmgard Keun

Köln-Braunsfeld,
11. Febr. 1947

Lieber Freund Kesten,

nach alter und unschöner Gewohnheit habe ich wieder ein paar Briefe an Sie nicht abgeschickt. Ob dieser Brief nun kurz oder lang, klar oder verworren wird, soll mir gleich sein – abgehen muß er. Vor lauter Winter bin ich schon ganz schwachsinnig und apathisch. In meiner Ruine hier kann man's Fürchten lernen, und meine Schuhe und Strümpfe sind so, daß ich damit allenfalls noch vorsichtig über eine weich grünende sommerwarme Matte wandeln könnte – eine möglichst einsame Matte, wo mir höchstens ein paar Kühe auf die Füße sehen. Hätte dieser Landshoff denn nicht Vertrag mit mir machen und mir Schuhe schicken können! Können Sie mir erklären, warum ich bis zum heutigen Tag noch nicht das kleinste Lebenszeichen von Landshoff erhalten habe? . . . Es schneit gerade wieder. Ich glaube, noch nach Jahren werde ich einen Maler, der Winterlandschaften malt, als Feind ansehen. Lieber Kesten – was schreibe ich da alles. Ich habe ja nur von einem zu schreiben – nämlich wie dankbar ich Ihnen bin – noch dankbarer geht gar nicht. Alles Gute, Frohe und Tröstliche der letzten Monate ist von Ihnen gekommen.

Ich weiß gar nicht, womit ich anfangen soll. Zuerst einmal mit Ihrem Brief vom 15. November. Es ist wirklich wahr – bis zum heutigen Tage lese ich ihn mindestens einmal in der Woche, und daran denken tue ich jeden Tag ein paarmal. Seit ich ihn habe, fühle ich mich glücklich und geborgen. Manchmal kann ich nicht dran glauben. Sie wollen mir wirklich helfen, nach dort zu kommen? Ich bin gerührt. Aber ich mag Sie nicht mehr mit Worten der Dankbarkeit überschwemmen. Sie müssen wissen und fühlen, was Ihre Bereitschaft mir bedeutet. Ja, ich will nach dort – ich will fort von hier. Ich hasse es, hier zu sein – so hoffnungslos vergiftet und verschlammt ist alles hier. Von der Literatur hier will ich ganz bewußt abgesondert bleiben. Ich habe nun einmal keine Lust, mit so was wie Frank Thieß zum Beispiel Hand in Hand durch den Gedanken-Matsch des neuen Deutschland zu waten und synthetischen Lorbeer ohne stabile Währung zu ernten. Von diesen Frank Thiessen ist einer immer verlogener als der andere, noch nicht mal husten können sie ehrlich und stilistisch einwandfrei. Übrigens bin ich denen genau so ekelhaft, wie sie es mir sind. Dafür wenigstens habe ich gesorgt und werde noch mehr dafür sorgen. Und alle haben Angst – Zeitungen, Rundfunk, ganze Autoren, halbe Autoren und was sonst noch so dazugehört. Sie sehen Millionen der berühmten Fettnäpfchen, in die sie um Gottes willen nicht reintreten dürfen – vielleicht sind es Hunger-Halluzinationen.

Natürlich wird es mir verdammt schwer, von hier fortzugehen. Wegen der Eltern. Ich war elend hin und her gerissen, und jede Stunde faßte ich einen anderen Entschluß. Aber wenn ich hier bleibe, gehe ich kaputt und kann den Eltern auch nichts mehr tun. Vielleicht suche ich mir mit dieser Be-

Stefan Zweig, etwa 1939

gründung auch nur eine Ausrede vor mir selber. Ich weiß es nicht. Ich weiß nur noch, daß ich fort will. Ich hab schon geheult, wenn ich mir ausmalte, wie traurig und allein die Eltern hier sein würden. Jetzt schaufelt mir der Vater jeden Morgen den Schnee vor der Tür fort – eher kann ich die Tür nicht aufmachen. Und die Mutter hat dauernd erschrekkende Tausch-Projekte, und alle fünf Minuten will sie mit unzerstörbarem Optimismus irgend etwas Unerreichbares von mir, und dauernd gehen Lebensmittelmarken verloren, und alles machen sie falsch und sind dabei ganz munter und glücklich. Gott, ja. Und trotzdem will ich fort. Wenn ich drüben bin und genug Geld verdiene, kann ich doch mal wieder nach hier, um die Eltern zu besuchen, ja? Wäre ich doch schon so weit, daß ich zum Besuch nach hier könnte. Werden Sie mir sofort schreiben? Bitte! Lieber Freund, bitte.

Nun muß ich Ihnen weiter von Ihnen erzählen. Wieviel Aktivität und Arbeit haben Sie für mich aufgebracht. Ich war so stolz darauf, daß ich vorübergehend ungeheuer gesellig geworden bin, nur um möglichst vielen Menschen Ihren Brief zeigen und von Ihnen erzählen zu können. Und dann ist Ihr Care-Paket angekommen. Ende November, als mal gerade wieder kaum noch was zu essen da war. Vierzehn Tage herrschte blühender Wohlstand in unserer Ruine. Die Eltern aßen ununterbrochen, wo sie gingen und standen, am laufenden Band – wie die Seidenraupen. Sie bekamen ganz kuglige Gesichter. Dauernd spielten und hantierten sie mit Dosen und Büchschen – wirklich wie Kinder nach der Weihnachtsbescherung. Wir haben uns ja auch sonst schon manchmal satt gegessen, aber dann an uninteressanten Dingen, die nicht schmeckten. Ich habe mich vor allem mal richtig satt geraucht und großzügig mal ein paar dahinhungernde Intellektuelle eingeladen und fühlte mich fast so überlegen und sozial gehoben wie ein besserer Schwarzhändler. Und vorgestern ist wieder ein Care-Paket angekommen – wieder durch Sie, von so einer christlichen Gesellschaft in New York. Und wieder im richtigen Moment. D. h. richtige Momente gibt es eigentlich häufig. Ein paar Zigaretten habe ich gramzerfurcht für Briketts fortgegeben. Vergangene Nacht habe ich Nes-Café getrunken und mit Dampf gearbeitet – drei Satiren und einen kurzen Sketch für ein politisches Kabarett – hier im Funk. Ich war leider in zu milder und saturierter Gemütsverfassung, um genügend giftig zu sein. Scheinbar haben die Leute doch recht, die notwendig finden, daß Künstler in Dachkammern frieren und hungern müssen. Übrigens der Roman »Hunger« von Knut Hamsun stimmt nicht. So äußert sich das nicht – das ist ganz anders, ich weiß das jetzt vom Krieg her.

Also Ihre beiden Pakete sind angekommen, und sonst ist nichts angekommen – nichts, nie und von nirgends und niemand. Wahrscheinlich sind Ihre Sendungen von besonders guten und schützenden Wünschen und Gedanken begleitet und kommen darum nicht abhanden. Roth würde auch so was glauben. Ich möchte gern wissen, ob Landshoff mir was geschickt hat. Dann ist es sicher gestohlen worden, es wird furchtbar viel gestohlen. Auch das noch. Bis vorgestern hatte ich keine Spur von Hoffnung mehr. Heute bin ich wieder obenauf. Die Eltern essen wieder am laufenden Band. Sie sind ganz vertieft und von der Außenwelt abgekehrt. Man kann kaum noch mit ihnen sprechen, sie meditieren, ungefähr wie Gandhi – nur umgekehrt, weil der ja dann fastet.

Döblin hat mir geschrieben aus Baden-Baden auf Ihre Veranlassung. Er schrieb, Sie hätten ihm geschrieben, ich hätte Ihnen so einen erschütternden Brief geschrieben – Gott, was für ein Satz, aber ich lasse ihn jetzt stehen. Das mit dem erschütternd hat mich ganz befangen gemacht – an mir und meinen Erlebnissen ist wirklich nichts Erschütterndes, Sie sehen das nur mit guten und freundschaftlichen Augen. Oder ich habe Ihnen einen Klagebrief geschrieben, ohne es zu wollen, das wäre ja widerlich. Ich wußte gar nicht, was ich Döblin schreiben sollte, und ich habe ihm auch erst vor ein paar Tagen geschrieben – etwas mühselig und befangen. Solche Briefe wie damals an Sie und Landshoff kann ich nur einmal schreiben – und so wie ich Ihnen jetzt schreibe, kann ich anderen auch nicht schreiben. Und Döblin habe ich so furchtbar lange nicht gesehen, während der ganzen Emigrations-Zeit nicht, da bin ich unsicher und hab auch etwas Angst vor Enttäuschung. Denn gefreut habe ich mich über seinen Brief – es ist auch eine Wohltat, ihn in Reichweite zu wissen – ich weiß sonst hier niemand, den ich gern mal wiedersehen möchte. Oder auf den ich richtig neugierig wäre. Sobald ich kann, will ich mal nach Baden-Baden fahren und Döblin besuchen. Vor-

erst ist es noch zu kalt zum Reisen, und dann muß ich mir erst
etwas annähernd menschliche Kleidung beschaffen, ich hab
keine Lust, da als Bettlerin vom Pont des Arts aufzutre-
ten. Das ist nicht mein Rollenfach. Jedenfalls hat Döblin
sehr nett geschrieben mit dem leichten freundlichen Schatten
eines Vorwurfs – »... wie auch immer, lassen Sie auch mich
etwas von sich hören, obwohl ich näher als Kesten, ja sogar
in Baden-Baden wohne.« Es interessiert mich auch zu sehen,
wie und was er dort arbeitet und wie er alles sieht. Und dann
hatte ich – ebenfalls auf Ihre Veranlassung hin – einen Brief
von Gina Kaus. Sie schrieb sehr lieb und sehr sympathisch.
Sie habe tausend Zigaretten an mich abgeschickt. Das wäre
herrlich, wenn die ankämen. Dann würde ich für 120 Zigaretten ein Paar Schuhe eintauschen können und für vierzig
Zigaretten ein Paar Strümpfe – vielleicht würde ich noch ein
Kleid, einen Mantel, ein Pfund Kaffee und ein Kopfkissen
eintauschen. Fünfhundert Zigaretten würde ich jedenfalls
behalten und rauchen. Ich habe aber Angst, sie kommen
nicht an – aber vielleicht kommen sie doch an, weil Sie ja
daran beteiligt sind. ... Jetzt habe ich Ihnen stundenlang erzählt und könnte noch stundenlang weiter erzählen – aber
ich muß noch schnell was arbeiten, ehe die Zigaretten zu
Ende sind ...
Und wissen Sie die Adressen von Heinrich Mann und
Kisch? Wer ist noch drüben? Wen sehen Sie? Mit wem sind
Sie zusammen?
Bitte schreiben Sie. So ein Brief hat noch mehr Wert als Ka-
lorien. Und noch einmal danke.
Grüßen Sie Ihre Frau. Und alles denkbar Gute und Herzli-
che

Ihre   Irmgard Keun

Köln-Braunsfeld,
16. April 1947

Lieber, verehrter Hermann Kesten,
Dank für Ihren Brief, ich war sehr froh damit. Sie müssen immer damit rechnen, daß mal ein Brief verlorengeht – Es wird unheimlich und intensiv gestohlen in Deutschland – weniger aus Elend als weil es fast schon zum guten Ton gehört.
Lieber Hermann Kesten, es bedrückt mich, daß Sie persönlich mir schon wieder ein Paket geschickt haben. Das sollen Sie nicht. Ich werde mich schon durch- und rauswürgen, so gut und so lange es geht. Jetzt ist es wenigstens nicht mehr kalt, und das macht viel aus.
Die Hauptsache ist mir nach wie vor – wie komm ich hier raus. Ich werde nächstens mal nach Frankfurt fahren und mich dort anmelden und zu dem Rescue & Relief Comm. gehen. Die schlechten Verdienst-Möglichkeiten für Schriftsteller in New York erschrecken mich nicht übermäßig . . .
Die Ruinen und das Elend hier wären noch zu ertragen, aber die Luft wird immer stickiger. Der Parteien-Kampf in Köln ist albern und grotesk, die Kirche dominiert. Alle Nazis strömen augenblicklich ernst und unbefangen in die Kirchen, als ob sie nie was anderes getan hätten. Wenn sie mit Leuten sprechen, behaupten sie, nie Nazis gewesen zu sein, und bedauern im gleichen Atemzug eifrig und naiv, den Krieg verloren zu haben. Leute, die angeblich früher keine Nazis waren, erklären dagegen offen, sie seien jetzt auf dem besten Wege, Nazis zu werden. Die Logik ist unklar. Wenn's mir schlecht geht, ist das ja schließlich keine Veranlassung, nachträglich mit einem entlarvten notorischen Lustmörder zu sympathisieren. Es hat wenig oder gar keinen Sinn, einen Weg zu diesen Hirnen zu suchen. Übrigens klagen gerade die am meisten, denen es gar nicht schlechtgeht. Deutschland ist keineswegs ein Land des allgemeinen Elends. Es gibt breite Schichten, denen es nicht nur genausogut wie früher, sondern besser geht. Dazu ge-

hört der größte Teil der Landbevölkerung. In den Städten sind auch die kleinen Geschäftsleute Könige, für die es kaum eine Mangelware gibt – der Schuster tauscht mit dem Metzger, der Metzger mit dem Schneider, der Schneider mit dem Glaser, der Glaser mit dem Kolonialwarenhändler usw. Das Wohlbefinden des einzelnen hängt lediglich von seiner Geschicklichkeit ab, und die meisten sind sehr geschickt. Hinzu kommt das Heer der winzigen und großen Schwarzhändler. Viele junge Leute könnten in keinem Land der Welt so anstrengungslos und so viel verdienen wie hier. Vor allem ist ihr Einkommen von keiner Steuerbehörde zu erfassen. Ich kenne auch eine ganze Reihe Arbeiter, die emsig mit allen möglichen Mangelwaren handeln – Seifenpulver, Bürsten, Zigaretten usw. Sie leben keineswegs in üppigem Luxus, aber sie leben wie saturierte Kleinbürger. Aber klagen tun sie alle. Sogar mit Überzeugung. Von morgens bis abends hören sie durch Rundfunk und Zeitung, daß Deutschland ein Land des Hungers sei, und das glauben sowohl die Satten wie die Hungernden. Natürlich gibt es Hungernde und Arme, viele sogar – aber ein einheitliches Elend, so wie es hier drinnen und auch draußen dargestellt wird, gibt es nicht. Gleichermaßen drückend und demoralisierend für alle ist der Zustand des Provisorischen – vor allem auch für die, die ihre Existenzmöglichkeiten nur im Chaos sehen. Zum Kotzen langweilig wird alles, weil 99 Prozent aller Interessen rein materielle sind, auch die der Intellektuellen, weil die meisten wirklich nichts haben, und so drehen sich denn die Gespräche mit quälender Eintönigkeit meistens um die gleichen Dinge. Ich möchte jedenfalls hier raus – auch wenn dieses Land hier in Überfluß erstickte und alle anderen Länder arm wären.

Augenblicklich bin ich etwas bedrückt. Wenn's mir besser geht, will ich mal nach Baden-Baden zu Döblin. Ich könnte mir vorstellen, daß er Menschen und Dinge hier positiver und milder sieht als ich. Ich könnte mir auch vorstellen, daß er mit dem wirklichen Leben in Deutschland in keine direkte Berührung kommt.

Ich habe jetzt oft erlebt, auch bei Ausländern, daß Leute, die in glücklichem Abstand zu Menschen und Dingen hier leben konnten, sich gern Illusionen machten. Aus einer gewissen Noblesse heraus übertrieben sie das Elend der Allgemeinheit – weil sie selbst nicht drin steckten und es nicht erlebten. Und die Leute, mit denen sie zusammenkommen, sind entweder die drei Ausnahmen, die auf hunderttausend kommen, oder Leute, die sich von ihrer nettesten Seite zeigen und ihren Pferdefuß gut getarnt haben. Vielleicht habe ich auch eine besonders bösartige Natur. Z. B. hatte ich jetzt großen Erfolg mit ein paar Funk-Sendungen, es kamen sehr viel begeisterte Zuschriften, ich war plötzlich so eine Art »Sonnenstrählchen« für die Hörer geworden. Jetzt macht mir die ganze Arbeit keinen Spaß mehr, weil mich der Gedanke quält, zur Aufheiterung von Nazis und Schiebern zu dienen. Ganz abgesehen davon, daß die Sonnenstrählchen-Rolle mir an und für sich schon Gänsehaut macht ...

Bitte, schreiben Sie mir bald wieder – ich kann es nie erwarten, bis ich Antwort von Ihnen habe.

Wegen der Einwanderung – als politisch Verfolgte bin ich hier in der englischen Zone registriert. Zuständig und gemeldet bin ich augenblicklich hier in Köln. Während des Einmarsches der Amerikaner war ich in Hönningen (Nähe Koblenz), das bis Herbst 1945 amerikanische Zone war und dann französische Zone wurde. Ich war damals dauernd auf Reisen und nirgends fest gemeldet. Ich habe jetzt sofort Schritte unternommen, um wieder Aufenthalts-Erlaubnis in der amerikanischen Zone, und zwar in Frankfurt, zu bekommen. Hoffentlich mache ich alles richtig.

Alles Gute und Herzliche für heute und vielen, vielen Dank und liebe Grüße für Ihre Frau

Ihre   Irmgard Keun

Köln-Braunsfeld,
23. Aug. 1947

Mein lieber Hermann Kesten, ...

gerad eben kam Ihr Brief. Vom 15. August! Er war also nur
acht Tage unterwegs. Das macht mir Lust und Laune, sofort
zu antworten. Sonst lähmt mich immer das Gefühl, daß die
Briefe ewige Zeiten unterwegs sind und dann obendrein noch
nicht mal ankommen. Ich bin froh, daß Sie geschrieben haben, und ich danke Ihnen. Ich wollte schon längst schreiben
und viel erzählen – ich weiß auch nicht mehr, wann ich Ihnen
zuletzt schrieb, aber ich meine, daß ein oder auch zwei Briefe
von mir unbeantwortet geblieben sind. Ich glaube, zuletzt
schrieb ich Ihnen, als ich ein Paket von Ihnen und Ihrer Frau
bekommen hatte – mit Reis und Kaffee und Zucker! Der Kaffee war sehr schön ...

Im Juli war ich in Frankfurt und Baden-Baden. Döblin sieht
aus wie ein Spielzeug-Soldat in seiner Obersten-Uniform. Er
schien mir auf eine verjüngende und verschmitzte Art geal-
tert. Er war gerade in Berlin gewesen, und da hatte es ihm viel
besser gefallen. Ich möchte auch nicht in Baden-Baden leben.
Es ist eine französische Garnison, in der sich höchst überflüssig ein paar kümmerliche Zivilisten herumdrücken. Es erscheint eine Flut von Zeitschriften, in denen die Oberlehrer
aller Berufe Artikel schreiben – ernst und langweilig und verworren. Manchmal auch edel, das sind dann meistens Frauen.
Sehr leicht möglich, daß ich bösartig und ungerecht bin und
daß die andern alle viel netter und toleranter sind. Ich hab so
einen unüberwindlichen Ekel vor diesen eiligen weltanschau-
lichen Zusammenrottungen und vor dem Wort Weltanschauung überhaupt, und daß sie schon wieder alle als etwas Abge-
stempeltes rumlaufen wollen und auch schon wieder verlangen, daß man selbst was ist. Diskussionen mit den Weltan-
schaulern sind unergiebig und langweilig.

In Frankfurt treiben übrigens auch Gertrud Bäumer und

Hanna Reitsch ihre munteren Spiele. Vor Frauen wie Gertrud Bäumer hab ich Angst. Hanna Reitsch wirkt wie ein Nähmädchen, das Knöpfe annähen darf, aber noch nicht selbständig zuschneiden. Seiner Zeit ist sie immer als Versuchskaninchen in die V-Waffen gesetzt worden und zehntausend Meter oder so hoch geflogen. Auf die Frage, ob sie denn gar keine Angst gehabt hätte, antwortet sie – nein, denn sie sei ja dann Gott näher gewesen! Ein nationalsozialistisches Thereschen von Konnersreuth. Ihr momentanes Lebensziel sei, ungerecht internierten und verfolgten Nazis zu helfen. Demnächst muß ich wieder nach Frankfurt, dann werd ich mir mal Genaueres von ihr erzählen lassen. Übrigens war ich in Frankfurt auf dem Rescue & Relief Com. bei einer Mrs. Katel. Ein Bescheid durch Sie vom New Yorker Com. wegen Auswanderung lag bereits vor. Aber – ich müßte eine polizeiliche Bescheinigung beibringen, daß ich seit Dezember 45 in der amerikanischen Zone gemeldet war und dort Lebensmittelmarken bezogen habe. Lieber Gott, ist das Leben schwer. Warum darf denn Pfarrer Niemöller überall hinreisen und ich nicht? Geben Sie mir doch mal einen Rat, was ich jetzt tun soll. Schreiben Sie mir nichts von der »guten alten Zeit im Exil«, sonst muß ich weinen vor Heimweh. Wär das schön, wenn wir wieder zusammensitzen könnten. Ich würd's sogar mit lächelnder Fassung tragen, wenn auch Sie mittlerweile katholisch geworden sein sollten. Allerdings möchte ich dann auch, daß Sie zumindest Kardinal, wenn schon nicht Papst wären. Papst würde mich noch mehr beeindrucken. Ich würde »Heiliger Vater« zu Ihnen sagen, und Sie müßten mich mal mit Ihrem goldenen Telefon telefonieren lassen. Döblin wird General in der Schweizer Garde, Bert Brecht könnte die Josefs-Legende von Thomas Mann für die Vatikan-Bühne dramatisieren, Kisch wird Leib-Nuntius und Wegbereiter des Konkordats mit Moskau, es gibt da noch allerhand Möglichkeiten. Ob ich noch so gern die Unterhaltungsromane in den

Illustrierten lese? Das ist alles nicht mehr wie früher. Früher kaufte ich die Illustrierten, bevor ich mich irgendwo zum Arbeiten niederließ. Dann hab ich erst mal die Kreuzworträtsel geraten, und dann hab ich mir die Bilderchen angesehen; und dann hab ich den Roman gelesen, und dann hab ich alles übrige mitsamt den Inseraten gelesen, und dann überkam mich eine matte Verzweiflung – und dann fing ich endlich an, zu arbeiten. Aber erst wenn mir gar nichts anderes mehr übrigblieb. Jetzt hab ich keine Illustrierten mehr und keine Cafés und oft keinen Kaffee und fast nie Alkohol und alles zusammen überhaupt nie.

In Frankfurt hab ich einen Haufen früherer Bekannten wiedergesehen. Manche fand ich ganz nett, aber es dauert doch eine Weile, ehe ich hier in Deutschland zu jemand richtiges Vertrauen habe. Auffallend war, daß ich ununterbrochen auf Leute stieß, die entweder gerade katholisch geworden waren oder im Begriff waren, es zu werden – und zwar alle Arten von Leuten – Nazis, Anti-Nazis, halbe Nazis, ehemalige Konzentrationäre, Kommunisten, Deutsche, Amerikaner, Juden, Protestanten – alle Arten. Ob sie glücklicher und besser dadurch geworden sind, konnt ich nicht feststellen. Es fehlt mir auch an Fähigkeiten zu begreifen, warum jemand auf einmal katholisch werden will. Ob's die Reaktion auf Geschehenes ist oder die Ahnung kommender Katastrophen? Ich mußte so viel an Roth denken und wie er mich zeitweilig auf katholisch gemartert hat, die reine Inquisition. Entsinnen Sie sich noch? Bevor ich in Frankfurt war und dort die katholische Welle erlebte, war ich in Baden-Baden. Döblin erzählte mir, Roth sei ja gar nicht katholisch gewesen und auch nicht katholisch begraben. Er schien das immerhin wichtig und erwähnenswert zu finden. Na, und?

Anschließend geriet ich in Frankfurt in die katholische Überschwemmung. Die katholisch Bestrebten waren zum Teil recht erträglich. Ihre Toleranz entspricht ihrer Entfernung

von absoluter Macht. Der eingebildeten, erkannten oder tatsächlichen Entfernung. Die Macht wünschen sie, um seelischen und körperlichen Schutz zu haben. Anschließend glauben sie selbst, religiöse Bedürfnisse zu empfinden und freuen sich dessen. Und zuerst gehen sie ein bißchen stolz und steif und verlegen daher wie Kinderchen, die ein schönes neues Kleid anhaben. Gut können sie nicht sein, da sie Macht haben wollen. Je mehr sie bekommen, um so weniger harmlos und tolerant werden sie sein. Wenn sie genügend Macht haben, werden sie wieder Hexen und Zauberer verbrennen. Und hinterher werden dann wieder welche sagen – »das sind Auswüchse, die haben wir nie gewollt, und die haben wir auch nie mitgemacht«. Vielleicht kommen sie dann vor einen interreligiösen Gerichtshof und werden entkatholisiert. Mag's sein, wie's will – ob sie nun eine religiöse Erleuchtung haben oder sich elend vereinsamt fühlen oder göttliche Gnade über sie gekommen ist oder ob sie ein Ventil für dunkle Fanatismen brauchen oder da sein wollen, wo bereits viele andere sind – mit Gutsein oder Gutseinwollen hat das Sich-in-den-Schoß-der-Kirche-Stürzen nichts zu tun. Gut sein kann ich allein und religiös sein kann ich nur allein. Der ganze Boden in Deutschland stinkt noch nach Mord und Leichen, und nun zieht sich ein Schleim von Frömmigkeit darüber hin. In der Ostzone beten sie andersrum. Alles in allem das alte deutsche Mix-Getränk – ein paar verschwommene Gefühle, Angst vorm Denken, ein bißchen Unterleib, ein bißchen Opportunismus, ein Schuß leichte Zweifel und ein doppelter Schuß Wut darüber – und das Ganze heißt dann Weltanschauung oder Idealismus oder idealistische Weltanschauung.
Bevor ich anfange zu arbeiten, denke ich darüber nach, wie viele fleißige und tüchtige Leute es auf der Welt gibt und warum es mir nicht beschieden ist, auch so zu sein. Dann fällt mir ein, was ich alles zu tun habe, und das ist dann so entsetzlich viel, daß es sich gar nicht lohnt anzufangen, weil es doch

nicht zu bewältigen ist. Dann kommt der Bote vom Funk, um die neue Kabarett-Sendung zu holen oder sonst eine Sendung, und dann schick ich ihn fort – »er solle in ungefähr einer Stunde wiederkommen, ich müsse das Manuskript erst noch zusammensuchen«, und dann stürze ich mich in die Schreibmaschinen-Tasten. An meinem Roman schreibe ich noch immer, wenigstens vor dem Winter soll er fertig sein. Mir graust schon wieder vor dem Winter. Eben war ein Architekt bei mir wegen Aufbau in unserer Ruine. Aber Holz, Zement, Arbeitslöhne usw. – alles müßte mit Schwarzmarktpreisen bezahlt werden – es kommt so teuer, es ist nicht zu schaffen. Es würde ca. dreitausend Zigaretten kosten. Dreitausend Zigaretten sind achtzehntausend Mark. Verdienen läßt sich das nicht. Man muß schon märchenhaft viel verdienen, um das Allernotwendigste zum Leben kaufen zu können. Ein Pfund Butter kostet zweihundertdreißig Mark, ein Pfund Zucker siebzig Mark, ein Pfund Kaffee vierhundertfünfzig Mark, ein Paar Strümpfe kosten zweihundertvierzig Mark usw. Und am allerschlimmsten ist es mit dem Rauchen. Außerdem sind die Eßwaren qualitativ ziemlicher Dreck, die meisten Leute leiden an Magen- und Darm-Infektionen und widerlicher Furunkulose. Ein Stück Seife kostet vierzig Mark und ist trotzdem oft noch so 'n Sauzeug, daß man Ekzeme davon bekommt. Und zu allem passiert's einem noch oft genug, daß man auch für die Schwarzmarkt-Preise nichts zu kaufen bekommt oder erst tagelang herumlaufen muß. Vorerst habe ich noch kein Interesse daran, meine Bücher in Deutschland erscheinen zu lassen. Und an Ihrer Stelle würde ich erst recht abwarten. Ganz abgesehen vom Finanziellen – die Verlage haben alle noch kein richtiges Gesicht. Die Papierzuteilungen sind knapp, und die Bücher erscheinen meistens nur in Auflagen von fünftausend Exemplaren unter Ausschluß der Öffentlichkeit. Eine Auflage von hunderttausend Exemplaren wäre genauso schnell vergriffen. Eine Zigarette kostet sieben Mark, ein Buch kostet ungefähr das gleiche. Die Leute, die ein Buch kaufen, kaufen's um zu kaufen und nicht um zu lesen. Ob nun »Klärchen und ihre Maikäfer« oder »Goethes Gespräche mit Eckermann« oder »Die Herstellung von Lack im neunzehnten Jahrhundert« erscheinen, ist völlig gleichgültig. Ein Lese-Publikum gibt's nicht, weil die paar Sortimenter die Bücher unter der Hand fortgeben an Leute, von denen man nicht recht weiß, warum und wozu sie die Bücher eigentlich haben wollen.

Ehe ich's vergesse, will ich Sie schnell noch was fragen. Und zwar wegen P.E.N.-Club. Wie ist das eigentlich – es gab doch damals während unserer Emigration für uns eine P.E.N.-Club-Gruppe in London? Ich glaub, Leonhard hatte mir mal deswegen aus London geschrieben. Ich weiß das alles nicht mehr so genau. Bin ich da nun noch irgendwo Mitglied vom P.E.N.-Club? Hier sind sie jetzt emsig bemüht, eine deutsche Gruppe aufzuziehen. Ich hab keine Lust, hier jetzt mit anderen deutschen Halb-Nazi-Schriftstellern Reihe zu stehen, um im internationalen P.E.N. aufgenommen zu werden. Übrigens hat sich mein verflossener Mann ... an die Spitze dieser Bewegung gestellt. Und scheiden lassen hat er sich wegen meines »staatsfeindlichen Verhaltens«, um auf die Reichsschrifttumskammer einen guten Eindruck zu machen. Und später ... Das hat er nun alles vergessen. Die Leute haben alle so glücklich konstruierte Gedächtnisse. Das aber nur nebenbei. Ich möcht jedenfalls nicht in diesen neuen deutschen P.E.N. Dann verzichte ich lieber. Aber ich seh noch kommen, daß Tralow und Frank Thieß und Hans Friedrich Blunck für den P.E.N. nach New York reisen, und ich darf noch nicht mal das Flugzeug streicheln, mit dem sie abbrausen, weil ich erst von Winifred Wagner entnazifiziert werden muß.

Bitte, Lieber, Schreiben Sie mir doch, ob ich irgendwo im P.E.N. bin oder wie, wo und ob ich reingehen soll.

Schreiben Sie mir sofort, lang und ausführlich. Und sein Sie gesund! Vergessen Sie mich nicht, sonst werd ich traurig. Ihr Brief hat mich froh und heiter gemacht, vorher war ich muffig und verstaubt.

Ich umarme Ihre Frau und grüße Sie mit aller Herzlichkeit.

Ihre   Irmgard Keun

Köln-Braunsfeld
19. Mai 1948

Liebster Hermann Kesten,

ach Gott ... ich wollte Ihnen schon lange schreiben ... Und was sollte einen denkenden Menschen draußen vor Depressionen schützen? Die Tatsache, daß er sich leichter Butter, Bettlaken oder sonst was kaufen kann, doch bestimmt nicht ... Natürlich hier die Menschen ... der geistige Wirrwarr, der Dreck auf den Straßen ... die ewig gleichen Nazis, die ewig gleichen Phrasen. Und daß die materiellen Nöte es unmöglich machen, wenigstens mal für kurze Zeit zu entrinnen und allein sein zu können. Je mehr ein Volk wirtschaftlich verkommt und proletarisiert, um so schwieriger wird es für den einzelnen, sich zu isolieren. Das erlebe ich hier höchst ungern am eigenen Leibe. Wie schrecklich ist schon allein das Wort »Volksgemeinschaft« ... Die andern wollen vergessen und sich wieder einordnen. Ich will und kann nicht vergessen solange ich lebe, und ich will mich hier auch nirgends einordnen ... Die anderen hier wollen »wiederaufbauen« ... morgen geht es doch wieder kaputt, und ich bin keine Ameise. Ich will auch das Volk nicht erziehen. Wen Bomben, Todesnot und Hunger nicht klüger gemacht haben, dem kann auch ich nichts beibringen ... Auch gegen die Wirkungen des ranzigöligen sentimentalen Huren-Pathos der politischen Redner (besonders bei Neujahrbotschaften und für »unsere Jugend«) bin ich zu verhärtet.

Der blöde ... arbeitet auch am »Wiederaufbau«. Er ... ist ekelhaft emsig und repräsentiert »das andere Deutschland«.

1937 hat er ... Natürlich alles nur um sich zu tarnen. Wahrscheinlich hat auch Hitler sich nur getarnt, weil er ja schließlich etwas exponiert war und um den Nationalsozialismus besser bekämpfen zu können. Übrigens war der ... nicht in der Partei, auch kein SS-Mann und hat auch oft auf die Nazis geschimpft und war auch immer nur gemäßigter Antisemit ...

Ach, lieber Kesten, das ist alles so widerlich ... Ich möcht gar nichts damit zu tun haben mehr und gar nicht daran denken, aber es empört mich doch, daß solche Leute jetzt nicht wenigstens klein und bescheiden bleiben, sondern statt dessen ...
Aber was soll ich tun? ... Ich hab nur so eine Abneigung gegen alles, was geeignet ist, das Nationalgefühl zu stärken, dieses dümmste und verderblichste aller Gefühle. Daß es nur ein künstliches und eingebildetes Gefühl ist, macht es nicht milder und harmloser. Wie künstlich es in Deutschland ist, konnte man hier gerade während und nach dem Kriege sehen. Wenn während der Luft-Alarme die Flugzeug-Geschwader in Richtung Berlin flogen, hab ich ungezählte Leute im Rheinland sagen hören: »Das ist gut, wenn sie nach Berlin fliegen, die sollen endlich auch mal was abkriegen.« Sie atmeten nicht etwa nur auf, weil der Bombenangriff sich nicht auf sie konzentrierte – so nach dem braven Gebet: ich bitt dich, heil'ger Florian, verschon mein Haus, zünd' andre an, das wäre ja noch verständlich gewesen, nein, der Gedanke, daß nun Berlin bombardiert würde, erfrischte sie geradezu. Aber nicht etwa aus Haß gegen Hitler, Regierung, Nazis – Nazis waren sie selber –, es ärgerte sie nur, daß den Berlinern oder auch Bayern weniger kaputtgemacht werden könnte als ihnen. Das war die starke Volksverbundenheit und die Liebe des Deutschen zu seiner Reichshauptstadt. Die populärste Veranstaltung würde augenblicklich ein Krieg zwischen Nordrhein-Westfalen und Bayern sein. Bayern hat mehr Eier und auch sonst mehr zu essen und liefert nicht genug ab

und hat sich überhaupt unbeliebt gemacht, der Haß ist bereits zum Siedepunkt gelangt – ein entsprechender Aufruf durchs Radio und innerhalb von drei Stunden würde das gesamte Industriegebiet jubelnd zu den Waffen eilen zum Kampf gegen Bayern. Neulich hatte die Straßenbahn hier mal einen bayrisch sprechenden Schaffner eingestellt – er ist einmal gefahren und nicht wieder. Nachdem die Leute das ahnungslose Geschöpf als Bayern erkannt hatten, geriet er buchstäblich in Lebensgefahr. Dabei bedeutet Schaffner sein hier eine Strafe, die selbst für Göring nicht zu milde sein würde.

Ich wollte Ihnen noch schreiben, daß ich krank war … Ich glaubte ganz ernsthaft, ich müßte in der nächsten Zeit sterben und hatte gar keine Lust dazu, aber schließlich war mir auch das egal, weil ich fast immer liegen mußte und zwischendurch rumschlich wie eine halb verreckte Winterfliege. Jetzt geht es – unberufen – besser, ich hab jetzt auch einen Arzt, zu dem ich einiges Zutrauen habe …

Ich wünschte ja doch, ich könnte einmal nach dort kommen … Könnten Sie mir nicht einen Gefallen tun und mir Ihre letzten Bücher schicken? Neulich hab ich mal eine schöne Geschichte von Ihnen gelesen in einer älteren Nummer von Döblins »Goldenem Tor« – »Oberst Kock«.

Nun für heute Schluß, der Brief soll gleich fort.

Meine Mutter läßt Sie sehr herzlich grüßen – sie ist (unberufen) sehr munter. Ich bin jetzt auch schon bei der banalen Weisheit angelangt »Die Hauptsache ist Gesundheit«, Gott, wie graust mir manchmal vor dem Tod.

Alles Gute und Herzliche für Sie und Ihre Frau.

Ihre   Irmgard Keun

Szenen und Betrachtungen
aus der Nachkriegszeit

Eine historische Betrachtung

Über Bräuche und Probleme der Eingeborenen im Innern
Deutschlands
Im Jahre 1947

Ich weiß natürlich, daß es in Deutschland einen schwarzen
Markt gibt. »Schwarzer Markt« hört sich so schön und or-
dentlich an. Jeder Ausländer, der vernimmt: »Es gibt in jeder
größeren und kleineren Stadt Deutschlands einen schwarzen
Markt«, muß sich darunter einen wohlorganisierten, mit Ver-
kaufsständen und Ausrufern bevölkerten Flecken vorstellen,
auf dem der darbende Deutsche mit einem Körbchen am
Arm, einem Köfferchen mit Tausendmarkscheinen in der bie-
deren Rechten und glänzenden Kinderaugen im Kopf umher-
wandert, um sich mit Methyl-Alkohol, Fischfett-Butter,
greisenhaft und wirkungslos gewordenem Penicillin und anderen verbotenen Leckereien und Mangelwaren einzudek-
ken. So ist es nicht. Das eigentliche Schwarze des Marktes
bezieht sich ja nicht nur auf Seele und Charakter von Anbie-
tenden und Interessenten.
Für den Durchschnittsmenschen besteht der schwarze Markt
aus einem amorphen Haufen auf- und untertauchender Indi-
viduen, und wenn man dringend ein Paar Schnürriemen
braucht und verzweifelt sucht, stößt man im besten Fall – als
Opfer einer unzulänglichen Flüsterpropaganda – auf Leute,
die gerade vorübergehend Tapetenkleister und als Rinderfett
getarntes Hundeschmalz abzugeben haben. Letzteres soll

sehr gut für die Lungen sein, aber man kann es nicht zum Zubinden seiner Schuhe verwenden. Darüber hinaus bleibt die Beschaffung von Hundeschmalz bewunderungswürdig, denn Katzen und Hunde sind in deutschen Straßen so selten geworden wie Jaguare und Flamingos.

Natürlich bin ich gegen den schwarzen Markt, das gehört sich so. Ich wüßte auch nicht, warum ich nicht lieber für fünf Pfennig eine Zigarette »weiß« als für sieben Mark eine Zigarette »schwarz« kaufen sollte. Alle braven Leute, sofern sie nicht selbst schwarzhandeln, sind gegen den schwarzen Markt. Aber er hat sich durchgesetzt, wie sich nun mal das Schlechte in dieser Art von Welt siegreich durchzusetzen pflegt.

Ob ich bereit bin, mich mit den Zuständen abzufinden oder nicht, ist eine Sache für sich und völlig uninteressant, da ich ohne Einfluß bin.

Jedenfalls weiß ich nicht genug. Ich weiß, daß es Schwarzhändler gibt, die mal dieses und mal jenes haben, und Spezialschwarzhändler. Wo aber ist der, den ich gerade brauche? Wie finde ich ihn? Wie findet er mich? Ich weiß auch ungefähr die durchschnittlichen Schwarzmarktpreise für Zigaretten, Kaffee, Kartoffeln und Briketts. Darüber hinaus fange ich an, unsicher zu werden. Als ich gelegentlich von meinem Bedürfnis nach einem halben Pfund Käse, einem Hemd und einem Briefumschlag sprach und weder die Preise dafür wußte, noch eine Ahnung von den Bezugsquellen dieser Dinge hatte, zuckte einer aus der Auslese der Starken die Achseln: »Mein Gott, das können Sie doch alles kaufen, es gibt doch einfach alles zu kaufen, so was weiß man doch – vorige Woche erst wurde mir ein Posten erstklassiger Papageien mit Käfig und Futter angeboten.« Solche Leute wissen sich von heut auf morgen »Forelle in Rübenkraut« und scharf gebackene Okapi-Lende zu beschaffen, wenn sie Lust darauf haben, und die anderen bekommen Minderwertigkeitsgefühle.

Mein Ehrgeiz verträgt es nicht, dauernd mit unausgefüllten Bildungslücken herumzulaufen, und ich schlage vor, einen Führer durch das moderne deutsche Wirtschaftsleben herauszugeben. Oder besser einen Leitfaden oder Wegweiser, da das Wort Führer bei einem Teil der Bevölkerung vielleicht allzu wehmütige Erinnerungen wachruft.

In diesem Leitfaden müßten unter anderem Käufer und Verkäufer inserieren können. Da ist zum Beispiel in einer größeren Stadt ein Schwarzhändler, der gerade tausend Hemden abzusetzen hat. Und in der gleichen Stadt sind Tausende von Menschen, denen soeben das letzte Hemd in Lumpen vom Leibe fällt und die nun wild entschlossen sind, ein neues zu erwerben, und wenn sie deswegen auch das letzte goldene Parteiabzeichen ihrer Großmutter zu Geld machen müßten. Allerdings die mit den Parteigroßmüttern haben wohl meistens noch Hemden. Dies nebenbei. Käufer und Verkäufer können jedenfalls einander nicht finden. Wenn sie einander endlich doch finden – nach Einschaltung erheblich verteuernder Agententätigkeit von Putzfrau, Briefträger, Studienrätin, Fabrikarbeiter, Medizinstudent, Majorswitwe –, dann ist überflüssig viel Schweiß und Zeit den Rhein rauf- und runtergeflossen. Und mag so mancher Händler auch sonst manches ehrlich gestohlen haben, seine Zeit hat so ein Mann bestimmt nicht gestohlen.

Es müßten ferner in dem Leitfaden die Durchschnittspreise sämtlicher, auch der ausgefallenen, Mangelwaren angegeben sein, damit man endlich mal weiß, woran man sich ungefähr zu halten hat. Ich weiß immer noch nicht, was ein schwarzes weißes Hemd kostet. Dadurch laufe ich einerseits Gefahr, dem Schwarzhändler einen doppelten Preis zu zahlen und endgültig zur komischen Figur zu werden. Andererseits läuft der Händler Gefahr, daß ich seinen normalen Preis unnormal finde und vor dem Kauf zurückschrecke, weil kein Leitfaden mich entsprechend orientierte und mir Gelegenheit gab, mich in schlaflosen Nächten an die landesübliche Summe zu gewöhnen. Es ist auch deprimierend, wenn einem unter Garantie nach jedem an sich schon deprimierenden Kauf ein Bekannter erklärt: »Du lieber Gott, warum haben Sie denn nicht gesagt, daß Sie das brauchen? Gestern erst ist mir davon ein ganzer Haufen angeboten worden – viel schöner als das, was Sie da haben, und für die Hälfte des Preises.« Man sollte meinen, daß solche Leute nur leben, um anderen in den Wunden rumzubohren, und es ist eine Schweinerei, daß man ihnen dauernd ausgeliefert bleiben soll.

Zu dem angenehmen und stolzen Gefühl, durch einen Leitfaden auf dem laufenden zu sein und auch in besserer Gesellschaft endlich mal wieder mitreden zu können, käme der wirtschaftliche Vorteil, eine gesunde Konkurrenz zu züchten, was vielleicht sogar ein leichtes Absinken der Preise zur Folge haben könnte. Gott sei Dank, daß mir im Augenblick kein aktiver Nationalökonomenverein dazwischenreden und die ganze Unbefangenheit versauen kann. Leute, die selbst nichts Vernünftiges auf die Beine bringen, sind ja in ihrer Kritik immer am frechsten. Also weiter.

Da ist die Sache mit den Nähmaschinennadeln. Die müssen eine hochbedeutende Rolle spielen, denn ich höre immer wieder ein auf- und abschwellendes Raunen im Volkskörper, daß ein Posten von Millionen Nähmaschinennadeln ständig von oben nach unten, von links nach rechts, von Ost nach West und wieder zurück geschoben wird. So was soll seinen Mann nähren. Aber sind das nun immer dieselben Millionen Nadeln, die hin und her geschoben werden? Oder kommen auch welche in den schwarzen Detail-Verkauf? Wo? Und was kosten sie dann? Mir wurden ein einziges Mal einzelne Nähmaschinennadeln zum Kauf angeboten – ganz zufällig auf einem Bahnhof, von dem Bahnbeamten, der die Fahrkarten lochte. Ich habe mich natürlich gefreut, daß der Mann mir gegenüber sein Inkognito lüftete, ich muß doch demnach einen guten

Eindruck auf ihn gemacht haben. Nadeln konnte ich nicht mehr kaufen, weil mein Zug gerade einlief, ich habe auch gar keine Nähmaschine. Es wimmelt im Lande von einer Art verkappter Fürstlichkeiten, denen man gar nicht ansieht, was sie in Wirklichkeit sind. Eine muffige, ältere Toilettenfrau bot mir neulich mal Einmachgläser, schwarzen Kunsthonig und mehrere Bände Goethe an. Auf dem Goethe saß die Frau nun schon seit sieben Monaten fest, vielleicht weil viele Menschen nicht darauf kommen, auf einer ganz alltäglichen Damentoilette ein Kulturzentrum zu vermuten.

Auf der langwierigen Suche nach einem Strumpfbandgürtel stieß ich endlich auf einen ganz unbedeutend aussehenden Germanistik-Professor, der viele und schöne Strumpfbandgürtel zu verkaufen hatte. Leider hatte ich über die Hälfte der geforderten Summe mittlerweile verraucht. Als ich später mal wieder zu dem Mann ging, hatte er keine Strumpfbandgürtel mehr, sondern statt dessen gerade Herrensocken und Eier. Alles fließt.

Hier möchte ich den Bericht eines peinlichen Erlebnisses einflechten, das ich durch Lektüre eines Leitfadens hätte vermeiden können. In der Auslage eines Kunstgewerbegeschäftes sah ich einen schlichten Holzteller, den ich brauchen konnte. Durchtränkt von dem Bewußtsein, nichts, aber auch rein gar nichts, auf normalem Wege erwerben zu können, stürzte ich in das Geschäft, drückte einer in Trachtenjacke dahindösenden Verkäuferin meine letzten unentbehrlichen vier Zigaretten in die Hand, zahlte viel zentnerschwer verdientes Geld, bekam den Teller und wunderte mich darüber. Kurz darauf wurde ich aufgeklärt: Den schlichten Teller hätte ich ohne Zigaretten und gequälte Liebenswürdigkeit hundertmal haben können, und ganze Armeen reeller Schwarzhändler seien bereit, mir den gleichen Teller zur Hälfte des offiziellen weißen Kunstgewerbegeschäftspreises zu liefern. In diesem Fall also handelt es sich um eine Art surrealistisches Phänomen:

Der weiße Markt steigert seine Weiße bis zur Ultraschwärze, und der schlichtweg schwarze Markt wird weiß. Verwirrend. Ein Leitfaden könnte helfen. Man sage mir auch nicht, daß ich zu einer kleinen Schicht besonderer Trottel gehöre, das weiß ich selbst. Aber auch diese kleine Schicht hat ein Recht zum Leben und kann eine gewisse Rücksicht verlangen.

Wie steht es mit solchen traditionellen Mangelsymbolen wie Weihnachtsbäumen, Adventskränzen, Ostereiern? Gibt es schwarze Weihnachtsbäume? Was kosten sie? Lohnt der Schwarzhandel mit Weihnachtsbäumen, und was sagt die Geistlichkeit dazu? Wie hoch beziffert sich eine eventuelle Gefängnisstrafe, die gerade bei kleineren Objekten und geringerem Verdienst zur akuten Gefahr werden kann? Millionäre kommen nicht mehr ins Gefängnis, deutsche Bauern zur Zeit auch nicht.

Auch durch eine populär-wissenschaftliche Darstellung der Gepflogenheiten moderner Justiz und Behandlung zeitgemäßer juristischer Fragen könnte der Leitfaden sich verdient machen. Wenn zum Beispiel ein Reisender von sämtlichen Abteilgenossen spontan aus dem fahrenden Zug geworfen wird, weil er mal zufällig statt auf die Alliierten auf den Nationalsozialismus geschimpft hat – kann er dann, falls er überhaupt noch lebt, wegen groben Unfugs oder Erregung öffentlichen Ärgernisses belangt werden? Und so sich der Vorfall in der britischen Zone zutrug – untersteht dann dieses Opfer der Demokratie dem englischen Gesetz, nach dem Selbstmord strafbar ist?

Vor allem aber müßte der Leitfaden in das Bestechungswesen einweihen. Es gibt immer noch Analphabeten auf diesem Gebiet. Die Korruption besteht und ist offiziell verboten und inoffiziell erlaubt und gefordert, und der darüberliegende Schleier der Scham ist so fadenscheinig geworden, daß sich ein Minister damit noch nicht mal mehr die Spinnweben aus den Ohren wischen kann. Überall wird geklagt in Wort und

Schrift: Die Welt ist aus den Fugen, die Zustände sind furchtbar, die Menschen sind schlecht. Das ist zwar scharf beobach-
tet, bringt einen aber nicht weiter.

Was kostet ein Telefonanschluß? Die Zulassung für ein Mo-
torrad? Die Zuschlagkarte für einen D-Zug? Ein Doktor-Di-
plom? Eine Zuzugsgenehmigung? Die Erlaubnis, sich ein
Dach über den Kopf bauen zu dürfen? Das Wohlwollen eines
Steuerinspektors? Ein Arbeitspaß? Wer kein ehemaliger besserer Nationalsozialist mit Waren und artverbundenen
Freunden ist, muß zahlen, und wenn die von Generation zu
Generation vererbte Alpakagabel seines Stammgeschlechts
auch noch draufgeht.

Was muß eine liebende Frau dem Gefängniswärter opfern,
damit er dem fleißigen, aber eingesperrten Männchen oder
dem guten alten Onkel ein Pfund Speck oder eine selbstge-
backene Buttercremetorte in der schmucklosen Zelle serviert? Was hätte es vor allem gekostet, um Männchen und
guten alten Onkel von vornherein vor dem Eingesperrtsein
und glückliche Familienbande vor zeitweiligem Zerreißen zu
bewahren? Gerade hier ließe sich durch gründliche Sach-
kenntnis so manche zwangsweise Trennung ohnehin schon
gefährdeter bürgerlicher Ehen im Sinne aller besseren Welt-
anschauungen vermeiden.

Was zahlt man vom Polizisten aufwärts bis zum Polizeipräsi-
denten in den verschiedenen Eventualfällen? Es wäre unmo-
ralisch, einen braven Mann durch Starhonorare dem Neid seiner Vorgesetzten oder Kollegen auszusetzen, ihn übermütig
zu machen und auf die schiefe Bahn zu bringen. Andererseits
möchte man natürlich auch einen verdienstvollen Beamten im
Interesse der Allgemeinheit durch Kleinlichkeit nicht verbit-
tern, Minderwertigkeitsgefühle in ihm erzeugen, zum Misan-
thropen erziehen und ihm überhaupt etwas von seinem
Charme nehmen. Sonnige, heitere Gemüter tun uns not.

Womit muß ich wen bestechen, wenn ich zum Universitätsstudium der Archäologie zugelassen werden möchte? Das, was früher unser Haus war, ist durch eine Bombe so zermanscht, daß spätere Ausgrabungen den wissenschaftlichen Reiz unüberwindlicher Schwierigkeiten haben könnten.

Was zahlt man einem Beamten vom Wohnungsamt, der ein Zimmer beschlagnahmen oder die Beschlagnahme eines Zimmers verhindern soll? Einerseits wünscht ein besserer Demontierter seine neun Zimmer für sich zu behalten, um darin gewichtigen Schrittes auf und ab gehen und über den Marshallplan nachdenken zu können. Andererseits führt die Unterbringung von mehr als zehn Personen in einem Normalbett leicht zu gegenseitigen Antipathien. Angenommen – man würde so einem Wohnungsmann drei Flaschen Schnaps geben, während die übliche Taxe aus einer Flasche Schnaps besteht? Oder wäre vielleicht das Dedizieren von Kaffee oder alkoholfreiem Kamillentee taktvoller als das von Schnaps? Fragen über Fragen, die sich erheben. Sagen wird so ein Mann wohl meistens nichts, denn in derartigen Fällen spricht Gentleman zu Gentleman, und nichts geht über Kinderstube, gute Manieren und gesellschaftliche Sicherheit.

Früher gab es darüber so viele aufklärende und hilfreiche Broschüren. Heute gibt es auch viele Broschüren, für Sex, Comic und Sterne, aber wenn man sie nicht gerade als Ersatz für ein Taschentuch oder modische Plattfußeinlagen braucht, haben sie keinen praktischen Wert. Und mit dem ehemaligen Ideengut können wir auch nicht mehr viel anfangen. Was nützt uns heute denn noch der frühere »Gute Ton in allen Lebenslagen« oder »Wie lerne ich meinen Silberdiener an?« oder »Was ein junges Mädchen vor der Ehe wissen muß«? Sollte sie es wirklich nicht wissen? Oder »Wie überwinde ich meine Schüchternheit vor einem General unter Kronleuchtern?« Oder »Welche Lieder darf der Gebildete in einem gepflegten Garten auf der Trompete blasen?« oder »Soll der Fortgeschrittene sich Knut Hamsuns sämtliche Werke unterlegen, wenn er, auf einem zu niedrigen Klavierhocker sitzend, das fehl temperierte synthetische Naturweben oder die Schule der Läufigkeit spielen will?« Man sieht, wie intensiv einem früher auf dem Wege durchs Dasein unter die Arme gegriffen wurde. Und heute? Wer sagt einem heute: Wo benehme ich mich wie? Was zahle ich wem?

Der Platz hier reicht ja nur aus, um einen winzig kleinen Teil des gesamten, riesenhaft angeschwollenen Fragenkomplexes zu streifen.

Würde es sich zum Beispiel gehören, einem Entnazifizierten zu seinem Entnazifizierungstag Blumen zu schicken? Welche? Vergißmeinnicht mit braunem Goldlack? Würde es von gesellschaftlicher Unsicherheit zeugen, wenn man als Dame versäumte, den nunmehr Entlausten weiterhin mit seinem Titel Parteigenosse anzureden? Oder gilt das nur für festliche Gelegenheiten? Muß ich aufstehen, wenn ein früherer Ortsgruppenleiter das Zimmer betritt? Darf ich einem ehemaligen SA-Mann ein Opernbillett schenken, weil er es doch immer so gut gemeint und an den Sieg geglaubt hat? Oder würde das aufdringlich wirken, weil er ja in Wirklichkeit gar nicht den Krieg verloren hat, sondern die Alliierten nur so viel Benzin hatten? Es ist ja alles sehr schwierig, man findet sich ohne Hilfe nicht mehr zurecht.

Gehört es zur Allgemeinbildung, zu wissen, über welche Kompensationsware ein Henker verfügt? Früher schrieb so ein Mann erbauliche Memoiren, um sein Huhn im Topf zu haben. Darf man gegen die Todesstrafe sein, wenn man sich ohne Seife wäscht und obwohl die Russen angeblich auch nicht dagegen sind? Doch hier beginnt für mein Gefühl die höhere Politik, und da menge ich mich lieber gar nicht erst ein.

Da ich so ein unheimliches Thema aber nun schon mal, mit dem Gefühl, an eine Hochspannungsleitung gebumst zu haben, streife: Wo bestelle ich meinen Sarg? Ist es üblich, dem schwarzen Sarghändler außer amerikanischen Zigaretten auch die Hand zu geben? Oder könnte der Mann das als Formlosigkeit und unangebrachte Kordialität betrachten? Oder dienen Särge aller drei Klassen, wie ich unlängst einem Zeitungsbericht entnahm, überhaupt nur noch dazu, bizonalen Weinsorten auf ihrem schwarzen Transport als sinnig-karnevalistische Tarnung zu dienen? Das Leben den Lebenden. Ja, ja. Ich stelle mir einen Teil der einschlägigen Folgen solchen Unternehmens vor. Jauchzend begrüßt ein durstiger karnevalistischer Verein den sehnlichst erwarteten heranschwankenden Leichenwagen, um bei ungestümem Öffnen des Sarges einen toten Metzger vorzufinden, der in seiner Eigenschaft als Leiche zur Hebung des allgemeinen Frohsinns nicht mehr entscheidend beitragen kann. Mittlerweile ist in der anderen Zone unter festlichem Gepränge der Sarg mit dem Wein beerdigt worden. Die Totengräber haben was gewittert, graben den Sarg am Abend wieder aus, setzen sich auf den grünen Zweig, auf den sie nun endlich mal gekommen sind, und machen Fettlebe. Und wenn sie nicht gestorben sind, leben sie heute noch. Doch wer beerdigt von nun an wen?

Bin ich gesellschaftlich degradiert, wenn ich mich in einem schlichten Papiersack beerdigen lasse? Oder eventuell einen überflüssig gewordenen Kartoffelsack zu dem Zweck hinterlege? Entspricht der Kartoffelsack den herrschenden Auffassungen von Pietät, oder schlägt er ihnen ins Gesicht? Das soll nicht sein. Oder wenn ich mich einfach in eine Mülltonne werfen ließe – würde es dann genügen, dem diensthabenden Müllmann zusätzlich eine Brotmarke und eine Nudelsuppe mit eingeweckten Tomaten vorzusetzen? Was habe ich meinem Arzt für ein Attest, was meinem Apotheker für Medikamente als Gegenleistung zu geben, bevor ich in der Mülltonne liege? Du lieber Gott, immer mehr Fragen tauchen auf. Was muß ich schreiben, damit ein Brief von der Zensur beschlagnahmt wird? Was verlangt die Briefzensur? Wenn ich schreibe, daß ich die Atombombe in einer Streichholzschachtel versteckt hinter meinem Ofen stehen habe – wird der Brief dann schneller durch die Zensur befördert, oder bekomme ich nur den Nobel-Preis? Darf ich schreiben, wie ein ehemaliger adliger Oberfeldwebel die Dame des Hauses mit einem Stück Dachpappe neckte, ohne fürchten zu müssen, das Schamgefühl eines unbescholtenen Zensurfräuleins gröblich zu verletzen? Lernt so ein zensierendes Mädchen auch bestimmt nichts Schlechtes? Und wenn ja, was sagt die Mutter dazu?

A propos Postverkehr – wie soll das mit den Paketen weitergehen? Man kann bald eher mit dem Gewinnen des großen Loses rechnen als mit der Ankunft eines Paketes. Nur wenige haben Glück im Spiel, wenn Venus in den Merkur tritt und nicht wieder rausgeht, und in Monte Carlo ist auch noch keiner auf die Dauer reich geworden. Könnte man dem Paketverkehr nicht etwas von dem demoralisierenden Hasardcharakter nehmen, indem man die begabteren und strebsameren Paketdiebe veranlaßte, sich zu organisieren? Man könnte dann mit ihnen verhandeln und einen bestimmten Prozentsatz der Pakete freiwillig zum Stehlen zur Verfügung stellen. Dafür müßten die Organisierten sorgen, daß der Rest unbeschädigt zu einem gelangt, dann hätte man wenigstens etwas sicher. Die Organisierten wiederum müßten einsehen, daß sie durch wildes und regelloses Klauen auf die Dauer ihre Existenz untergraben, denn die chronisch Bestohlenen werden eines Tages resignieren und aufhören, Pakete zu schicken und sich welche schicken zu lassen. Unsolide Einzelelemente und individualistische Klauergruppen, die durch Eigenmächtigkeiten das Ansehen der Zunft schädigen, müßten von den Organisierten natürlich schonungslos ausgerottet werden.

Warum werden nun niemals solche Vorschläge gemacht? Was wird denn überhaupt noch für einen getan? Weiß Gott, die kalte Wut könnte sich einem in die Galle schleichen, wenn man bedenkt, mit welch zynischer Oberflächlichkeit man mitsamt seinen dringendsten Lebensfragen behandelt wird. Nichts gegen den Existentialismus, aber glaubt denn wirklich jemand, daß durch die tausendste Abhandlung darüber ein einziger Dieb sein Amt niederlegt, um nur noch »Häschen in der Grube« zu spielen? Was nützen uns Dauerberichte über Jugendkriminalität und von der Meinung des Auslandes über Deutschland? Lerne ich dadurch etwa, blitzschnell echte von falschen Lebensmittelmarken unterscheiden, wenn sie mir in dämmrigen Bahnhofshallen von den Jugendlichen zum Kauf angeboten werden? Und wie erreiche ich bei den lebhafteren Jugendlichen, daß sie mich auf der Straße nur berauben und nicht dazu noch mit einer Eisenstange auf den Kopf hauen? Man braucht doch heutzutage seinen klaren Kopf. Mit Hinweisen auf die Not der Zeit ist mir nicht gedient. Auch nicht mit den Gedanken des Auslands. Was soll das Ausland schon denken? Daß Deutschland aus bezaubernden, rührenden, unbestechlichen, sich für einander aufopfernden Menschen besteht, wie es sonst nirgends auf der Welt welche gibt. Was nützt uns aber diese zutreffende Meinung, wenn wir heute noch nicht mal wissen, ob morgen am Tag die Nachbarin ungestraft unseren Kanarienvogel als Gänsebraten verschiebt? Was nützen uns die ständigen Vorträge über Eheprobleme, mit denen sich keine räudige Kakerlake, geschweige denn noch ein halber Hund hinterm Ofen vorlocken läßt? Eheprobleme? Auch schon was. Wenn die Leute nicht wollen, brauchen sie ja nicht heiraten. Und wenn sie heiraten wollen, soll man ihnen ihr Unglück gönnen. Allein würden sie auch nicht glücklich, das ist gehupft wie gesprungen und kein Problem.

Ein Leitfaden müßte erscheinen. Doch ich bin pessimistisch und glaube, daß man mit wirklich guten, zweckmäßigen und ethisch hochstehenden Anregungen meistens nicht durchdringt. Vielleicht später mal, wenn's zu spät ist. Aber Bedarf besteht, dringender Bedarf. Wäre es nicht doch möglich, daß –. Es gibt doch zum Beispiel Kultusministerien, wenn ich recht gehört habe. Was tun die eigentlich?

Wolfgang und Agathe

Erna hat einen Engländer

Personen: Ehepaar Wolfgang und Agathe – nicht mehr in den aller-
besten Jahren und somit in den Jahren, die man die besten nennt.
Beide von unzerstörbarer Behäbigkeit.
Schauplatz: Eheliches Schlafzimmer, gut erhalten, mit soliden, auf-
geplusterten Betten.
Zeit: 1947, irgendwann nach Einbruch der Dunkelheit. Agathe bereits im Bett, Rubens-Arme, Flanellnachthemd, auf der geblümten
Steppdecke einen Roman, neben sich einen elektrischen Heiz-
ofen.

Wolfgang, soeben heimgekehrt, läßt mit epikuräerhaftem Be-
hagen Schneepfützen auf dem beinahe echten Perser zerge-
hen.
AGATHE: Mein Gott, Wolfgang, endlich – ich habe mir solche
Sorgen –
WOLFGANG: Wozu? Gibt doch keine Sperrstunde mehr – ein
großer Schritt vorwärts, wenn man das vergangene Jahr bedenkt – die Leute können jetzt frei und ungestört nachts auf
dem Ring Kastanien sammeln.
AGATHE: Auf dem Ring wachsen keine Kastanien.
WOLFGANG: Ein Spaziergänger könnte ja mal zufällig eine aus
der Tasche verloren haben.

AGATHE: Wolfgang, es ist was passiert, ich bin außer mir –

WOLFGANG: Dann geh wieder in dich, wenn dir dieser Zustand nicht gefällt.

AGATHE: Ich bin außer mir, und du bist ein Rohling, dem die zarten Schwingungen einer Frauenseele ewig fremd bleiben –

WOLFGANG: Wie bitte? Was liest du denn da gerade? »Die Verfluchten«? – Kriminalroman oder was mit Erotik?

AGATHE: Auf eine so vornehme und gehobene Art ist das nicht mehr Erotik, da ist das gebildet und ergreifend, das verstehst du nicht, das ist ein großer seriöser Dichter, der macht keine Witze, dem ist alles ernst, der war auch im Dritten Reich sehr beliebt –

WOLFGANG: Das war ich auch, und wie ich beliebt war! Ein Ortsgruppenleiter hätte mich beinah mal übers Haar gestreichelt, wenn ich welches gehabt hätte, als ich ihm fünf Flaschen Kognak geschenkt hatte. So beliebt war ich. Ich könnte dir da noch ganz andere Dinge anführen, aber –

AGATHE: Dieser Dichter war aus geistigen Gründen beliebt und bildete ununterbrochen den gebildeten Mittelstand, und er hat auch innerlich gelitten, das ist jetzt rausgekommen und hat in einer Zeitschrift gestanden.

WOLFGANG: Also, was das Gelittenhaben anlangt, davon wollen wir mal gar nicht reden, darüber könnte ich einen Roman schreiben, der den gesamten Nürnberger Gerichtshof noch nachträglich in Tränenströme ausbrechen lassen würde – aber ich komme ja zu nichts, weil ich dauernd dafür sorgen muß, daß dein zarter Leib nichts von seinem Schwergewicht verliert –

AGATHE: Halt doch mal den Mund, du – laß dir erzählen, ich bin wirklich außer mir –

WOLFGANG: Wo ist die Flasche Zwetschgenschnaps, die ich im Kleiderschrank versteckt hatte? Gnade dir Gott, wenn du sie wieder gegen einen Hüfthalter vertauscht hast – im vorigen Monat hast du dieser Korsettnäherin einen ausgezeichneten Pfefferminzlikör in den Rachen geworfen, die Person säuft wie ein Loch – ich kann das schließlich verstehen, ich würde es auch tun, wenn ich dauernd Korsetts für dich nähen müßte, aber – also, wo ist – Gott sei Dank, dein Glück – Prost. Also, gelitten hab ich. Ich erinnere dich nur daran, wie ich mit deinem Vetter Emil fürs Winterhilfswerk gesammelt habe – der hatte gerade mal wieder eine akute Alkohol-Psychose, und der tollwütigste Amokläufer hätte wie ein zahmes Seidenkaninchen neben ihm gewirkt. So viel Schaum wie Emil vorm Mund hatte, hab ich noch nicht mal auf Abbildungen vom Niagarafall gesehen.

AGATHE: Emil ist kein Umgang, Emil hat sogar schon auf Tante Elise geschimpft und auf den Papst.

WOLFGANG: Auf Elise und den Papst hätt er damals ruhig schimpfen können – aber er schimpfte auf alles, er war derart gefährlich – also die Atombombe ist ein Osterei dagegen. Auf dem Bahnhof hat er die dicke Toilettenfrau für den Dr. Ley gehalten und wollte ihr mit einem Büchsenöffner die Gurgel durchschneiden. Gott sei Dank hat die Frau das mißverstanden und kicherte geschmeichelt. Schien ein etwas merkwürdiges Eheleben zu führen, die Frau, und von ihrem Mann einiges gewohnt zu sein – jedenfalls – wer mit Emil fürs Winterhilfswerk gesammelt hat, müßte jetzt als politisch Verfolgter auf Händen getragen werden, und wenn er zehnmal Pg. war.

AGATHE: Wärst du damals nur nicht in die Partei – ich darf gar nicht daran denken –. Rauch jetzt nicht im Schlafzimmer! – du machst mich noch rasend, wo ich sowieso schon außer mir bin, ich –

WOLFGANG: Sei friedlich, Agathe, ich bin es auch – wir erwarten jeden Moment eine Friedenskonferenz.

AGATHE: Wieso?

WOLFGANG: Wieso? Erst muß jetzt mal Friede sein, und dann kann weiter gesehen werden. Immer hübsch der Reihe nach,

Ordnung muß sein. Es wäre ein Zeichen allgemeiner Verlotterung und Liederlichkeit, einen neuen Krieg ausbrechen zu lassen, bevor ordnungsgemäß Frieden gemacht worden ist. Was ißt du denn da?

AGATHE: Schokolade.

WOLFGANG: Wie kommst du an die Schokolade?

AGATHE: Das ist es ja gerade, warum ich außer mir bin. Erna wirft sich weg. Meine Schwester war bei mir, die Erdmute – ihre Erna geht mit einem Engländer. Erdmute ist ganz ratlos, sie war doch immer so patriotisch und wollte Deutschland groß und stark sehen, und das läßt sie sich auch nicht verbieten, sagt sie – sie hat früher in der Schule schon immer Gedichte zu Kaisers Geburtstag aufgesagt, sie hatte die beste Betonung, das liegt in ihr drin. Und Erna ist mein Patenkind – wenn ich mir vorstelle, wie sie mir mal als Dreijährige ein Vergißmeinnichtsträußchen brachte – wir haben sie damals fotografiert, das Bild habe ich noch – so süß und unschuldig, und die dicken Patschhändchen – ich könnte weinen.

WOLFGANG: Warum? Wegen der Patschhändchen? Die gefallen Jonny heute besser, als sie ihm damals gefallen hätten.

AGATHE: Jonny? Was weißt du denn von Jonny?

WOLFGANG: Dies und jenes. Erna hat ihn mal mitgebracht zu mir aufs Büro – ein sehr netter Mensch, hat einen sehr guten Eindruck auf mich gemacht. Auch Jimmy hatte mir ganz gut gefallen –

AGATHE: Du großer Gott, ich werde verrückt, woher weißt du denn –

WOLFGANG: Von Erna. Sie kommt manchmal zu mir und spricht sich aus. Ein reizendes Mädchen, ein ganz reizendes Mädchen – kaum zu glauben, daß sie eine Mutter hat, die Erdmute heißt und auch so ist. Es freut einen immer wieder, zu sehen, welchen nebensächlichen Einfluß die Erziehung auf gut veranlagte Naturen hat.

AGATHE: Und niemals, niemals hast du mir ein Wort erzählt –

WOLFGANG: Warum sollte ich denn? Der Bestand einer Ehe hängt vom Schweigenkönnen ab.

AGATHE: Mein Gott, was wirst du mir noch alles verschwiegen haben – du hast ein schlechtes Gewissen. – Oh, diese Erna! Eine ganz Verdorbene und Gerissene ist sie – und wenn ich denke, wie sie damals mit dem Vergißmeinnichtsträußchen – und mit diesem braven anständigen deutschen Mann, mit Heinrich, der schon Oberleutnant war, war sie so gut wie verlobt! So ein armer Mensch muß doch den Glauben an die deutsche Frau verlieren –

WOLFGANG: Ich garantiere dir, daß er den Glauben nicht verliert, der arme Mensch. Kaum, daß er mit einem Fuß aus der Gefangenschaft raus war, hat er ein Verhältnis angefangen mit der Wirtin von Knopps Bierstube, von der bekommt er Fettmarken – und den Glauben an die deutsche Frau. Außerdem ist er ein halber Intellektueller mit künstlerischem Ehrgeiz, und da konnte Erna ihm nicht folgen. Fand er. Das brave Mädchen hat zuerst geweint, und dann hat es die Zähne zusammengebissen und sich neue Dauerwellen machen lassen. Noch frisch vom Friseur kommend, lernte sie Jimmy kennen.

AGATHE: Wieso Jimmy – ich dachte Jonny?

WOLFGANG: Zuerst Jimmy – Jonny kommt später.

AGATHE: Du großer Gott! Erdmute weiß ja noch längst nicht alles. Und sie sagte schon, heute wäre sie glücklich, daß ihr Arthur das nicht mehr erleben müßte, der war doch auch immer so patriotisch und so fanatisch gegen die Japaner – »die gelbe Gefahr« sagte er immer – und im vorigen Krieg verdiente er gerade so gut und wurde dann von einer Biene gestochen, von einer kleinen Biene und –

WOLFGANG: Ich kenne den traurigen Fall. Bleib bei der Stange und bring nicht alles durcheinander – Japaner, Arthur, Bienen, Jimmy – weiß Gott, der fanatischste Abstinenzler könnte das Delirium bei dir bekommen.

AGATHE: Was war mit Jimmy?

WOLFGANG: Was soll schon gewesen sein? Jimmy konnte kein Wort Deutsch und Erna kein Wort Englisch, auf diese Weise verlief die Unterhaltung ungetrübt, und beide konnten einander für hochintelligent halten, was Ernas Selbstbewußtsein wieder stärkte, nachdem es unter der intellektuellen Pleite mit Heinrich gelitten hatte. Der liest jetzt der Wirtin von Knopps Bierstube fünf moderne Dramen vor, die er gerade in Arbeit hat. Eins davon soll von den psychoanalytischen Erlebnissen eines falsch beurteilten Sturmbannführers handeln.

AGATHE: Woher weißt du das denn alles?

WOLFGANG: Weil ich Heinrich manchmal bei Knopp treffe – in der Hinterstube kann man Wein trinken –, ich erledige da geschäftliche Besprechungen. Erna kommt auch manchmal hin mit Jonny und raucht Heinrich englische Zigaretten vor, der bekommt nur deutsche von der Frau Knopp, höchstens sonntags mal eine amerikanische, um der Atmosphäre einen leicht internationalen Charakter zu verleihen. Früher hatte sie auch noch ein russisches Windspiel, das hat sie aber wegen ihrer neuen Gäste verschenkt.

AGATHE: O Wolfgang, wenn ich denke, daß bei Erna alles Berechnung ist – eine Frau muß doch Stolz haben, eine Frau kann sich doch nicht so erniedrigen –.

WOLFGANG: Wieso nur Berechnung? Ich möchte dich sehen, wenn ich dich nur von Marken leben ließe! Dich möchte ich sehen. Je unterernährter du würdest, um so mehr würdest du mich lieben, nicht wahr? Als du mich nahmst, wolltest du einen Mann, der für dich sorgen konnte – und alle andern fanden das vernünftig und moralisch –, jetzt auf einmal tust du, als wenn's nur noch aufopfernde heroische Leidenschaften geben dürfte, wie sie vielleicht alle hundert Jahre einmal in Wirklichkeit vorkommen. Erna mochte Jimmy sehr gern, und Jonny hat sie noch lieber.

AGATHE: Du ziehst alles in den Staub, es gab erhabene Gefühle, es gab hehre Frauenerscheinungen – Iphigenie zum Beispiel!

WOLFGANG: Die hat nicht gehungert, als sie am Meeresgestade auf und ab wandelte, die bekam von Thoas zu essen – die war so satt, daß vom Essen gar nicht mehr die Rede sein brauchte, das verstand sich von selbst. Wenn sie heute lebte und auf ihren armen Bruder wartete, würde sie zumindest sorgen, daß sie dem Geplagten was zum Rauchen in die Hand drücken könnte.

AGATHE: Romeo und Julia!

WOLFGANG: Du wirst mir doch nicht einreden wollen, daß ausgerechnet Romeo die Stirn hätte, in der heutigen Zeit zu Julia auf den Balkon zu klettern, ohne sich zumindest etwas Corned beef unter den Arm zu klemmen. Dafür würde schon die Amme sorgen.

AGATHE: Gretchen, das rührende Gretchen!

WOLFGANG: Rührend war es, aber über besonders starke seelische Widerstandskraft verfügte es nicht. Marthe Schwertlein wäre heute eine der erfolgreichsten Schwarzhändlerinnen und hätte Gretchen schon zehnmal an einen amerikanischen Captain verkuppelt.

AGATHE: Medea! Ein Weib wie Medea!

WOLFGANG: Ausgerechnet Medea. Die Frau hatte Temperament – die konnte ihre Kinder umbringen, aber sie hätte sie nicht hungern lassen. Zum Umbringen würde diese Frau heute gar nicht mehr kommen, weil sie vorher schon so viel angestellt hätte, daß sie aus dem Gefängnis gar nicht mehr herauskäme.

AGATHE: Schließlich handelt es sich bei den Engländern doch aber um unsere früheren Feinde.

WOLFGANG: Jimmy, Jonny und Erna sehen das anders – die tragen zur Völkerverständigung bei. Erna ist entzückt von Jonny. Sie kann jetzt auch schon etwas Englisch – butter, Montgomery und give me a kiss. Damit kommt sie aus. Sagt sie. Jonny ist Koch. Ein englischer Koch hat heute den gleichen Punktwert, wie ihn zu deiner Zeit ein berühmter Filmstar hatte.

AGATHE: Wolfgang, gewiß – Erdmute sagt auch, sie hätten jetzt alles – sie hat mir Schokolade mitgebracht, morgen bringt sie mehr, sie haben genug davon und alles andere auch –, aber Erdmute ist außer sich, und ich komme auch nicht drüber weg. Wolfgang – also, Wolfgang –, glaubst du etwa, daß Erna es bis zum Äußersten kommen läßt?!

WOLFGANG: Denk nur nicht an das Vergißmeinnichtsträußchen, sonst fängst du an zu weinen. Erna findet die Engländer sehr angenehm. Was ihr Temperament anlangte, so hätten sie was von Käte-Kruse-Puppen, wenigstens im Anfang. Sie säßen da und warteten ab, sagt Erna. Alle kennt sie ja nicht. Sie kennt Jonny jetzt bereits neun Monate – im Verlauf dieser Zeit verliert auch der kühlste Engländer etwas von dem Käte-Kruse-Puppenhaften. Erna könnte dir ganz interessante Aufschlüsse darüber geben, falls du Wert auf völkerpsychologische Studien legst. Nun ist aber Ernas Jonny Koch und steht viel am Herdfeuer – dadurch ist er vielleicht etwas weniger kühl als die andern –, es könnte also immerhin sein, Agathe –

AGATHE: Nein, Wolfgang. Näheres will ich nicht wissen, ich will und kann so etwas auch nicht entschuldigen. Was würdest du von mir denken, wenn ich – nein, Wolfgang, ich lehne das ab. Gott, die kleine Erna – so süß und unschuldig als Dreijährige mit blonden Löckchen – und jetzt!

WOLFGANG: Betrachte den ganzen Fall mal vom Standpunkt der Völkerverständigung aus. Ich nehme an, daß Erna nicht mehr an den Klapperstorch glaubt – aber vielleicht hält sie ihn für die Friedenstaube.

AGATHE: Pfui!

WOLFGANG: Na, hoffentlich hat dir wenigstens die englische Schokolade geschmeckt, Agathchen. Gute Nacht!

Wolfgang und Agathe

Eine komische Krankheit

Schauplatz: Wohnzimmer in nordrhein-westfälischer Großstadt mit Eichenbüfett, Telefunkenapparat und Kanarienvögeln.
Zeit: Frühabend im deutschen Jammerwinter 1947.
Personen: Unternehmerehepaar Wolfgang und Agathe.
Der Kachelofen brüllt vor Hitze, Agathe schweigt. Sie sitzt neben dem Vogelbauer und blättert künstlich interessiert in einem Buch.
Wolfgang liegt matt, dick und zerknautscht auf dem Diwan.

WOLFGANG: Ist das Buch schön, Agathe?
AGATHE: Ja.
WOLFGANG: Es ist warm hier.
AGATHE: Ja.
WOLFGANG: Draußen ist es wieder kälter geworden.
AGATHE: Ja.
WOLFGANG: Mir ist furchtbar schlecht, ich fühle mich auch so gedrückt. Ich verstehe das gar nicht, ich verdiene doch Geld, an das die Steuer gar nicht ran kann, und wir haben alles. Es muß an dem langen Winter liegen, oder ich habe ein inneres Leiden. Hörst du mich, Agathe?
AGATHE: Ja.
WOLFGANG: Du sollst endlich wieder mit mir sprechen, ich

bringe morgen auch wieder Kakao mit. Ist der neue Strumpfbandgürtel so richtig?

AGATHE: Ja.

WOLFGANG: Also übertreibe es nicht, Agathe. Einen Mann wie mich kriegst du nicht wieder. Wenn ich nicht so elend wäre, würde ich jetzt das Haus verlassen.

AGATHE: Ja, um wieder eine Nacht nicht nach Hause zu kommen.

WOLFGANG: Ich war doch mit Emil, wir waren dann bei ihm zu Haus, es war noch ein Mann von der Zeitung dabei. Hochintelligenter Mensch, viel zu intelligent, um es jemals zu was bringen zu können in der heutigen Zeit. Der denkt immer so lange nach, bis er Hemmungen bekommt. Geschäfte könnte so einer nie machen. Er arbeitet dauernd und verdient kaum das Brot, geschweige denn die Butter drauf. Im Laufe der Nacht hat er meine Zigarettenstummel aufgeraucht.

Früher hätte so 'n Mann mit geistigem Dünkel auf mich herabgesehen, und heute raucht er meine Stummel. Die Zeit ist eigentlich gar nicht so schlecht. Aber mir ist schlecht.

AGATHE: Wozu treibst du dich rum mit Leuten, von denen du nichts hast? Ganze Nächte lang, bis zum frühen Morgen? Waren Frauen dabei?

WOLFGANG: Frauen? Wir haben tiefe Gespräche geführt, Männergespräche. Und zwischendurch mal Karten gespielt. Nur der Schnaps war schlecht. Wir mußten ihn aber trinken, weil's bei Emil so kalt war, der hat keine Briketts mehr.

AGATHE: Natürlich hast du wieder alles bezahlt. Emil ist ein Künstler und arm und nützt dich furchtbar aus, diese Art Leute nützen dich alle aus.

WOLFGANG: Na, erlaube mal! Und was tust du? Ich bin ja auch sonst nur mit Fabrikanten und Geschäftsleuten zusammen, soll man ja auch, seh ich ja ein. Aber irgendwas zieht mich manchmal zu Emil. In mir ist da irgendwas Verborgenes. Mein Großvater hat heimlich komponiert, und meine Mutter hat immer Gedichte gemacht für Karnevalsgesellschaften und manchmal Bücher gelesen, ich muß was geerbt haben.

AGATHE: Wir hatten auch dichterische Adern in unserer Familie, und ich schwärme für schöne Gedichte, und ich war in einem hochgeistigen Kränzchen als junges Mädchen. Aber so was darf nicht zu weit gehen, und es gibt auch Künstler, die sehr viel Geld verdienen und in Villen wohnen und überhaupt ordentliche Menschen sind. Gegen so einen Verkehr hätte ich auch gar nichts einzuwenden. Emil hat als Kind schon mal mit einem Kaktus nach mir geworfen.

WOLFGANG: Glaubst du, daß ich geisteskrank bin?

AGATHE: So bist du doch immer, wenn du eine Nacht durchgebummelt hast.

WOLFGANG: Kollektiv-Egozentrik. Emil weiß viel.

AGATHE: Das tut er, er ist ja auch mein Vetter. Aber er ist verkommen. Seine Mutter hat ihm immer den Willen getan und immer teure Anschaffungen gemacht und konnte das Geld nicht zusammenhalten. Und Emil verdient noch nicht mal Geld, das er zusammenhalten könnte.

WOLFGANG: Von dem Pfefferminztee wird mir immer schlechter. Ob ich mal versuchen soll, einen Kognak zu trinken? Du siehst auch schlecht aus.

AGATHE: Daß du das endlich siehst! Mich nimmt eben das Elend der Zeit mit, der verlorene Krieg, unser herrliches Deutschland.

WOLFGANG: Emil sagt, die meisten Deutschen leiden an Kollektiv-Egozentrik.

AGATHE: Schrecklich. Und es gibt keine Medikamente. Irgendwo sollen auch die Pocken ausgebrochen sein, und ich habe Rheuma im linken Knie. Was denken sich denn eigentlich die Alliierten? Die Holländer haben jetzt auch erklärt, sie könnten ohne uns nicht leben. Paß auf, nach und nach kommen sie alle an, aber dann werden wir ihnen die kalte Schulter zeigen.

WOLFGANG: Kollektiv-Egozentrik ist noch anders als Rheuma. Agathe, was glaubst du, worüber jetzt in diesem Augenblick die Eskimos sprechen?

AGATHE: Wer?

WOLFGANG: Die Eskimos, kennst du keine Eskimos?

AGATHE: Ach, das sind doch diese komischen Leute, die wie ausgestopfte Japaner aussehen, über die habe ich mal gelesen. Die essen Rentiermagen, weil da eine Art Gemüse drin ist, und sonst nur Lebertran, und sie wohnen in Kugeln aus Schnee. Gibt's die denn in Wirklichkeit?

WOLFGANG: Es soll sie geben. In Grönland. Grönland steht auf der Landkarte.

AGATHE: Dann müßten wir während des Krieges da gewesen sein, unsere deutschen Soldaten waren doch überall, wir hatten ja alles erobert. Erdmute sagt auch, so was wäre noch nicht dagewesen, auch unter Napoleon nicht. Wir können stolz sein und den Kopf hoch tragen. Wir haben den Krieg auch gar nicht verloren, dazu waren unsere Soldaten viel zu tapfer. Die andern haben uns das nur nicht gegönnt, und da war ihnen eben jedes Mittel recht. Sie wollten uns eben vernichten um jeden Preis. Erdmute sagt, sie wüßten aber, mit was für einem starken Gegner sie es zu tun gehabt hätten. Wolfgang! Wir haben sechs Jahre lang die Welt in Atem gehalten!

WOLFGANG: Dafür sind wir jetzt klein und häßlich. Aber wer Geld hat, ist eigentlich nie klein und häßlich, auch als Deutscher nicht. Ich bin mitsamt dem verlorenen Krieg immer noch mehr als ein siegreicher Leierkastenmann in Paris oder Neuyork. Es kommt eben auf die Tüchtigkeit an.

AGATHE: Wir sind auch ein tüchtiges Volk, darum drücken sie uns ja jetzt immer mehr zu Boden. Denk nur mal an die armen Leute in den Bunkern und an die Ostflüchtlinge, das sind ja entsetzliche Zustände. Und keine Kohlen sind da, überall erfrieren die Menschen und verhungern. Muß das denn sein, frage ich dich. Das geht ja so weit, daß Erdmute mich heute um ein Kissen und ein Laken für eine Flüchtlingsfrau bat – noch nicht mal das hatte die Frau mehr, und sie hatte sich früher so gut gestanden. Natürlich konnte ich ihr nichts geben, ich kann doch meine Bestände nicht angreifen, ich muß doch Bestände haben. Ich habe aber Erdmute gesagt, sie soll der Frau mal klarmachen, daß sie zur englischen Behörde gehen muß und da mal mit der Faust gehörig auf den Tisch klopfen. Ich als einzelne Person kann gegen das Elend doch nicht an. Gib nur dem Emil keine Briketts. Gott, der arme Mensch tut mir ja wirklich leid, es ist ein Skandal, daß keine Briketts für die Bevölkerung da sind. Unter den Nationalsozialisten waren doch Briketts da. Warum denn jetzt auf einmal nicht? Das ist doch böser Wille von den Besatzungsmächten, wir haben ja auch noch nie so einen kalten Winter gehabt.

WOLFGANG: In Grönland ist es das ganze Jahr hindurch so. Was meinst du, worüber die Eskimos jetzt sprechen?

AGATHE: Was gehen mich die Eskimos an, die werden uns jetzt auch noch aussaugen. Nebenan wohnt eine alte Sängerin, die kann sich seit ein paar Tagen noch nicht mal mehr ihr Essen kochen, weil sie keinen Brand hat. Und wenn die Kälte anhält, reichen wir mit unserem Brand auch nur bis höchstens Ende April, und im Mai können noch kalte Tage kommen. Und wenn ich nicht alle Räume gut durchgeheizt habe, spüre ich sofort das Rheuma im linken Knie. Zustände sind das! Manchmal meine ich, das Herz müßte mir brechen. Die alte Sängerin hatte noch nicht mal mehr Brot. Ich habe ihr ein halbes Brot gegeben, da hat sie fast geweint vor Dankbarkeit. Du weißt, von dem krümeligen Bäckerbrot, das ich immer für die Putzfrau halte und das ich nicht esse, weil ich's nicht vertragen kann. Da soll ja Sägemehl und alles mögliche drin verbacken sein. Stell dir das mal vor. So was wird uns Deutschen gegeben, das spricht doch Bände. Man will uns eben vollständig vernichten. Wir sind gefürchtet.

WOLFGANG: Was meinst du denn, worüber die Eskimos jetzt sprechen?

AGATHE: Was hast du nur immer mit deinen Eskimos?

WOLFGANG: Wegen der Kollektiv-Egozentrik.

AGATHE: Kommt das von denen? Sieh mal, das ist auch so eine Sache mit den Seuchen. Erdmute sagt, die werden eingeschleppt, sogar asiatische Furunkel und indische Malaria sollen eingeschleppt worden sein. Das sind eben diese unkultivierten Völker. Und wir wollten überall Kultur verbreiten. Der Deutsche ist eben nun mal zu gut.

WOLFGANG: Na, alle auch nicht. Denk an die bayrische Frau, die dich kurz vor Kriegsende von ihrem Hund beißen lassen wollte, weil du noch an den Sieg glaubtest.

AGATHE: Na ja, das sind solche Elemente, die gibt's überall. In Amerika zerbrechen sie sich jetzt den Kopf über unsere Zustände hier und in Rußland und Frankreich auch. Und was kommt dabei heraus? Sie wollen uns vernichten, aber sie brauchen uns zu sehr.

WOLFGANG: Das glaube ich ja nun nicht. Emil hat auch gesagt, fast alle besseren Deutschen werden hier noch krepieren und viele harmlose Deutsche dazu, und der Dreck wird bleiben und später noch im Ausland geachtet werden.

AGATHE: Paß auf, mit dem Dreck meint er uns, er ist manchmal so tückisch. Natürlich wird man uns achten. Du bist ja ein Mann, der immer wieder die Wirtschaft ankurbelt, so was imponiert. Du kannst jeden ausländischen Geschäftsmann in unser gemütliches Heim bringen, ich habe noch das Meißner Porzellan und das ganze Kristall und die feinste Tischwäsche, die war immer mein Stolz und ist bewundert worden. Und wir sind ja auch immer noch imstande, was vorzusetzen, und du hast die Spitzenweine und den französischen Kognak.

Und warm haben wir's auch. Da würde sich doch jeder ausländische Geschäftsmann wohl fühlen und Achtung haben und sagen: »Allerhand, es im heutigen Deutschland zu so was zu bringen, das sind tüchtige Leute.« Und er wird immer gern wiederkommen. Zu Emil wird keiner kommen, wenn er auch ausländische Sprachen spricht, ein besserer Ausländer würde wie auf glühenden Kohlen sitzen in Emils kaltem Keller ohne Kohlen. Und mit vorgenagelter Pappe statt Fensterscheiben. Wenn er Glück hat, liegen auf dem Tisch noch dreißig Gramm Margarine und fünfzig Gramm Leberwurst aus schlechtem Mehl. Emil lebt doch fast nur von seiner Karte. Und dann besorgt er eine Flasche von dem stinkigen Knollenschnaps und etwas stinkigen selbstgezogenen Tabak und –

WOLFGANG: Ja, und dabei arbeitet Emil jetzt wirklich enorm.

AGATHE: Das ist ja gerade das Verächtliche, daß er's trotzdem zu nichts bringt. Gott, er kann einem ja leid tun, mir tun sie ja auch alle leid. Es müßte viel mehr vom Ausland getan werden, die Wirtschaft müßten sie ankurbeln, du kannst doch nicht immer allein kurbeln. Jetzt haben sie den Weltsicherheitsrat für uns gegründet und die Außenministerkonferenz und noch so was mit Weltwirtschafts-Ernährung – das ist ja alles gut und schön, und ich will auch nicht so sein und manches anerkennen, aber –

WOLFGANG: Was meinst du, worüber die Eskimos in diesem Augenblick sprechen?

AGATHE: Willst du Geschäfte mit denen machen? Du kannst ruhig für Sonntag einen einladen, ich sorg schon für was auf den Tisch. Ist es wegen der Grundstücke? Aber Eskimos sind doch ein armes Volk, wenn sie in Schneekugeln wohnen, da wird wohl nicht viel zu holen sein, na, du mußt es ja wissen. Vielleicht sind welche bei der UNRRA. Sind sie feindlich gegen uns eingestellt? Natürlich werden sie das sein, sie hassen uns ja alle im Grunde genommen, darum kommt auch nicht genug Weizen. Wir sind ihnen eben zu überlegen. Aber der einzelne ist ja immer wieder ganz nett. Ist es einer von der Besatzung? Spricht er deutsch?

WOLFGANG: Wer?

AGATHE: Der Eskimo. Deutsch ist eine Kultursprache, aber schwer.

WOLFGANG: Was meinst du, worüber die Eskimos in Grönland jetzt sprechen?

AGATHE: Gott, Wolfgang, du machst mich noch ganz verrückt mit deiner Fragerei. Ich weiß gar nicht, wie die Eskimos eingestellt sind, vielleicht ist ihnen manches Gute durch uns widerfahren. Die werden jetzt auch überlegen, ob ihnen ein blühendes Deutschland mit Handel und Wandel auf die Dauer nicht besser nützen könnte.

WOLFGANG: So. Endlich. Trink einen Kognak. Du leidest auch an der Kollektiv-Egozentrik, von der Emil sprach.

AGATHE: Du lieber Gott, Wolfgang, ich –

WOLFGANG: Halt jetzt den Mund, du hast genug gesprochen. Den ganzen Tag bist du rumgelaufen wie ein beleidigter Trappist und hast geschwiegen, und jetzt hast du alles nachgeholt. Mir geht es etwas besser.

AGATHE: Ja, und ich bin krank, ich hatte schon so ein Gefühl.

WOLFGANG: Du denkst, es wird in der Welt nur noch von Deutschland gesprochen, Tag und Nacht, ununterbrochen – es gibt keine anderen Sorgen und keine anderen Interessen für die Welt, nicht wahr?

AGATHE: Nach dem, was wir mitgemacht haben und dauernd mitmachen –

WOLFGANG: Was machst du denn mit?

AGATHE: Gott, alles, Wolfgang, den ganzen Zusammenbruch und das Elend und den Verlust unseres Heeres. Aber Erdmute hat gesagt, der alte Preußengeist wacht. Sie hat den Glauben.

WOLFGANG: Ja, und Emil sagt, es käm au2 der Welt allmäh-

223

lich mal auf andere Werte an als auf das deutsche Weltgenesungswesen.

AGATHE: Der ist so. Wenn der so was sagt, steckt was dahinter, der war immer so.

WOLFGANG: Na, mir soll's egal sein, ich bin Geschäftsmann und kann mich überall anpassen.

AGATHE: Wolfgang, ich fühle, daß ich krank bin. Wie heißt das, was ich habe? Um Gottes willen, ist es gefährlich? Woran merkst du es? Wie heißt es? Ich seh gleich mal in Knaurs Gesundheitslexikon nach.

WOLFGANG: Kollektiv-Egozentrik.

AGATHE: Eine eingeschleppte Krankheit?

WOLFGANG: Nein, das könnte man eigentlich nicht sagen, eingeschleppt ist sie nicht, die haben wir von uns aus, ganz aus eigener Kraft. Aber du stirbst nicht dran, du wirst alt damit werden. Ich geh jetzt zu Bett, gute Nacht.

AGATHE: Wie heißt die Krankheit?

WOLFGANG: Du brauchst nicht im Gesundheitslexikon nachzusehen, da steht sie nicht drin. Die Kollektiv-Egozentrik der Deutschen bedeutet, daß sie meinen, sie seien der Mittelpunkt, um den sich die ganze Erde mitsamt allen übrigen Planeten dreht, und du glaubst das auch.

AGATHE: Wir sind ja auch das Herz Europas. Also, dann ist das gar keine Krankheit, sondern nur so 'n Fremdwort. Wozu jagst du mir erst Angst ein. Was ist denn mit den Eskimos?

WOLFGANG: Die wissen noch nicht mal, daß es Deutschland überhaupt gibt.

AGATHE: Mach doch keine Witze, Wolfgang, wirklich? Na ja, wenn sie in Schneekugeln wohnen. Wozu sprichst du mir denn überhaupt von so einem Volk?

Wolfgang und Agathe

Deutsche, sprecht deutsches Deutsch!

Zeit: Im Ernting 1947, ohne Ernte.
Schauplatz: Deutsches Zimmer eines deutschen Kompensators.
Personen: Das vollreife Ehepaar Wolfgang und Agathe.
Wolfgang: Auf schwellendem Diwan gebettet, mit gebrochenem Bein im Gipsverband, eingekesselt von Flaschen, Zeitungen, Aschbechern, Gläsern.
Agathe: Soeben das Zimmer betretend, schwer atmend, zerrauft und zerfetzt wie nach einer siegreich verlorenen Schlacht.

WOLFGANG: Agathe, mein minniglich Gemahl, gebiete deinen prima Zähren. Widerfuhr dir Harm?
AGATHE: Oh, Wolfgang, wie furchtbar! Ich habe so Grauenhaftes durchgemacht, ich mußte mit der Straßenbahn fahren, die Menschen drängten sich wie die Rasenden, die Kleider wurden mir fast vom Leibe gerissen, eine alte Frau hat mich ins Ohr gebissen –.
WOLFGANG: Der Deutsche hatte immer so einen Hang zum Grübeln.
AGATHE: Dann bin ich beinahe vom Trittbrett gefallen.
WOLFGANG: Agathe, was ist schon eine gefallene Frau gegen eine gefallene Aktie? Geselle dich zu mir, mein zackiges Lieb,

und schenke mir kultisch ausgerichtet einen hell aufgenordeten Kognak ein.

AGATHE: Wolfgang, du spricht so sonderbar, und dein Kopf ist so rot, vier Wochen liegt dein Bein in Gips und fast ist es gut, und nun hast du maßlos getrunken und geraucht und hast Fieber, oder dir ist der ganze Gips zu Kopf gestiegen, weil eine Komplikation eingetreten ist, und du bist verrückt geworden.

WOLFGANG: Verrückt! Taste meine Erbmasse nicht an, Garantin meines Unfriedens. Ich fühle, daß meine empörte Volksseele dicht vor einem schlagartigen Ausbruch steht.

AGATHE: Gott, und ich hab so wahnsinnig wichtige Dinge mit dir zu besprechen. Eine Miele-Waschmaschine soll herkommen, vorläufig braucht sie gar nicht bezahlt zu werden, weil es sich um einen Gefälligkeitsakt von mir handelt, und drei Herbstlandschaften und ein Bienenkorb. Wenn wir dann irgendwo eine Königin auftreiben –

WOLFGANG: Halt ein, völkische Volksgenossin eines völkischen Volkes.

AGATHE: Wolfgang! Wie sieht es hier überhaupt aus? Wer hat dir alle die Flaschen ans Bett gestellt?

WOLFGANG: Ich möchte, ach, in träumerisch verträumten Stunden einen Panzerschleier um dich legen.

AGATHE: Wolfgang!

WOLFGANG: Horridoh!

AGATHE: Ich rufe den Arzt an. Und dabei müßte ich unbedingt wegen der Miele-Waschmaschine –

WOLFGANG: Fröne nicht falschem Brauchtum, Holde, setze dich zu mir und setz dich nicht planmäßig ab. Agathe! Bleib doch hier, Agathe, ich erklär dir ja alles. Emil war hier, und wir haben den Tag des unbekannten Dichters gefeiert. Emil hatte lauter Zeitungen und Zeitschriften mit aus den letzten zehn Jahren, er soll da irgendeine Arbeit zusammenstellen für seine Redaktion. Er kommt gleich wieder. Wir haben zusammen gelesen, und dann haben wir die germanikalischen Sprachschöpfer gefeiert und die unbekannten Dichter.

AGATHE: Emil war hier?

WOLFGANG: Emil, dein Vetter, der deinem Stamme sippig Versippte. Du wirst dich schon nach und nach mit den Feinheiten unserer Ausdrucksweise vertraut machen. Deutsche, sprecht deutsches Deutsch! Schenk mir jetzt mal ein, Agathe, die Flasche steht zu weit, ich kann mich doch nicht bewegen.

AGATHE: Wenn wir eine Königin hätten, wo wir jetzt einen tadellosen Bienenkorb bekommen, nur durch die besonderen Umstände, und das ist dann wirklich deutsch, gerade Bienen –

WOLFGANG: Also, wenn ich geahnt hätte, daß ich jemals auf dich angewiesen sein würde, hättest du mir nimmer dein trutziges Magdtum auf der Grundlage einer totalitären Ehe aufdrängen können, sei gewährleistet dessen. Na, endlich! Stoße an mit mir, du meine mir artverbundene Freizeitgestalterin. Schade, daß du keinen Sinn für edles Deutsch hast.

AGATHE: Ich habe Sinn, schon als Kind hatte ich Sinn, den ganzen Nachmittag haben wir über Edles und Schönes gesprochen, nicht so zersetzend wie dieser verheerende Emil, mit dem du alles in den Staub zerrst.

WOLFGANG: Ha, verheerend! Ich verheere, du verheerst, Emil verheert. Kommt von Heer. Moment! Es heert das Heer, es rheint der Rhein, der deutsche Mann trinkt deutschen Wein.

AGATHE: Wolfgang!

WOLFGANG: Was denn? Wieso eigentlich immer nur Heer? Was auf dem Lande das Heer, ist auf dem Meere die Flotte. Was dem einen recht ist, ist dem andern billig. Warum heißest du Emil der Abwechslung halber nicht mal verflottend?

AGATHE: Ich habe besseren Umgang als du, ich war bei Frau Moorhake.

WOLFGANG: Weib des Moorhake, wackere Pimpfgebärerin.

AGATHE: Bitte, Wolfgang, die Frau ist eine Dame und Mutter von Kleinstkindern, das sollte dir heilig sein.

WOLFGANG: Kleinstkinder! Drei Kleinstkinder werden in einem Weichst-Wagen von drei Größt-Ammen gefahren. Ein dreifaches Siegheil dem Tiefst-Schöpfer des Kleinstkindes, dem Buchstabensparer. Wenn wir auch knapp an Datteln, Giraffenschinken, wahrer Beliebtheit im Ausland und halbwegs nicht korrupten Beamten sind – Buchstaben haben wir noch, die demontiert uns auch keiner, mit denen können wir aasen. Wahrlich, wir wurden weidlichst in den Dickst-Dreck geführt. Prost, mein Kleinstkäfer, wir wollen auf Mathilde Ludendorff trinken.

AGATHE: Wie?

WOLFGANG: Ganz recht. Wir feiern doch die unbekannten Dichter. Entsinnst du dich der schönen berühmten Worte: »Räder müssen rollen für den Sieg?« Niemand weiß, von wem sie stammen. Emil meinte, sie könnten von Mathilde Ludendorff sein. Prima Gottgläubige sucht ebensolchen. Das ist aus einer Heiratsannonce.

AGATHE: Wolfgang, hör doch mal, Frau Moorhakes Mutter will den Bienenkorb aus dem Haus haben, sie wird da gemein angefeindet aus Neid.

WOLFGANG: Neblichte Neidlinge. Die Biene bient, es laust die Laus, es igelt ein Igler sich ein und sich aus.

AGATHE: Wolfgang, und dann handelt es sich noch um die drei Herbstlandschaften, die man ihr nicht gönnt, und sie hat auch Maisgrieß –.

WOLFGANG: Nun maist der Mais, die Leica leikt, Gemeinnutz kommt nach Lucky Strike. Agathe, ich ersuche dich, mich weiterhin zu betreuen und aufbauwillig zu ertüchtigen. Schenk ein, maidlichste aller maidlichen Maiden, der Jungmannen julklappende Jauchzerin. Wir wollen anstoßen auf die unbekannten Schöpfer von –

AGATHE: Ich könnte dann Mottenkugeln organisieren.

WOLFGANG: Wie würde der zarte Organismus einer organisierten Mottenkugel sich auswirken, du nornige Norne? Doch laß uns jetzo trinken auf die Schöpfer von »Liese und Miese«, des humorig-pädagogischen »Groschengrabs« und den unvergeßlichen Volksliebling von groß und klein »Kohlenklau« sowie der weltanschaulich geschulten Blut-, Boden- und Räucherscholle, des wuchtigen Zitats »Feind hört mit« und –

AGATHE: Wolfgang, ich –

WOLFGANG: Wodan gebe ihnen eine ruhige Entnazifizierung.

AGATHE: Du bist ja weich, Wolfgang. Bei Moorhakes herrscht noch echtes Deutschtum, nicht so wie bei dir. Die zersetzen nicht alles, und nornige Norne und Kleinstkäfer sagt man auch nicht aus Liebe zu seiner Frau.

WOLFGANG: Wehre der wabernden Lohe deines Zornes, wehe dem Waberer, wabre nicht, Weib. Hakenkreuz, Mutterkreuz, Ritterkreuz – wohin seid ihr entschwunden? Emil kennt Reste eines verlorenen Haufens, denen sogar die Sigrune feil wurde. Vom schwarzen Korps zum schwarzen Markt.

AGATHE: Ach, widre mich doch nicht an mit Emils verlorenem Haufen. Du hättest die alte Frau Moorhake sehen sollen, so eine reizende alte Dame – weißt du, so ein echtes altes Mütterchen, das liebe Gesichtchen umrahmt von schneeweißem Haar. Und dabei ist sie schwer auf Draht.

WOLFGANG: Was tut das alte Mütterchen schwer auf dem Draht?

AGATHE: Sie hat jetzt gerade einen Posten Hufnägel an Hand und Goldfischgläser, die natürlich für alles zu gebrauchen sind. Sie sagt, das wäre die Masche.

WOLFGANG: Prima Masche auf schwerem Draht.

AGATHE: Ja, und die Familie ist so fabelhaft, weißt du. Allein in der mütterlichen Linie haben sie siebenmal Bankrott gemacht und sind immer wieder ganz groß auf die Beine gekommen, und nun will man der alten Dame die Miele-Maschine und drei Herbstlandschaften und den Bienenkorb abnehmen.

WOLFGANG: Gar lustig ist die Imkerei. Ein Hoch auf das reisige Geschlecht derer von Moorhake. Warum will das Untermenschentum die zackige Stammahne ihres Gutes berauben?

AGATHE: Weil die Sachen erkannt worden sind. Der Deutsche ist immer so anständig, aber die Nachbarschaft ist immer so gemein. Frau Moorhake hat schon gesagt: Man muß sich ja richtig schämen heutzutage, daß man Deutscher ist, und am liebsten würde sie jetzt noch stehenden Fußes auswandern. Die Nachbarschaft hat nämlich alles erzählt aus gemeiner Mißgunst. Weil die alte Frau Moorhake doch damals vollkommen gebrechlich die Sachen aus fremden Häusern mühsam zusammengeschleppt hat, als der Krieg zu Ende war und die Häuser wie leer gestanden haben, und allein drei fremde Waffeleisen hat sie später an ihren Briketthändler verteilen müssen, sonst hätte der Mann sie im Kalten sitzen lassen. Und alles hat sie selbst getragen, auch den Bienenkorb. Ja, und nun hat sie die Sachen schon über zwei Jahre, da gehören sie ihr doch. Vor allem die Waschmaschine.

WOLFGANG: Tapfere kleine Maschinenklau ...

AGATHE: Wolfgang, mokiere dich nicht, sie wird so gehetzt. Die Leute von früher wollen die Sachen wiederhaben, und sie hängt so an den Herbstlandschaften mit den deutschen Burgen, weil sie so naturverbunden empfindet, und solche Bilder stellen auch immer ein Kapital dar, und sie kann sie mal bei Amerikanern gegen Kaffee eintauschen, wenn Not am Mann ist. Und nun nehmen wir die Sachen einfach zu uns bis auf weiteres, und du kannst dann später Bienen züchten, es geht nichts über Honig.

WOLFGANG: Auf daß wir den Met aus vollen Hörnern trinken. Gar seltsam scheint mir dein urgermanisches Rechtsempfinden, Agathe, sowie das Bandenwesen der Dame Moorhake. Überlege dir, was du sprichst. Denke, Agathe, denke!

AGATHE: Gott, Wolfgang, ich denke doch nicht, wenn ich spreche.

WOLFGANG: Das hört man. Aber was tust du, wenn du nicht sprichst?

AGATHE: Ja, dann brauch ich doch auch nicht zu denken.

WOLFGANG: Du solltest in die Politik gehen, du hast das Zeug dazu. Agathe, mein Walhalla-Mäuschen, als Ehefrau bist du keinen Bergmannspunkt wert, aber Glück und Sonnenstrahl jeder Koalitionspartei könntest du sein.

Wolfgang und Agathe

Ein Name fürs Kind

Schauplatz: Eheliches Schlafgemach in Nußbaum und noch gut erhalten.
Zeit: 1947, nach Mitternacht.
Personen: Ehepaar Wolfgang und Agathe, seinerzeit mit »Mein Kampf« getraut und ebenfalls noch gut erhalten. Beide im Bett.

AGATHE: Du warst nicht, wo du gesagt hast, du hast Knollenschnaps getrunken, ich rieche es bis hierher.
WOLFGANG: Nein.
AGATHE: Doch. Du wolltest zu Theo, mit dem sollst du verkehren, der ist Antifaschist, der wird fast schon wieder politisch verfolgt, persönlich, und wenn ihm was nicht paßt, schreibt er's sofort der Volksstimme. Du hast alles falsch gemacht. Du wolltest zum Entnazifizierungsausschuß, die geben dir keinen Knollenschnaps zu trinken, bevor du nicht entnazifiziert bist. Du warst bei dem früheren Blockwart.
WOLFGANG: Nein. Ich hab auch keinen Knollenschnaps getrunken, der Schnaps war entknollisiert, der war beinahe Kognak.
AGATHE: Dann warst du bei dem früheren Ortsgruppenleiter.

232

Oder du hast den gestohlenen Spiritus aus dem Hamburger Museum getrunken, in den die Affen und Schlangen eingelegt waren. Du hast immer alles falsch gemacht, du wirst auch noch blind werden. Erst bist du damals in die Partei gegangen, und dann hast du den Jungen Wahnfried taufen lassen.

WOLFGANG: Also, da will ich dich mal an was erinnern. Als ich am Tage meines Parteieintritts nach Haus kam, wer hat mich da zitternd vor süßer Ahnung an der Tür empfangen? Wer hat da geflötet: »Ist es denn wirklich wahr? Oh, du mein Liebling, du mein goldiger, kleiner Pg.!« Anschließend wurde der Grundstock zu Wahnfried gelegt.

AGATHE: Luise sagt, der Name Wahnfried hätte keine Zukunft. Wenn's ein Junge bei ihr wird, will sie ihn Samuel taufen.

WOLFGANG: Das ist jüdisch.

AGATHE: Das soll so sein, sagt Luise. Das Mädchen heißt Edda, da will sie jetzt einen Ausgleich schaffen. Wegen der Jungen hat sie auch Sorgen, die heißen Diethelm und Manfred.

WOLFGANG: Mit Edda und Diethelm liegt sie falsch. Aber Manfred ist nicht schlimm. Manfred ist die Erfindung eines englischen Dichters und kein nationalsozialistischer Heerführer, wie irrtümlicherweise manchmal angenommen wird.

AGATHE: Ach ja, das deutsche Volk war ja von der Welt abgeschlossen, und wir haben immer nur den Völkischen Beobachter gelesen. Die Kinder von nebenan heißen übrigens Schwerttraut Schmitz und Jürgen Jochem Hildebrand Schmitz. Jürgen Jochen Hildebrand ist erst vier Jahre.

WOLFGANG: Arme unschuldige Jugend. Aber die Entwicklung war ja nicht vorauszusehen. Vielleicht kommt mal eine Namensamnestie. Wahnfried geht eigentlich noch, es gibt Schlimmeres.

AGATHE: Wahnfried kommt doch von Wagner und Tannhäuser, nicht wahr? Aber was bedeutet es eigentlich?

WOLFGANG: Wahn vom Frieden, Frieden nach Wahn, wahn-
sinniger Frieden – der Name paßt auch, laß mich jetzt in Ruh.
Man kann ja nicht an alles im voraus denken. Wenn das Kind
ein Mädchen wird, kannst du es Nathana oder Recha oder
Nathanella nennen.
AGATHE: Ist das spanisch? Dann lieber nicht. Spanien soll gar
nicht so furchtbar beliebt sein überall. Vielleicht wegen der
Stierkämpfe, die sind doch so grausam, und sie könnten doch
besser Büchsenfleisch machen aus den Stieren, diesen armen
Tieren, und uns unterstützen. Wo sie doch wissen, daß wir
nichts haben, und wo der Führer doch immer so gut mit Spanien gestanden hat. Valencia-Apfelsinen kriegen wir auch
nicht, das ist der Dank. Was meinst du zu einem englischen
Namen? Vielleicht bekommst du die Zulassung fürs Auto,
wenn sie den guten Willen sehen. Dann könnten wir sofort
den Käse aus dem Chiemgau holen. Das ist doch Aufbau und
soll sein, andre tun es doch auch. Du hast alles falsch gemacht. Ophelia ist doch ein englischer Name? Aber ich
glaube, sie ist mondsüchtig gewesen oder etwas wirr im
Kopf?
WOLFGANG: Ja, ungefähr wie du, das schadet nichts. Aber als
Name ist Hamlet besser, wenn's ein Junge wird. Das ist dä-
nisch, das klingt gebildet, das riecht nach Speck. Kann man
auch abkürzen und englisch aussprechen – ham. Ham and
eggs. Klingt flott. Zu deutsch – Eier und Schinken.
AGATHE: Eier und Schinken ist doch kein richtiger Name für
ein Kind. Vielleicht müßte man auch Rußland berücksichti-
gen. Man weiß doch noch gar nicht, was mit Rußland wird,
man kann da doch nicht wissen; wir haben schon so vieles
erlebt. Und je nachdem, wie so ein Kind sich entwickelt, fühlt
es sich später vielleicht mal zur Reichshauptstadt hingezogen.
Luise sagt, sie ginge gern nach Berlin.
WOLFGANG: Nenne das Kind meinetwegen Samara oder
Irtysch.

AGATHE: Was ist das?

WOLFGANG: Müßtest du doch wissen, wo du so eine gut fundierte Kreuzworträtselbildung hast.

AGATHE: Ja aber, wenn das Kind dann später mal in die amerikanische Zone möchte, dann fühlen die sich da übergangen. Und in der amerikanischen Zone soll es am besten sein, da gibt's Eipulver. Man muß alles in Betracht ziehen, man macht sich doch Gedanken und möchte das Beste für sein Kind. Wir haben ja auch noch die französische Zone. Ich war immer so begeistert von Ninon de Lenclos, in die haben die Franzosen sich noch verliebt, als sie schon neunzig Jahre alt war, das spricht doch eigentlich für die Franzosen. Denk mal, was das für das Kind bedeuten würde, wenn's ein Mädchen wird.

WOLFGANG: Hör auf, rien ne va plus.

AGATHE: Wie?

WOLFGANG: Rien ne va plus, sag ich dir, das ist französisch, ich will schlafen, statt mir Gedanken über mein neunzigjähriges Töchterchen machen zu müssen.

AGATHE: So redest du jetzt, nachdem du alles falsch gemacht hast. Du hast den Jungen Wahnfried taufen lassen und warst Pg.

WOLFGANG: Laß mich endlich damit in Ruh. Ich war ein ganz harmloser, niedlicher kleiner Pg. Ich mußte doch. Ich war ja gezwungen. Ein Opfer war ich, ein Opfer des Faschismus für die Familie. Damit ihr euch den Schinkenspeck aufs Butterbrot legen konntet, um dir die Silberfüchse auf die Bembergseide zu hängen, damit wir wenigstens in anständigen Klubsesseln sitzen konnten, wenn das Horst-Wessel-Lied aus dem Telefunkenapparat brauste. Wenn schon, denn schon. Was meinst du, wie angreifend solche Nationalhymnen werden können, wenn man sie von einer Holzbank aus mit trockenem Brot im Magen hören muß. Kommt für mich nicht in Frage, dann opfere ich mich lieber. Damit du deine Bequemlichkeit hast, damit die Kinder eine Zukunft – – na, die haben

235

sie jetzt. Konnt man ja nicht alles voraussehen. Laß mich in Ruh. Von mir aus kannst du das Kind Pg. taufen lassen, mit Kosenamen genannt Peggy – Lieblingsname in USA.

AGATHE: Ach, es kann sich ja noch so vieles ändern. Vielleicht bekommen wir eines Tages sogar noch ungarische Besatzung.

WOLFGANG: Dann nenn es Hungaria, das ist zeitgemäß bei uns. Später kann es sich dann mit dem Namen auf dem Balkan tummeln und Heiterkeit erregen. Der Balkan wird noch mal sehr aktuell.

AGATHE: Was meinst du damit? Der Balkan liegt auch nicht jedem, wenn er nichts von Teppichen versteht. Und in Ungarn muß einer, glaub ich, musikalisch sein, wegen der Zigeunermusik. Und wenn du in der Politik was vorausgesagt hast, ist es eigentlich immer hinterher ganz anders gekommen.

WOLFGANG: Wieso? Ich habe von Anfang an die Überzeugung vertreten – wir müssen den Krieg gewinnen, sonst verlieren wir ihn. Na, und?

AGATHE: Vielleicht kommt der Führer noch mal wieder. Du! Was geschieht denn dann mit den Entnazifizierten?

WOLFGANG: Die waren dann eben gezwungen, auf die grausamste Weise. Die mußten, die konnten gar nicht anders. Opfer der Demokratie. Frag deine Schwester Erdmute. Die glaubt immer noch, wir gewinnen den Krieg, und die ganze Besetzung Deutschlands wär nur ein genialer Trick vom Hitler. Erst lockt er sämtliche Alliierten her, dann kesselt er sie ein, und dann überlistet er sie. Er wartet nur noch auf das Kommen des Papstes, des Erzbischofs von Canterbury und Josefine Bakers, um zum entscheidenden Schlag auszuholen. Das Kind kannst du übrigens Nirwana nennen.

AGATHE: Was bedeutet das?

WOLFGANG: Nichts.

AGATHE: Wieso nichts?

WOLFGANG: Nichts. Es heißt Nichts.

AGATHE: Also etwas Unanständiges. Sobald du etwas getrunken hast, wirst du unanständig und politisch.

WOLFGANG: Wenn das Kind deinen Verstand erbt, kann es noch mal Minister in Bayern werden.

AGATHE: So was hat gar nichts mit Verstand zu tun, sondern mit Ehrgeiz. Den muß ein Mensch haben, dann bringt er es zu was. Du hast alles falsch gemacht. Wenn wir nun das Kind Rütli nennen würden, ob es dann später in die Schweiz gehen könnte? Sein Herz muß natürlich immer deutsch bleiben, denn wir sind das arbeitsamste und tapferste Volk der Welt und werden nur geknebelt aus Neid.

WOLFGANG: Ich will dir mal was sagen – nenne das Kind Himalaja, Blattlaus, Odol, Streuselkuchen oder Boonekamp – Hauptsache, es hat Charakter und Sinn für Zeitströmungen und setzt sich durch. Sieh mich an – geradewegs rein in die Partei, geradewegs raus aus der Partei. Immer aufrecht und erhobenen Hauptes. Kräftig mit dem Strom schwimmen. Und wenn die Zeit zu schwer zum Tragen ist, dann wird geschoben –. Ich habe noch zu essen, ich bin noch lange nicht auf dem Trocknen, ich nicht. Gute Nacht, Heil Hit – ach nein, ist ja vorbei. God save the king. Schlaf gut.

Magnus Kniller und die eigene Meinung

Herr Kniller kommt ein halbes Jahr nach dem Krieg zu mir, um ein Ofenrohr zu verlängern. »Ich denke immer sehr viel nach«, sagt er, »aber ich habe sonst keinen Tätigkeitsdrang. Es ist nur wegen des Rauchens. Wenn ich genug zu rauchen hätte, würde ich nicht arbeiten.« Ich gebe Herrn Kniller ein paar Zigaretten, er setzt sich auf einen Schemel und raucht und erzählt. Sein Mitteilsamsbedürfnis ist groß, sein Sprachschatz reichhaltig. Ein paar Häuser von mir entfernt haust er in einem lichtlosen Keller. Er sieht aus wie ein Mann zwischen fünfzig und siebzig. Sein genaueres Alter ist nicht festzustellen, wahrscheinlich, weil er so schmutzig ist. Der Schmutz wirkt bei ihm malerisch wie eine Art Schminke, und ich bin mir nicht klar darüber, ob er Herrn Kniller jünger oder älter macht. Zuweilen – während er spricht – sieht er aus wie ein Verlagsdirektor, der als Wilddieb verkleidet auf einen Karnevalsball geht.

»Ich denk nach«, sagt Herr Kniller, »und daraufhin hab ich denn meine eigene Meinung. Die meisten wissen ja noch gar nichts, ich könnte viel darüber im Rundfunk sprechen.« Ich bin erschrocken. Eigene Meinung wirkt auf die Allgemeinheit immer peinlich überraschend und anstößig. Und nun noch im Rundfunk! Wo es so was bei uns noch nie gegeben hat.

»Sehn Sie mal«, sagt Herr Kniller, »eigentlich sollte ich Minerva heißen, wenn ich ein Mädchen geworden wäre. Meine Mutter war so, der lag das. Klangvoll und apart sollte ein Name sein. Mein Bruder heißt Alonzo, es ist aber nichts los mit ihm, er muß jetzt entnazifiziert werden. Emma hat damals einen Druck auf ihn ausgeübt, das ist seine Frau. Ich bin überhaupt gegen Frauen.«

Herrn Knillers Rede ist stets sprunghaft und phantasievoll. Er zündet sich eine Zigarette an. »Der Hitler war ein ungemütlicher Mensch, Rauchen soll ja nicht gesund sein, aber Nichtrauchern ist nicht zu trauen. Ungemütliche Menschen. Tun immer so, als wären sie was Besonderes und brächten andren ein Opfer. Wenn der Hitler geraucht hätte, wär's dem Volk besser gegangen. Da hätten die Deutschen noch 'ne Chance gehabt. Der Mann hätt 'ne Nikotinvergiftung kriegen können. Oder er wär gemütlicher gewesen und gar nicht Führer geworden oder höchstens vielleicht Lokomotivführer, da hätt er denn schlimmstenfalls mal 'nen Zug entgleisen lassen, weil das so in ihm lag, und bei der Gelegenheit wär er dann selbst mit hin gewesen. Ein ungemütlicher Mensch – als er noch gar nicht dran war, war er mir schon verdächtig. Alonzo ist ihm später zum Opfer gefallen, seine Frau hat es so gewollt. Die hat's in sich. Kennen Sie meine Schwägerin Emma?«

»Nein.«

»Dann will ich sie Ihnen kurz erklären. Stell'n Sie sich vor, Sie wären ein Mann, und dann erscheint vor Ihnen ein hoher Geist mit Emma an der Hand und sagt: Die mußt du nehmen oder ewig allein bleiben. Dann werfen Sie einen Blick auf Emma und brauchen gar nicht erst weiter mit der erotischen Veranlagung als Mann zu ringen, sondern rufen sofort aus: ›Dann lieber nicht, hoher Geist, dann bleib ich allein.‹ So ist Emma.«

»Aber Ihr Bruder hat Emma doch genommen.«

»Alonzo? Ich sag Ihnen ja, den können Sie nicht für voll nehmen. Rein äußerlich hat er ja nichts Blumenhaftes an sich, aber charakterlich ist er wie 'n Vergißmeinnicht am Bachesrand, mühelos abzupflücken. Wer zuerst pflückt, hat ihn. Zufällig war Emma die erste. Die hat ihn dann in die falsche Politik gequetscht, und jetzt sitzt er da mit der Kollektivschuld und versteht's nicht. Er ist nämlich nicht intelligent. Bereits vor 33 hätt er die Frau im Namen der Demokratie und Humanität verprügeln und rausschmeißen sollen.«

»Das wäre doch aber ungehörig gewesen.«

»So? Wo sie ihn Tag und Nacht betrogen hat – ununterbrochen!«

»Ich denke, sie ist so häßlich.«

»Häßlich ist gar kein Ausdruck. Im Geiste hat sie ihn betrogen. Ununterbrochen. Das ist viel schlimmer, als wenn sie's mal in Wirklichkeit getan hätte. Aber der Hitler hätt sie gar nicht genommen – nicht weil sie so scheußlich ist, sondern aus Aberglauben, weil sie Kniller hieß.

Haben Sie mal über den Hitler nachgedacht, und ist Ihnen nichts aufgefallen? Der hatte ein Farbensystem. Zuerst mal war er aus Braunau, und damit fing's an. Dann wollte er braune Uniformen und Braunhemden und braune Bataillone, und überhaupt wollte er alles braun haben, und da hatte er denn auch die Eva Braun, weil sie in das System paßte.

Als Eva Grün hätte sie das nicht getan, und ihr Schicksal wäre anders verlaufen.«

»Ja, und was war denn nun mit Ihrer Schwägerin?«

»Also, das war noch vor 33, da ging sie zu 'ner Versammlung, wo der Mann sprach. Und dann nahm sie ein Kind auf den Arm, irgendein fremdes, und trat ihm entgegen. Dann streichelte Hitler das Kind übern Kopf, und das ging ihr durch und durch. Hat sie selbst erzählt. Und sie schwärmte vom Führer und kaufte Bilder von ihm und baute ihm Altärchen und lebte nur noch für ihn. Wenn Sie nun ein Mann gewesen wären, hätten Sie die Frau rausgeschmissen oder nicht?«

»Wahrscheinlich.«

»Was heißt wahrscheinlich? Stell'n Sie sich die Sache mal umgekehrt vor. Es tritt plötzlich eine Führerin auf und hält Reden. Ihr Mann oder Ihr Freund rennen überall dieser Führerin nach und schwärmen und verdrehen die Augen und kaufen Bilder von ihr und streuen ihr Blumen und weinen und ringen die Hände vor Leidenschaft und Begeisterung und seufzen sogar nachts im Bett ›oh, meine Führerin‹. Würden Sie sich das gefallen lassen?«

»Ich glaube nicht.«

»Was heißt, ich glaube nicht? Emma verbot meinem Bruder das Rauchen und drängte ihn in die Partei, und ›Mein Kampf‹ mußte er kaufen und Hitlers Bild übers Sofa hängen. Nun stellen Sie sich das mal umgekehrt vor. Ihr Mann oder Ihr Freund betrügen Sie geistig mit der Führerin, Sie selbst sind nur noch flüchtiger Dreck am Wege. Damit nicht genug. Nun verlangt so 'n Kerl auch noch, daß Sie dieser Führerin dienen und sich ihr opfern und ihr Geld und Spinnstoff darbringen und ihre Büste auf den Nachttisch stellen. Ist so was noch ein harmloser Seitensprung, oder ist das fortgesetzter gemeiner Betrug auf Ihre Kosten? Würden Sie sich das gefallen lassen? Dann wären Sie sittlich gesunken und ein apathischer Regenwurm. Oder würden Sie diese Männer verprügeln und rausschmeißen im Namen der Demokratie und Humanität?«

»Ja, ich würde sie rausschmeißen – in jedem Namen, auch ohne Namen.«

»Sehn Sie, das ist der richtige Standpunkt. Alonzo hatte ihn nicht, viele Männer hatten ihn nicht. Alonzo ließ sich in die Partei knuffen. Soll er sich nun heute vielleicht vor die Entlausungs-Kommission stellen, um entnazifiziert zu werden und sagen, ich bin gezwungen in die Partei gegangen, meine Frau wollt's so? Ich sag Ihnen, wenn die Pgs. sich alle so lächerlich vorkämen, wie sie sind, könnten sie nicht mehr essen, weil sie ununterbrochen lachen müßten. Da würde eine Heiterkeit hierzulande herrschen, daß die Leute noch nicht mal mehr die politischen Nachrichten im Radio hören brauchten, um mal was komisch zu finden und eine kleine Aufmunterung zu haben. Alonzo ist denn auch noch in den Krieg gezogen, um für das Ideal seiner Frau zu kämpfen – um dem Manne Gut und Leben darzubringen, mit dem seine Frau ihn ununterbrochen geistig betrog. Es wurde auch immer schlimmer mit Emma, sie bekam einen ganz starren Blick und wollte für den Führer sterben. Was würden Sie sagen, wenn Ihr Mann für eine fremde Frau und Führerin sterben wollte? Würden Sie sich das gefallen lassen? Bis zuletzt kroch Emma in den Luftschutzkellern rum, betete zum Führer und hatte sinnliche Träume von V-Waffen. Eines Tages war's ja dann vorbei.«

»Mit Emma?«

»Nee, mit der nicht. Mit Krieg und Führer. Der war ja nun verbrannt. Konnt ja kein gutes Ende nehmen mit dem Mann, der hatte sich ja von Anfang an auf 'ne tragische Rolle festgelegt. Wie ich Ihnen schon sagte – ein ungemütlicher Mensch. Kennen Sie Wilhelm Busch? An den mußte ich denken, als ich von Hitlers Ende las. Das wär was für Busch gewesen. Der hätte das zeichnen können, wie der Hitler nun endlich verkokelte wie die fromme Helene, und wie dann sein Geist als schwarze Wolke zum Schornstein rauspuffte. So was lag Busch. Na, ich machte mich denn auf, um mal nach meinem Bruder zu sehn – wo er nun endlich Witwer war, hätten wir ja ein bißchen feiern können.«

»War Emma gestorben?«

»War ja anzunehmen, daß sie dem Führer in den Tod gefolgt

war. Aber als ich hinkam, stand Emma da, dick und fett, und fütterte ein schwarzes Kaninchen. ›Ta – ta – ta – ta – Schätzchen‹, sagte sie zu dem Tier, ›du bist ja unser Goldschätzchen – Tag Magnus, wie geht's denn? Es muß noch fetter werden, zu Pfingsten wird es geschlachtet – so ein schönes Brätchen – ist es nicht süß?‹ Ich frage sie allen Ernstes, ob so eine Frau imstande ist, Menschenfleisch zu essen oder nicht? Es käme lediglich auf die Zubereitung an. Wenn Sie dieser Frau sympathisch wären, würde Sie sie streicheln und im Namen des Alliierten Kontrollrats durch den Wolf drehn und dazu singen ›Wenn ich ein Vöglein wär . . .‹«

»Was hat sie denn von Hitler gesagt?«

»Überhaupt nichts. Ich dachte, sie weiß noch nichts, und wollte ihr's schonend beibringen. ›Man hört allgemein, daß der Krieg verloren ist‹, sagt ich. Draußen ging ein amerikanischer Soldat vorbei, winkte dem Kaninchen zu und rief ›Hallo, Baby!‹ ›Du weißt noch gar nichts‹, sag ich. ›Doch, ich weiß‹, sagt sie, ›der meint mich.‹ ›Wer?‹ ›Der Amerikaner.‹ ›Der Führer ist tot!‹ ruf ich. ›So 'n Bart‹, sagt Emma, ›weiß ich schon seit acht Tagen, verbrannt ist er, glaub ich, war ja auch das beste so für ihn.‹ Und sie streichelt das Kaninchen und guckt hinter dem Amerikaner her. Können Sie sich so was vorstellen? Ist das Nibelungentreue? Ich hab nie was übrig gehabt für den ungemütlichen Menschen, aber nun hat er mir doch fast einen Augenblick leid getan. So möcht ich auch mal von meinem Volk geliebt werden, verdammt noch mal. ›Aufs Klosett kannst du nicht gehen‹, sagt Emma noch, ›das ist verstopft – da hab ich nämlich Alonzo die Bilder vom Führer reinwerfen lassen.‹ Sehn Sie mal, so was muß einem doch zu denken geben. Erst ist so einer der stolze Liebling der Nation, umrauscht von Fahnen und Herzblut, und dann endet er damit, daß er die Klosetts verstopft.«

»Was macht denn Emma jetzt?«

»Was soll sie schon machen? Alonzo Vorwürfe, daß er in die

Partei gegangen ist. Sie war nämlich nicht drin, sie stand dem Führer so nah, daß sie das nicht nötig hatte. Wenn man alles so bedenkt, kann man gar keinen Ehrgeiz mehr haben.«

Nachwort

»Wie Film ... ist mein Leben«

»Ich will schreiben wie Film, denn so ist mein Leben und wird noch mehr so sein.« So steht es auf den ersten Seiten ihres ersten Bestsellers *Das kunstseidene Mädchen*. Irmgard Keun war eine Zwanzigerin, als sie dieses Buch schrieb, das wie alle ihre Romane autobiographische Züge trägt. »Ich denke, daß es gut ist, wenn ich alles beschreibe, weil ich ein ungewöhnlicher Mensch bin.« Ungewöhnlich wie ihre Romanheldin Doris war sie selbst. Sie wußte es früh.

Was sie 1932 kaum ahnen konnte: ihr eigenes Leben wurde zum spannendsten Drehbuch, das sich denken läßt und das außer dem Bilderbogen ihres dramatischen Einzelschicksals noch den Vorzug hat, ihr Jahrhundert aus der deutschen Perspektive zu spiegeln. »Wie Film ...«

Man braucht kein Prophet zu sein, um vorauszusagen, daß Irmgard Keuns Lebenslauf eines Tages als Zeugnis ihrer Zeitspanne 1905 – 1982 auf der Leinwand wie auf dem Bildschirm abrollen wird.

Kein Anschluß unter dieser Nummer

Mindestens dreimal wurde Irmgard Keun totgesagt. Jedesmal erwies sich ein solches Gerücht als Falschmeldung. Daß sie die Hitlerzeit überlebt hatte, entnahm ich erst mit Sicherheit aus Hermann Kestens 1964 erschienener Briefsammlung *Deutsche Literatur im Exil.*

Alle danach unternommenen Versuche, die wieder Untergetauchte aufzufinden, schlugen jahrelang fehl. Erst in den siebziger Jahren erfuhr ich durch den guten Dienst von Bekannten an verschiedenen Orten, daß sie in Bonn völlig zurückgezogen und in armseligen Verhältnissen lebte. Wenn sie auch nicht mehr gewohnt war, unter Menschen zu sein, sagte sie zu, einer Einladung nach Köln zu folgen, um aus ihren früheren Werken zu lesen.

Dieser Abend im Studio Dumont im Juli 1975 – mehr als vier Jahrzehnte nach dem Beginn ihrer sensationellen Karriere als Schriftstellerin und mehr als zwei Jahrzehnte nach dem Erscheinen ihres letzten Romans *Ferdinand, der Mann mit dem freundlichen Herzen* – war die entscheidende Wende und begründete ihren späten Ruhm. Ältere Keun-Fans waren mit schon vergilbten Erstausgaben ihrer Bücher gekommen und standen Schlange für ein Autogramm. Irmgard Keun konnte es kaum fassen. Sie erkannte, daß sie keine Vergessene war.

Im *Kölner Stadt-Anzeiger* stand zu lesen: Das »Wiedersehen mit Irmgard Keun« – unter diesem Motto stand der Abend – ». . . ist der Anfang von etwas Neuem.«

Das Neue war – wie sich bald herausstellen sollte – das Alte. »Das Manuskript zu einem neuen Buch«, aus dem sie an diesem Abend zu lesen vorgab, war nach ihrem Tod nicht auffindbar (der genannte Titel war: *Witwe Almas Bonner Bilderbogen).*

Hat Irmgard Keun Notizen zu diesem Buch vernichtet, um

an bestimmte Erfahrungen nie mehr erinnert werden zu können? Nachweisbar ist, daß sie Fragen, die sich auf die problematischen Wegstrecken nach dem Krieg bezogen, energisch auswich.

Abgesehen von dem 1962 erschienenen Bändchen *Blühende Neurosen*, in dem sie satirische »Flimmerkisten-Blüten« wie »Das Geheimnis der Garbo« sammelte, ist das 1954 erschienene Buch *Wenn wir alle gut wären*, das in dem vorliegenden Band vollständig enthalten ist, das letzte, das Irmgard Keun herausgab.

Die darin veröffentlichten Erinnerungen und Gedichte waren schon 1947 in dem Heftchen *Bilder und Gedichte aus der Emigration* erschienen. Die »Bilder« sind Reminiszenzen aus Ostende, der ersten Station nach ihrer Emigration 1935. Sie sind die einzigen autobiographischen Aufzeichnungen aus ihrer Feder. Was also lag näher, als ihr jetzt nach unserer Wiederbegegnung (ich war ihr bereits in den zwanziger Jahren in Kölner Schauspielkreisen, zu denen auch René Deltgen gehörte, flüchtig begegnet) nahezulegen, ihre Autobiographie zu schreiben.

Endlich lag, in endlosen Gesprächen aufgerollt, ihr Leben wie ein offenes Buch vor mir.

Was für ein Leben! Die Einmaligkeit dieser Lebensgeschichte sprach aus jedem Detail.

Der frühe Ruhm. Zwei Jahre später schon der tiefe Sturz nach Hitlers Machtergreifung. Bücherverbrennung. Hochverratsprozesse bahnen sich an. Erste Lebensgefahr. Emigration. In Ostende Anziehungspunkt und Zentrum bedeutender emigrierter Schriftsteller, darunter Stefan Zweig, Ernst Toller, Egon Erwin Kisch und Hermann Kesten. Lebensgefährtin Josef Roths. Reisen mit ihm in fremde Länder. Neue Bücher. In Amsterdam vom Einmarsch der deutschen Truppe überrascht. War das ihr Ende?

Selbstmordgerüchte kursierten um die Welt. Gerade das war –

Aus der frühen Berliner Kindheit

Mit ihrer Tochter Martina, Mai 1962

Als junge Schauspielerin am Thalia-Theater Hamburg Mitte der zwanziger Jahre.

In der Kölner Wohnung 1980

Irmgard Keun an ihrem Geburtstag 1980

Irmgard Keuns letzter Geburtstag, 6. Februar 1982. Mit Wilhelm Unger und Tochter Martina.

Melatenfriedhof in Köln, Mai 1982.

mit Hilfe eines deutschen Polizeioffiziers – ihre Rettung. 1940 Rückkehr mit falschem Paß nach Deutschland. Wieder Untertauchen. Nicht nur für die Nazis, auch für ihre Freunde in der ganzen Welt galt sie als tot. 1945 – also erst nach fünf Jahren – Befreiung. Ihre früheren Bücher erschienen wieder. 1950 auch ihr letzter Roman *Ferdinand, der Mann mit dem freundlichen Herzen*, den Hermann Kesten »so erbarmungslos komisch« fand, nicht ohne – im Exil – »hier und da auch eine Träne um Deutschland« zu vergießen. Neuer Ruhm. Geburt einer Tochter. Währungsreform und Wirtschaftswunder.

Verdrängung der »unbewältigten Vergangenheit« war an der Tagesordnung. In dieser Epoche der angestrebten Geschichtslosigkeit war kein Raum für das Werk einer Irmgard Keun. Sie wurde krank, tauchte unter, blieb verschollen. »Wie Film, denn so ist mein Leben und wird noch mehr so sein...«

Den berühmten Buchtitel *Schreib das auf, Kisch* brauchte ich nur in *Schreib das auf, Irmgard Keun* umzumünzen. Durfte der Lebensbericht dieser großartigen Zeugin der Zeitgeschichte verlorengehen? Schon einmal, als wir ihren 70. Geburtstag, der eigentlich ihr 75. war, feierten, habe ich Irmgard Keun eine »Zeugin der Geschichte – hüben und drüben« genannt. Ich dachte dabei auch an die »große Kontroverse«, die nach 1945 zwischen Vertretern der »inneren Emigration« und Thomas Mann ausgebrochen war. Wie war es nur möglich, daß Frank Thieß, der mit Walter von Molo bereit war, den Autor des *Doktor Faustus* zu bewegen, nach Deutschland zurückzukehren, glauben konnte, die Emigranten hätten »aus den Logen und Parterreplätzen des Auslands der deutschen Tragödie« zugeschaut? Welch ein Glücksfall war es, eine solche Zeugin in dem damaligen Streit zwischen den »inneren und äußeren Emigranten« zu haben. Dieser Streit wurde zwar beigelegt, aber, von Zeit zu Zeit wieder aufflammend, im Grund nicht ausgefochten. Die Frage, was vorzuziehen sei: ein Verbleiben in einer Diktatur oder ein Verzicht auf die Heimat, um unter mißlichen Umständen draußen für seine Überzeugungen zu kämpfen, ist nicht beantwortet worden und bleibt – bald in diesem, bald in einem anderen Land – immer aktuell.

Unter den bedeutenden Persönlichkeiten, die vor einem halben Jahrhundert die Emigration freiwillig auf sich nahmen, war Irmgard Keun die einzige Zeugin, die sich dann schicksalhaft zusätzlich gezwungen sah, auch die Existenz eines »inneren Emigranten« zu erfahren.

Die Keun hat fünf Jahre (1940–1945), also genausolang wie als Exilierte (1935–1940), das Schicksal eines inneren Emigranten durchlebt, nachdem sie schon volle zwei Jahre (1933–1935) kennengelernt hatte, was es hieß, in der Hitler-Diktatur zu leben. So wurde sie in diesem Streit fraglos eine Zeugin »hüben und drüben«. Das macht eine Auseinandersetzung mit ihrem Leben und Werk in Tagen, in denen man sich anschickt, der 50jährigen Wiederkehr des Tages, an dem die Hitler-Barbarei begann, zu gedenken, so aktuell und unausweichlich.

Hat Irmgard Keun gewußt, warum sie sich außerstande sah, ihre Lebensgeschichte niederzuschreiben, nachdem sie unseren Vorschlag, der sie dem Vergessensein entreißen sollte, angenommen und Reinhold Neven DuMont, Verleger von Kiepenheuer & Witsch, ihr das Angebot gemacht hatte, ihre Autobiographie sowie ihr Gesamtwerk zu veröffentlichen?

Wir werden den Gründen nachzugehen haben, warum sie, wie ihre Tochter versichert, »keine Zeile« zu ihrem versprochenen neuen Buch hinterlassen hat, obwohl sie zu wiederholten Malen telefonisch ganze Passagen daraus, die sie geschrieben haben wollte, vorlas.

Bald nachdem sie Feuer gefangen hatte, sich über ihr Leben und ihre Erfahrungen zu äußern, sprach Irmgard Keun davon, ihre geplante autobiographische Darstellung in einen »Lebensroman« zu verwandeln. Dabei kam ihr Goethes *Dich-*

tung und Wahrheit in den Sinn. Sie erfand auch schon einen Titel dafür: *Kein Anschluß unter dieser Nummer.* Dieser Titel ist vielsagend, und er ist ein Schlüssel zu ihrem letzten Jahrzehnt.

Es stimmt, daß der neue Ruhm die Einsame wieder mit vielen, vor allem jungen Menschen in Berührung gebracht hatte. »Ich bin wieder gefragt.« Aber beim Überdenken ihres Lebens und ihres Plans, darüber zu schreiben, war ihr die Aussichtslosigkeit ihrer Existenz und der allgemeinen Weltlage bewußt geworden.

Kein Anschluß unter dieser Nummer. Mit aller Vorsicht muß man sich an den Versuch einer Deutung dieses Titels heranwagen. Man muß dabei von der Komplexität ihrer den Widerspruch in allen Belangen einbeziehenden Persönlichkeit ausgehen. Liebe und Haß lagen bei Irmgard Keun dicht beieinander wie Glauben und Zweifel, Vertrauen und Mißtrauen, Optimismus und Pessimismus. »Ich, Irmgard Keun, denke nicht daran, irgend etwas von der Position, die ich von Hause aus eingenommen habe, die mir im Blute liegt und die ich am liebsten im Begriff ›mein Vater‹ einfange, in ihm abgebildet, gespiegelt sehe, aufzugeben.« »Mein Vater« – das ist ein Synonym für das Anständige in der Welt, für Gerechtigkeit, für den rücksichtslosen Kampf gegen jedes Vorurteil, besonders gegen Diskriminierung und Verfolgung der Juden. Toleranz gegenüber »Nazi-Verbrechern« war ihr unerträglich, und daß sie nach 1945 noch Verantwortung übernehmen durften, war ihr unverständlich. Ihre tägliche Erfahrung im Umgang mit Deutschen hat ihr ein Leben in der Heimat verleidet. Rückblickend – auch auf die Jahre ihrer »inneren Emigration« – schrieb sie schon in ihrem ersten Nachkriegsbrief – am 10. Oktober 1946 – an Hermann Kesten nach New York: »Es gab ja doch nichts Grauenhafteres, als hier eingesperrt zu sein, dagegen war alles andere Schwere wirklich noch leicht.« Und ein paar Monate später – am 11. Februar 1947 – heißt es: »Ja, ich

will nach dort – ich will fort von hier. Ich hasse es, hier zu sein –
so hoffnungslos vergiftet und verschlammt ist alles hier.«
Anschluß suchte sie auch nicht unter Literaten. »Von der Literatur hier will ich ganz bewußt abgesondert bleiben. Ich
habe nun einmal keine Lust, mit so was wie Frank Thieß zum
Beispiel Hand in Hand durch den Gedanken-Matsch des
neuen Deutschland zu waten und synthetischen Lorbeer
ohne stabile Währung zu ernten. Von diesen Frank Thießen
ist einer immer verlogener als der andere, noch nicht mal husten können sie ehrlich und stilistisch einwandfrei.« Und als
sie im gleichen Jahr hörte, daß man sich bemühte, wieder ein
deutsches Zentrum im internationalen Pen-Club zu schaffen,
schrieb sie: »Ich habe keine Lust, hier jetzt mit anderen deutschen Halb-Nazi-Schriftstellern Reihe zu stehen, um im Internationalen P.E.N. aufgenommen zu werden. Übrigens hat
sich mein verflossener Mann ... an die Spitze dieser Bewegung gestellt. Und scheiden lassen hat er sich wegen meines
»staatsfeindlichen Verhaltens«, um auf die Reichsschrifttumskammer einen guten Eindruck zu machen. Und später ... Das hat er nun alles vergessen. Die Leute haben alle so
glücklich konstruierte Gedächtnisse.« Als sich ihre geplante
zweite Emigration verzögerte, werden ihre Worte bitter:
»Aber ich seh' noch kommen, daß Tralow und Frank Thieß
und Hans Friedrich Blunck für den P.E.N. nach New York
reisen, und ich darf noch nicht mal das Flugzeug streicheln,
mit dem sie abbrausen, weil ich erst von Winifred Wagner
entnazifiziert werden muß.«
Diese Vermutung, daß sogenannte »innere Emigranten«,
auch wenn sie Mitläufer waren, es leichter haben würden, an
die entstehende Bundesrepublik Anschluß zu finden, als sie,
eine Emigrantin in vielen Ländern, hat sich bestätigt. Die Erfahrung vieler Emigranten, daß der Begriff »Emigrant« fast
zu einem Schimpfwort geworden war, blieb auch Irmgard
Keun nicht erspart. Mehr und mehr stellte sich heraus, was

ihr Titel aussagt: Es gab für sie »keinen Anschluß unter dieser Nummer«. Noch in ihrer letzten Lebenszeit kam es zu Schlägereien an Zeitungskiosken, wenn jemand eine *Nationalzeitung* verlangte und sie sich zu erkennen gab. Wollte sie bleiben, wie sie nun einmal war, ging das nicht ohne Rückzug, ohne Einsamkeit.

Als dann nach Jahrzehnten des tiefen Schweigens ihr letzter Ruhm unerwartet doch noch gekommen war, konnte sie es nicht fassen. Die vielen Anrufe, denen sie nun weder ausweichen konnte noch wollte. Die täglichen Briefstapel. Die Reihe von Interviewern riß nicht ab. Verschwistert damit aber war die Todesahnung. »Schon zweimal hatte ich Erfolg, aber er blieb mir nie lange treu.«

Schon zwei Jahre nach dem Wiedererscheinen ihrer beiden ersten Bücher *Das kunstseidene Mädchen* und *Gilgi* wußte sie, wie es mit ihrer Gesundheit stand. Es war, als hätte gleich nach der ärztlichen Diagnose Sigmund Freuds Todestrieb von ihr Besitz ergriffen. Sie starb dem Tode entgegen. Obwohl einer der verantwortlichen Ärzte ihr noch an ihrem letzten Geburtstag – am 6. Februar 1982 – versicherte, daß sie mit dem Lungentumor noch eine ganze Weile weiterleben könnte, wenn sie den täglichen Zigaretten- und Alkoholkonsum einschränken oder gar aufgeben könnte, änderte sie ihren Lebensstil nicht.

Genau drei Monate später – am 5. Mai – starb sie in ihrer Kölner Wohnung, wohin es sie noch – um dort zu sterben – gedrängt hatte.

Gefährtin von Joseph Roth

Immer wieder – auch gleich nach der unfreiwilligen Rückkehr ins Hitler-Deutschland – hat Irmgard Keun Heimweh nach den Jahren ihrer Emigration empfunden. Fern von dem, was sich in ihrer Heimat zutrug, hatte sie, umgeben von vielen, die einmal die deutschsprachige Literatur ausmachten, freie Luft geatmet. Im Ausland konnten in den Jahren 1936–38 vier Bücher (*Das Mädchen, mit dem die Kinder nicht verkehren durften, Nach Mitternacht, D-Zug dritter Klasse* und *Kind aller Länder*) erscheinen. Es ist kein Zufall, daß ihre Gedanken am liebsten nach Ostende, ihrer ersten Station, zurückkehrten und daß die einzigen von ihr niedergeschriebenen Erinnerungen um die hier verbrachte Zeit kreisen. Hier lernte Irmgard Keun Joseph Roth zusammen mit Stefan Zweig kennen. Sie wurde bald Roths Geliebte, Gefährtin.

In *Bilder aus der Emigration* erinnert sie sich: »Als ich Joseph Roth zum erstenmal in Ostende sah, da hatte ich das Gefühl, einen Menschen zu sehen, der einfach vor Traurigkeit in den nächsten Stunden stirbt.« Dieser Eindruck ist geblieben. »Roth starb noch vor dem Krieg. Auch er hatte zuletzt nicht mehr gehaßt, sondern war nur noch traurig gewesen.« Dabei gründete sich diese Traurigkeit auf einen Humor, wie ihn wenige Kollegen seiner Zeit besaßen. Roth war oft – nicht selten zu seinem Vorteil – zu Scherzen aufgelegt. So, als Stefan Zweig, der Roths einzige und schon zerfranste Hosen nicht mehr mitansehen konnte, ihm – wie Hermann Kesten erzählt – beim teuersten Schneider von Ostende ein neues Paar Hosen anfertigen ließ. Tags darauf schüttete Roth, unter dem Beifall der Keun, ein Glas Likör auf seinen Rock. Dem höchst verwunderten Kesten erklärte er sein Tun: »Ich bestrafe Stefan Zweig. So sind die Millionäre! Führen sie uns schon zum Schneider, so vergessen sie, uns zu den Hosen auch einen neuen Rock zu kaufen!« Roth bekam seinen neuen Rock.

Als Irmgard Keuns Mann, Johannes Tralow, Schriftsteller und Regisseur, der um eine Anpassung an das Dritte Reich bemüht war, sie in zahllosen Briefen zu einer Rückkehr nach Deutschland bewegen wollte, half ihr Roth aus der Klemme. Gemeinsam entwarfen sie dieses Telegramm: »Schlafe mit Ju-

den und Negern. Laß dich endlich scheiden. Irmgard!« Das
saß. Irmgard war frei.

Die Liebesgemeinschaft zwischen Roth und der Keun blieb
nicht problemlos. Irmgard Keun, die darauf verzichten
konnte, vom älteren Freund beschützt zu werden, litt unter
seinen pädagogischen Absichten. In einem Interview mit dem
Roth-Biographen David Bronsen gestand Irmgard Keun Anfang der siebziger Jahre: »Roth hatte das Bestreben, einen
Menschen in seine Bestandteile zu zerlegen und wieder zu-
sammenzusetzen, um ihn mit Haut und Haar zu besitzen. Er
wollte über Menschen gebieten, seine hypnotischen Kräfte an
ihnen erproben.

Hatte er dann sein Ziel erreicht, verlor er das Interesse an
ihnen. Aus mir wollte er etwas machen, was ich nicht war.
Oft sagte er mir: ›Eine Frau benimmt sich nicht so.‹ ›Eine
Dame tut so was nicht.‹ Mit dem Taxichauffeur durfte ich
anstandshalber nicht sprechen. Ein Paket zu tragen war mir
nicht erlaubt. Er wollte aus mir eine ergebene Magd machen,
mich zur ›Zartheit‹ erziehen. Er drängte mich in die Rolle
eines bemitleideten Wesens hinein, bis ich selber daran
glaubte, er zermürbte mich so, daß ich weinen mußte.«

Dazu kamen die ewigen Geldnöte. Sie lebten von »Wundern«, wie es Joseph Roth zeitlebens getan hat. »Ich lebe von
Wundern« war sein Lieblingsausspruch. Beide arbeiteten an
einem Roman. Nachdem 1936 ihr Buch *Das Mädchen, mit
dem die Kinder nicht verkehren durften* erschienen war, war
Irmgard Keun mit der Fertigstellung ihres Romans *Nach Mitternacht* beschäftigt. Vorschüsse und Honorarforderungen
waren spärlich. Schließlich war es die Eifersucht, an der das
Verhältnis zerbrach. »Durch den Alkohol verstärkte sich
diese Tendenz noch bei ihm, so daß er mich zum Schluß nicht
mehr aus den Fingern ließ. Nicht einmal austreten konnte
ich, ohne daß er unruhig wurde. Schlief ich ein, so hatte er
seine Finger in meine Haare eingewühlt, auch noch, wenn ich

aufwachte. Abschiede waren ihm unerträglich geworden, so daß ich ihn beschwören mußte, ich würde ihn nie verlassen. Durch seine wahnsinnige Eifersucht fühlte ich mich immer mehr in die Enge getrieben, bis ich es nicht mehr aushielt, bis ich unbedingt ausbrechen mußte.«

In Paris, wohin Roth 1937 zurückgekehrt war, ist es so weit. Irmgard Keun verläßt ihn Anfang 1938. In Erinnerung blieben ihre gemeinsamen Reisen nach Salzburg, Wien, Warschau und Lemberg. In Polen, wo Roth ihr Freunde und Verwandte vorstellte, erlebte Irmgard Keun die Wiederauferstehung des Juden im Dichter, der jahrelang katholischen Träumen anhing.

Irmgard Keun hatte ihn bei diesem letzten Ausflug in die Vergangenheit erlebt, wie er wirklich war. Aber alles war überschattet von der Angst vor dem, was vor ihm lag. Die befürchtete Katastrophe war unvermeidlich. »Ich kann nicht mehr viele Abschiede überleben.« Nur ein Jahr überlebt er den Abschied von Irmgard Keun. Im Frühjahr 1939 kommt, vom übermäßigen Alkoholgenuß beschleunigt, der totale Zusammenbruch. Im Alter von noch nicht 45 Jahren stirbt er am 27. Mai 1939 in einem Pariser Armenspital.

Irmgard Keun erfuhr die Nachricht von Roths Tod in Amsterdam. Warum sie nicht an der Beerdigung teilnahm, darüber schwieg sie sich aus, wie sie überhaupt still wurde, wenn in ihren letzten Jahren sein Name fiel, obwohl sie über keinen anderen Zeitgenossen, der ihren Weg kreuzte, mehr auszusagen hatte. Um so beredter ist das Gedicht, das sie dem toten Freund widmete.

Joseph Roth 1938

Für Joseph Roth
(Amsterdam)

Die Trauer, Freund, macht meine Hände dumm,
Wie soll ich aus dem schwarzen Blut der Grachten
Kränze winden?
Das Leid, mein Freund, macht meine Kehle stumm,
Wo bist du, Freund, ich muß dich wiederfinden.

Die Tränen sterben mir, denn du bist tot,
Zerbrochene Gräber scheinen mir die Sterne,
Es fließt, es fließt der Strom der großen Not
Aus jedem Grab der unerreichten Ferne.

Ich möchte einen Mantel weben aus dem Leid
Einsamer Stunden, kann man Tote noch beschenken?
Man kann nur dankbar sein für jede Stunde Zeit,
Die Gott noch gibt, um liebend zu gedenken.

Irmgard Keuns letzte Jahre

Unvergessen ist mir der Eindruck geblieben, als ich nach Er-
klimmen der holprigen Treppenstufen zum erstenmal die
winzige Dachstube ihrer Bonner Wohnung betrat. Nach Jahren des Suchens hatte ich sie erst in den 70er Jahren ausfindig
gemacht.

Hier also lebte diese große Frau, die in ihrer Jugend eine mär-
chenhafte Karriere – so schien es wenigstens – begann.
Konnte man das »Leben« nennen? Selbst das kleine, kaum zu
öffnende Fenster war bedrückend. Das ärmliche Mobiliar,
das ihr verblieben war (eine Couch, ein kleiner Tisch, ein
Stuhl, ein alter Schrank), stand dicht beieinander, so daß man
nicht wußte, wie und wohin man sich bewegen konnte.
Große Unordnung. Die öffentlichen Zuwendungen reichten
kaum für ein bescheidenes Frühstück.

Aber das alles vergaß man, wenn sie zu sprechen begann.
Die Dachstube wurde zur Welt. Die Fähigkeit, druckreif
zu sprechen, dabei die Erfahrungen der Vergangenheit in
das Jetzt einfließen zu lassen, schuf einen weiten Raum, in
dem sich die Fülle des Lebens und das zur Weisheit gewordene Schicksal zu spiegeln schienen. Vorhanden war beides:
Man spürte die aus dem Gestern bezogene Traurigkeit, die
unverkennbare Einsamkeit eines Frauenschicksals. Was
man sah, war anders. Beeindruckend war der Wille, wieder
zu kommunizieren, aus sich herauszugehen, wieder an den
Morgen, wenn er auch das Ende sein würde, zu glauben.
»Schau dich nicht um. Die Wirklichkeit ist anders.« Bewun-
dernswert die Scham, sich in Klagen zu ergehen, die Fähigkeit, aus der Not eine Tugend zu machen. »Jammern ist
nicht meine Sache«. Später, als sich ihre Lebensverhältnisse
wieder verändert hatten, haßte sie nichts so sehr wie die Lar-
moyanz, mit der Literaturkritiker ihr Leben beschrieben.
»Widerlich«. Lieber begann sie zu leugnen, was gestern

264

noch rauhe Wirklichkeit war. Haßte sie es, daran erinnert zu werden?

Einladungen, in Schulen aus ihren Büchern lesen, halfen ihr, das verlorengegangene Selbstvertrauen zurückzugewinnen. Bis zu ihrem Tod riß der Kontakt mit der Jugend nicht mehr ab. Halfen ihr die jungen Menschen, den Pessimismus zu mildern, der sie im Hinblick auf Deutschlands Zukunft in zunehmendem Maß ergriff?

Erst als ihr Verbleiben in der Bonner Dachstube unmöglich wurde, raffte sich Irmgard Keun erneut auf, ihre Wohnverhältnisse zu verändern. Eines Nachts weckte mich das Telefon. Ihre erregte Stimme schrie in den Apparat: »Man will mich ermorden! Zweifelhafte Gestalten treiben in diesem Haus ihr Unwesen. Ich rief nach der Polizei! Jetzt muß ich mich verbarrikadieren. Ich halt's hier nicht mehr aus. Bring mich nach Köln zurück. Sofort!« Wieder mußte rasch gehandelt werden. Schon am nächsten Morgen bezog sie mit bescheidenem Gepäck ihre letzte Bleibe, wieder eine Dachwohnung, aber geräumiger, freundlicher, heller. Später konnte Irmgard Keun ihre Wohnung um einen weiteren Raum vergrößern. Es gab keine äußeren Umstände mehr, die sie hätten daran hindern können, ihre Autobiographie zu schreiben.

In Köln, wo sie ihre literarische Laufbahn begann, überschlugen sich die Ereignisse. Ihre früheren Romane erschienen vor der Veröffentlichung des geplanten »Lebensromans«. Zuerst *Das kunstseidene Mädchen* und *Gilgi – eine von uns* – fast ein halbes Jahrhundert nach der Erstveröffentlichung. Der Erfolg war nicht geringer als damals, als Tucholsky sie entdeckte und in der Weltbühne schrieb: »Eine schreibende Frau mit Humor, sieh mal an! Hurra! Hier arbeitet ein Talent!« Es war, als hätte eine neue Generation von Literaturkritikern gerade jetzt – Jahrzehnte nach dem Alptraum des Hitler-Reichs – die Bedeutung dieser Autorin erkannt. Das »Hurra!«, bei Tucholsky mit ihrem Humor in Zusammenhang gebracht, konnte jetzt ausgeweitet werden auf die unbestechliche Kämpferin und Prophetin.

Nach Jahrzehnten des Schweigens, des Untertauchens und des Hungers änderte sich ihr Leben mit einem Schlag. Vorschüsse und Tantiemen. »Bin ich dir nicht zu elegant geworden?« Aus vielen Ländern, die sich anschickten, ihre Bücher zu übersetzen, kamen Interviewer und Fernsehteams in ihr Haus. »Es wird mir zuviel. Ich kann mich nicht mehr retten.« In- und ausländische Filmgesellschaften standen Schlange. (Bisher wurde in der Bundesrepublik nur die Verfilmung von *Nach Mitternacht* gezeigt.) Universitäten luden sie zu Lesungen ein. Der Marieluise-Fleißer-Preis wurde ihr verliehen.

Nach zwei Jahren ihres neuen Ruhms wurde sie 1981 von der Gewißheit eines unheilbaren Leidens überrascht. Unvergeßlich auch ihr letzter Geburtstag. Mit Erlaubnis ihres Arztes durfte Irmgard Keun das Krankenhaus für einen halben Tag verlassen. Gekommen waren an diesem 6. Februar 1981 außer einem ihrer Ärzte ein paar Freunde. Völlig unvorbereitet kreiste das Gespräch um das Sterben und den Tod. Irmgard Keun erinnerte sich, daß sie als Schriftstellerin mit einem Märchen, betitelt *Der Selbstmördergarten*, debütierte. Das Märchen, geschrieben vor ihrem ersten Roman und erschienen in der *Basler Zeitung,* aber leider verschollen, sollte ihr, einer Zwanzigerin, und den Lesern die Todesfurcht nehmen. Auch durch die mündliche Wiedergabe des Märchens zauberte sie an diesem Abend vor ihren Hörern einen Garten hin, in den man freudig und unbeschwert eintritt, weil man weiß, daß er die Erfüllung all dessen ist, was man auf Erden ersehnt und was einem hier vielleicht versagt geblieben ist. »Mein Selbstmördergarten ist keine Weltflucht«, sagte Irmgard Keun, als sie merkte, daß wir alle still geworden waren. Drei Monate vor ihrem Tod lag ihr viel daran, nicht den Eindruck zu erwecken, als sei sie für den Sinn des Lebens blind geworden. War der Tod nicht eine der Erfahrungen des Menschseins? Konnte er nicht auch ein Garten sein? Warum alles dramatisieren? Irmgard Keun war sich – wenigstens was die bewußte Hälfte ihres Daseins betrifft – treu geblieben. Ihr letztes großes Gespräch schloß an ihre erste Publikation an.

Aber das Krankenhaus, in das sie spät abends zurückkehrte, war nicht der Todesgarten, von dem sie so früh geträumt hatte. Das Krankenhaus-Dasein war ihr unerträglich geworden. Mit letzter Willenskraft setzte sie gegen den Rat der Ärzte durch, die letzten Tage ihres Lebens in ihrer Wohnung zu verbringen. Hier starb sie am 5. Mai.

*

In ihren Ostender Erinnerungen gedenkt Irmgard Keun auch Kurt Tucholskys, der so entscheidend auf ihre literarische Karriere eingewirkt hatte und der »als erster nach 1933 in Schweden Selbstmord beging«. Dieser Erinnerung fügt sie einen wunderbaren Satz hinzu: »Nun, es ist den Toten gleichgültig, ob sie bemitleidet, betrauert, beneidet, verurteilt oder gepriesen werden.«

Wir werden, Irmgard Keun gedenkend, weder das eine noch das andere tun, sondern lediglich aussagen, wie gut es war, daß in den finsteren Tagen nach 1933 – und an so manchen auch nach 1945 – eine solche Frau unter uns war. In dieser Aussage verbirgt sich für den Herausgeber das »Prinzip Hoffnung«.

Wilhelm Unger

Zu diesem Buch

Wenn wir alle gut wären ist erstmalig 1954 in einer kleinen Auflage im Progress-Verlag, Düsseldorf, erschienen.
Zusammen mit den »Geschichten und kleinen Begebenheiten« waren die Ostender Erinnerungen »Bilder aus der Emigration« mit den hier abgedruckten Gedichten bereits 1947 im Kölner Verlag »Epoche« veröffentlicht worden.
Neu aufgenommen wurden die »Briefe aus der inneren Emigration«, die in der 1964 im Kurt Desch Verlag erschienenen Anthologie *Deutsche Literatur im Exil. Briefe europäischer Autoren 1933–1949,* herausgegeben von Hermann Kesten, enthalten waren. Es gibt wenige Dokumente, die wie diese Keun-Briefe in späterer Zeit Zeugnis von der Situation im Nachkriegsdeutschland ablegen. Dazu gehören auch die Szenen aus der deutschen Welt von 1947 »Wolfgang und Agathe« wie auch »Eine historische Betrachtung«, die der Erstausgabe *Wenn wir alle gut wären* entnommen sind. Thematisch dazu gehört die Satire »Magnus Kniller und die eigene Meinung«, die sich ebenfalls in diesem Buch befand.
Neu sind auch die undatierten Beiträge »Ich spiele nicht mit Männern«, »Das schönste Kind der Welt« und »Ach, die Sterne«, die in der Nachkriegszeit enstanden und bisher nur in Zeitungen und Zeitschriften veröffentlicht wurden. »Die Läuterung« ist den *Westermanns Monatsheften*, Jahrgang 1953, Heft 7, entnommen. Aus Irmgard Keuns literarischen Anfängen stammen »System des Männerfangs« (*Querschnitt*, Jahrgang 1932, Propyläen Verlag, Berlin) und »Sie wollte schön werden« (*Frankfurter Zeitung* vom 30. April 1933).

Bildquellenverzeichnis

S. 141: Archiv Kiepenheuer & Witsch
S. 176: Richard Rubinig, Graz
S. 248, 249: Privatbesitz
S. 250, 251, 254: Hildegard Weber, Köln
S. 252: Dorothea Schwarzhaupt, München
S. 253: Hans Allerödder, Köln
S. 263: Archiv Kiepenheuer & Witsch

Luther war eine der großen historischen Gestalten, mit denen sich Ricarda Huch immer wieder intensiv beschäftigt hat. In geradezu idealer Konzeption verkörperte Martin Luther für sie den genialen Menschen, in dem sich die »Idee« der Geschichte unmittelbar äußert. So wurde Luther auch zu einer zentralen Figur in ihrer *Deutschen Geschichte,* der sie fast 20 Kapitel – ein Buch im Buch – widmete.
Anläßlich des Luther-Gedenkjahres bringt der Verlag Kiepenheuer & Witsch diese Luther-Studie als Einzelausgabe heraus. In der Menge der Luther-Literatur nimmt sie eine Sonderstellung ein. Die Interpretation vom »Daimonion« der bedeutenden Persönlichkeit, das sich kraftvoll in die Zeitgeschehnisse hinein entwickelt, gibt dem Huchschen Luther-Porträt eine ungewöhnliche geistvolle Spannung, die zusammen mit der großen Erzählkunst Ricarda Huchs dieses Stück Geschichtsschreibung gleichzeitig zu einem Stück glänzender deutscher Prosa macht.

Ricarda Huch
Luther
Mit einem Nachwort von
Bernd Balzer
KiWi 20
208 Seiten.
Broschur DM 12,80

Sexus und Herrschaft ist Kate Milletts erstes Buch. Es erschien 1969 und machte die Autorin über Nacht berühmt. Übersetzungen in zahlreiche Sprachen folgten. Kate Millett stellt in ihrem Buch die These auf, daß Sexualität ein politisches Instrument ist und der Koitus, die scheinbar intimste Beziehung zwischen den Geschlechtern, dem Patriarchat zur Unterdrückung und Demütigung der Frau dient. Als Beleg für ihre These analysiert sie die Werke von Autoren wie D. H. Lawrence, Henry Miller, Norman Mailer, Jean Genet. Das Buch gehört seit seinem Erscheinen zu den Standardwerken der Frauenbewegung.

»Eine brillante Abhandlung – in hohem Maße unterhaltsam, glänzend durchdacht, absolut überzeugend in ihren Argumenten, atemberaubend in der Beherrschung der historischen Zusammenhänge und der Literatur, voll von Witz und zwingender Logik, mit leidenschaftlicher Intensität geschrieben.«

New York Times

Kate Millett
Sexus und Herrschaft
Die Tyrannei des Mannes in unserer Gesellschaft.
Originaltitel:
Sexual Politics.
Aus dem
Amerikanischen von
Ernestine Schlant
KiWi 24
496 Seiten.
Broschur DM 16,80

Erica Fischer

Jenseits der Träume

Frauen um Vierzig

Die Frau um Vierzig – Mode- und Kosmetikindustrie, Frauenjournale, populäre Ratgeber preisen die erfolgreiche, unabhängige lebenserfahrene Frau. Alle Türen stehen ihr offen – sofern sie nur will.

Für die meisten Frauen aber ist der Neubeginn die bittere Notwendigkeit, wieder von vorn anzufangen. Was ist von ihren Träumen geblieben? Eine gescheiterte Ehe, die Leere, nachdem die Kinder erwachsen geworden sind. Kehren sie in den Beruf zurück oder suchen sie einen neuen Partner, so haben sie mit eingefahrenen Verhaltensweisen und mangelndem Selbstbewußtsein zu kämpfen – Folgen der jahrelangen Unterordnung.

Erica Fischer hat mit vielen Frauen gesprochen; es entstanden »Momentaufnahmen von verschiedenartigen Lebenssituationen und Lösungsversuchen«.

Kiepenheuer &Witsch